很幸运能够遇到你成为我的读者，请允许我感谢。

小墙角

小墙角

我们那炽热的摇滚青春

高凯◎著

中国书店

图书在版编目（CIP）数据

小墙角：我们那炽热的摇滚青春 / 高凯著．—北京：中国书店，2018.7

ISBN 978-7-5149-2148-9

Ⅰ．①小…　Ⅱ．①高…　Ⅲ．①长篇小说－中国－当代 Ⅳ．①I247.5

中国版本图书馆 CIP 数据核字（2018）第 148212 号

小墙角：我们那炽热的摇滚青春

高　凯　著

责任编辑：孔　玉
封面设计：周蕴洁
出　　版：中国书店
社　　址：北京市西城区琉璃厂东街 115 号
邮　　编：100050
电　　话：010－63031797
经　　销：全国新华书店经销
印　　刷：中国电影出版社印刷厂
开　　本：880 mm × 1230 mm　1/32
字　　数：220 千字
印　　张：10
版　　次：2018 年 7 月第 1 版
印　　次：2018 年 7 月第 1 次印刷
书　　号：ISBN 978-7-5149-2148-9
定　　价：68.00 元

目录

关于信念

每个人都是一个独立的生命个体，从出生开始，也许很多东西都已经被固定得差不多了，可谓是与生俱来。但是在某种条件下，这些被我们自行想象出来的“已固定内容”，也很可能会被我们自身所改变。这就需要看一个人的气场，大概是能量越足的人，往往越是能够改变很多看似不可能被改变的东西。再从气场的角度延伸下去，我们便发现了一个更重要的且决定了气场大小的东西，那就是信念。

信念是一种高贵的体现，拥有信念更是理想主义者实现成功的必要条件，但一定要是正确的信念，而不是意淫化的想象。就像很多美好的心灵鸡汤，却在当下社会中被很多市井人们错误地应用在错误的场景中，于是不免造成了令人极度反感的结果。

解决每一个问题，做每一件事情、每一项工作，从事每一种职业等等，都需要内心中的信念支撑。如果我们没有了信念，则会失去奔跑方向、迷失人生目标，甚至会发现自己开始怀疑自己存在的意义。而在任何时候，人的这股子劲儿，一定不能消散，更不能向俗世妥协。它可以不体现在衣装、可以不表现在外在，但是，在内心的最深处，一定要有一个可以保留到人生终点的位置将其存放，且保质期为一生。

当下绝大多数人们的生活模式，实在是大同小异。

每天早起的时间只是稍微比公鸡晚了点儿，唯独不同的则是不需要扯着脖子打鸣。

再蹲个厕所、刷刷手机，时间允许的前提下再洗个手，来点儿令人眼馋且小资的大众营养早餐。吃完后，认真清理掉身上的油点儿，小包儿一夹或一拎，走人了。

有的每天辛辛苦苦挤着公交或地铁，有的每天坐在私家车里面，含着幽怨的眼神等待着红灯变绿或车水马龙般的汽车长征队伍往前挪一挪。好不容易扛到了公司，也勤勤恳恳地工作了一上午，可午饭却往往又要继续折磨人，不但要尽可能地为节约钱去选择性地吃，还要不得不迎合着那些本不是一路人的同事及领导。而与之坐在同一张桌子上吃饭的那种痛苦，恐怕只有当事人才可以自己理解吧。

熬过漫长的一下午，终于可以下班回家了。于是大伙儿继续相互踩着鞋挤公交钻地铁，继续连按着自己的汽车喇叭，以尽可能地在马路上搏出一块儿属于自己的地盘儿。在经历了一番周折后，可终于到家了，将疲惫的身体靠在家里任何角落都显得无比舒服。

如果是一个人，那么还好，可以自由地、选择性地去做自己想做的任何事儿，但如果再有一个女朋友，恐怕往往没那么简单。你得去陪着她、得坚持着做一些硬性的家务、得了解且安慰她的那些忧伤和小九九才行。万一再赶上明天是个周六日，那妥了，逛街吧！

吃冰激凌、吃西餐、品泰肴、尝日系菜，吃完再小歇个五分钟，然后即刻赶着去实现下一目标，此目标也恰恰是姑娘们最喜欢完成的目标之一，一个字儿，“买”！

具体买什么，这个还要根据不同姑娘的喜好和兴奋点来决定。大多数情况下，常见的都会是包、衣服、鞋、香水等刚性物质需求品，当然有较高品味的姑娘会选择买金项链、金手镯、金耳环、钻石戒指等炫物。那闪闪发光的珠宝首饰搭配在姑娘们的身上，使人不敢轻易靠近，让其他男女觉得即便是相同身高，自己也比人家矮一截。

如果不出意外，女神的购物时间基本会在通常的晚餐时间前后宣告结束，结束后，就到了享受晚餐的环节。但在开吃之前，你首先要提前地、悄悄地摸摸身上的口袋，或者查查银行卡的余额，以确认是否在购物结束后依旧具备坚挺的付账能力。如果具备的话，且在不影响你其他事情正常运转的前提下，那么OK，揽着女神享受浪漫又令人羡慕的晚餐吧。但如果此时你的余额并不足以来一顿女神想要的晚宴怎么办？那么问题来了，怎么做才应该是最合适的，且不得罪人家姑娘呢？仨字儿——“装病吧”。

有以下几种靠谱儿的紧急疾病可供选择。一级首选疾病：胃疼、发烧、阑尾炎、牙疼等，这些是相对比较管用的紧急疾病，也拿得出手，而且女神也会看在这一整天的买的份儿上，不予生气或计较，更是绝大多数上班族的男经理们多次尝试和验证后的最佳完美疾病。

二级次选措施：我现在真的一点点都不饿、中午吃恶心了、肚子疼、眼睛不舒服、大腿根儿痒痒等。这类办法同样奏效，但前提，你所选择的女神，一定得是真心在乎你点儿的才行，否则，你就是腰子疼你也得继续吃，即使边吃边吐。如果你很幸运地遇到了一个在乎你的女朋友，那就天下太平了，昂贵的晚餐钱省了不说，还能享受一份免费的贴心照料。

三级末选办法：直接无视一切世俗，拉着女神的手，在街边旮旯找个卖烤地瓜的，买上三个烤地瓜，“风里雨里不白花，十里春风烤地瓜”。Come on！

为什么说要买三个烤地瓜呢？因为这个就涉及你的那股子男人的魄力问题了。第一个烤地瓜，一定要深情而平静地谦让给女神。第二个烤地瓜，当然你要留下自己吃。第三个烤地瓜，属备用物资，因为你要时刻抱着将这剩下的地瓜哥让给女神吃的思想准备，而不能光想着自己吃，如果你自己吃了，饿到了女神，恐怕你就玩儿完了。

但你直接给她也不合适，因为人家女神最后的这点儿矜持还是有的。所以最合适的办法就是，当女神吃完了第一个烤地瓜的时候，你则需喂她、且慢慢吃这第三个地瓜哥。这样不但可以让女神很高贵、很自然地吃完了地瓜，以至她不会在深夜被饿醒，然后你又省钱了，何乐而不为呢？

只是，如果外边儿风大的话，要记得告诉女神，嚼地瓜的时候，嘴巴一定不能张太大，因为灌风了肚子会疼。

折腾了一整天的你，可算是到家了，身体的疲软使你仰在床上时便再也不想动弹半点儿。看看时间，原来自己还没来得及休息，明天就又要上班了。

而星期一恰恰是这七天中最悲催的一天，因为刚经历了周六日的假期，可休息的劲儿还都没过去，又要上班了，又要面临最最拥挤的早高峰。在这一天中，无论是何种交通工具，都无法逃脱阻滞的命运。兴许运气够好，可以少痛苦一会儿，运气不佳的话，怕是连公交车都钻不进去、地铁也挤不出来、飞机还各种晚点。那一瞬间，只恨自己为什么不是机器猫，脑袋上放个蜻蜓转儿，没一会儿就到了自己想出现的任何地方。

况且往往星期一到了公司后，且不说心情有多糟糕，那些堆积的工作，简直令人无法喘息，可又不能反抗，甚至不能有一丝丝的厌恶表露出来，只因为顾忌月底那份儿日夜期盼的薪水，因为你知道你不能和钱过不去。在这金钱至上的社会里，再可怜的工资，也依然还是可以起到很大的作用。每每想到这些无法瞬间解决的问题时，一大股无名的烦恼不知从何而来，让人觉得痛苦又无望。

抬起头，想着自己每天拼死拼活攒下的那点儿辛苦钱，看着自己用消费换来的东西，再看着女朋友一件儿又一件儿地逐个试穿，并时不时地问你诸如是否好看、是否适合她等等的问题，你是否会觉得自己所选择的活法，很可能是个巨大的错误并充满了悲剧性呢？

上班族之男女经理们

我想，绝大多数的正常上班族们，最喜欢的工作日应该就是周五吧？因为接下来的两天，就是可以暂时歇息的周六和周日，所以即便是周五当天再痛苦、再折磨，那也觉得一切都是值得的，只要熬过了这最后一天，就可以暂时逃离了，那感觉就像打了一场胜仗似的。

而且，因为周六日通常不需要继续上班的缘故，所以上班族的男女经理们，通常都会选择在星期五这一天下班后，出去好好地发泄并释放一下。至于方式就比较多了，男经理们通常会选择去喝酒、踢球、看球、喝咖啡、吃点儿小资餐、健健身或进行大小保健等。

女经理们则相对要比男经理们显得更加有品味一些。多数情况下她们会选择去逛街、约闺蜜或同事吃点小资饭，或者结个伴儿一起去唱 KTV、敷个面膜、做做美容、烫个头、喝两杯不知年份的红酒、看看目前的房价、去瞧瞧各类豪华私家车的最新样式及价格等。

通过对比发现，女经理们的行为更加实用。因为她们利用这休息的时间，不但享受到了很舒服、很小资的气派生活，而且还关注且研究了当下有关房产和豪车的价格及发展走向。一旦做好了这提前预算的准备，日后也容易选择、确定自己的结婚对象，所以非常 smart。

如果只有周六和周日这两天的假期，社会未免也太不公平了。所以除了每月期盼的月薪日外，最令人激动的日子就属国庆节的长假了。假期到来之前，骚动的男女经理们，早已按捺不住自己的焦虑，也早早将自己的七天假期，安排得满满当当。业绩不错的个别经理们，甚至还可以去和领导再额外地特殊申请出两三天的假期，凑上个十天完美假。

将近十天的假期，真的是很开心很开心。可国庆假期是全民福利假，所以即将面临的最大问题就是出行困扰。这期间的公路、铁路、航空线路，都被挤得快烂糊儿了。留在工作地原位待命的男女经理们还好，几乎不会受到任何长途出行带来的折磨，当然，这前提是不能到各大旅游景点去卖呆儿。可那些开着小车儿、奔命在高速路上的男女经理们可就麻烦了，那是几公里就一堵，而一堵就是一觉儿，直到被后面车的喇叭喊惊醒了为止。万一再摊上点事儿或小车车儿出了什么问题，譬如发生了剐蹭事件等，那可就真当场立马歇菜了。

而最惨烈的，其实是选择慢速火车出行的男女经理们。这种火车是见站就停，遇到比自己快的火车，还得谦卑地等待，让其先通过后，自己才可以继续前行。火车并没错，这是线路和停靠站的问题所决定的，所以不能怪火车，毕竟火车也是辛辛苦苦驮你的功臣。

但此时在火车上，最没有安全感的往往就是女经理们了。在这看颜值和身材的时代，如果女经理们的身段儿、长相都说得过去的话，那么 OK，把皮箱、行李放到火车行李架上的任务，就自然会有贴心男主动拍着自己的胸脯站出来给予解决。并且在下车之前，也会满脸谄媚且热情主动地帮忙把皮箱、行李再一次地从行李架上搬下来。即使你放的东西再多、再沉，贴心男也一定不会有一丁点儿的厌烦。这叫绅士风度，只因为姑娘的容貌配得上。

可这个世界永远都是不公平的，并不是所有的姑娘们都长得那么可人、那么令人迷恋。而长相和身段儿看不过去的姑娘们怎么办？没有个精致的五官，也没有双性感的大长腿，万一说话声音再像某些港台女星那么粗糙又憨沉的话，那贴心男可就很难出现了。

以贴心男的心理，就算不能和你怎么样，就算是最终没有要到你的电话号码或微信及 QQ 号，但是，如果当事女经理足够漂亮的话，人家贴心男起码可以很舒服且口水地盯上一路，意淫它几番。可如果当事的女经理并不具备漂亮的潜质，万一再粗糙点儿、再露出点儿女汉子的气质来，那恐怕贴心男是真的真的不会愿意搭把手了。对于贴心男来讲，这没有任何实际意义，万一遇到的箱子又特别地重、特别地大，那这岂不真成了一个巨大的且让人受累的麻烦了。

不过在这种时候，往往也可能会出现真正善良的人。比如，善意的小伙子，或热情的大叔大婶儿，甚至好心的大爷大妈等，也同样会帮助你解决困难。但是出现率最高的，往往还是正值青春的帅小伙子，一股子男人的气魄，愿意热心地、全心全意地帮忙解决困难。那一瞬间，如果你是这位姑娘的话，你一定会无比地感动，甚至不知道该如何道谢。

当小伙子快速地解决了你的皮箱和行李问题后、当你们共同坐下的一瞬间，你就可以慢条斯理地和这位已经羞红了脸的小伙子痛快地畅聊了。此时的你，确实是无比真诚地充满了感激之情。可毕竟年代不同了，父辈们的那种单纯、干净的浪漫，都早已不复存在了，浪漫电影中的桥段，也实在是太难成为现实，那过去年代的纯真和简单，在当下社会，是真的很难很难再出现了。

所以即便是你们聊得再好、再开心、再依依不舍，可能也很难有后续的浪漫故事发生。只因为，热心的小伙子是个没钱儿的主，脖子上也没有又亮又闪的大金链子，更给不了你在大城市磨练和见识的实际需求，所以，他并不适合你。那么，还是心里默念着一天小伙子的好，算是对人家善良的感恩吧。

当然，如果浪漫的故事发生了，那就祝福你！

愚蠢和矛盾

绝大多数人们，依旧都持续生活在一个这样的模式中：在无比汹涌的人潮中，每个人都像是一粒尘埃，既起不到任何决定性的作用，又无可厚非地存在着。他们被发现于每一条街道及每一个角落，游荡着四处奔走，晃晃沉沉且一朝一夕地老去。少许人心中会有所念，固然朝着某个方向一直在前进着，而多数人盲目跟风或从众，选择中庸与平淡的人生模板，描画着自己定义般的人生路，直到尽头。

我时常在想，除了戏剧般的人生和玩笑化的一张一合以外，我们每一个人，也许或多或少地都在被五味杂陈的大油锅长期烹炸着，我们的大社会是否该给每一个人解释些什么呢？或者说，是否应该给予这个大群体些什么呢？再或者您哪怕再做些什么呢？

也许我们每个人都充满了矛盾，自我的矛盾、与他人之间的矛盾等，这些矛盾都暴露在每天的日常生活里。活着的每一个人是否都有错呢？每一个人又是否经常会有令人作呕的愚昧瞬间呢？

在不眠的午夜，我习惯坐着发呆并反省，坐累了，那就站起来继续反省。不为别的，我只是简单地希望自己可以更加进步，尽量做到更好。仔细想想，究竟我为什么希望自己更好呢？因为我希望通过做得更好，获得来自四面八方的赞扬和夸奖，以满足自我。但若我不去反省所说过的话和做过的事儿的话，那么恐怕我就很难使自己变得越来越好、越来越优秀，结果我自然就得不到来自大多数人们的赞扬和敬佩。

在这个时候，我的内心和我的欲望就会开始作祟，且不会知足，满满的失落感会一拥而上。就只因为那点儿面子，我宁可让自己受罪。很多年前的自己，一直就是这副德行，就是要实现想要实现的，实现不了就用痛苦来折磨自己。但几年前，我最终对自己评价：出发点本是好的，但内心不够纯粹，我过于爱面子、过于在乎自己的虚荣心，以致将本美好的进步历程，活生生地变成了自我折磨的一种习惯。

可如果我丝毫不顾及自己的虚荣心，我又怎么能够主动且更有力量地去使自己变得更好呢？在当下社会，单纯的不含虚荣心的个人反省能够持久吗？这是个令人反胃的问题。

再后来，通过进一步的反省，我又发现了一个很关键的问题，那就是，我很可能是个很自私的人，这是我从生活细节中感悟到的。

我有个朋友，有一次因为吃饭时点菜不小心点多了，便愧疚了一整天，无论是因为怕浪费食物，还是怕花钱的缘故，我都认为他小题大做，琐屑之事根本没有必要如此，便给他戴上了一顶“没有魄力”的帽子。

又有一次我们吃饭的时候，边吃边聊，也许是因为注意力不够集中的缘故，油点儿掉了一小滴在他衣服上，他发现后无比烦躁，不知所措地回忆究竟是哪个环节导致的。我安慰他：不用过于在乎，因为首先你是不小心掉在了衣服上，而且衣服本就是用来穿的，况且即便没有油点儿掉在身上，也会有日常的灰土落在衣服上，那么到了该洗的时候，也肯定是要清洗的，况且咱又都是爷们儿，所以根本不用去想，也别在乎，都无所谓。

可对方非但不能接受衣服被油点儿沾上一丝儿的现实，而且也无法听进我的碎碎念，反倒是自己花了 10 分钟的时间返回住所，将衣服来了个彻底的清洗。过了大概 30 多分钟后，老哥颠儿颠儿跑回来了，一脸满足地重新坐在了我的对面。通过他脸上那微笑的肌肉表情，我得知，油点儿已经没了，而老哥也继续开心地吃了起来。我当时实在是想不通他是如何思考这个问题的，反正我知道我已经是彻底崩溃了。于是，我又赠予他另一顶“不爷们儿”的帽子。

通过这两件小得不能再小的小事情我发现，我好像真的是个很自私的人，我全部都是在拿我自己的方式及风格去看别人，看待任何事情和问题，同时，我也就不经意地按照自己的标准去要求别人。这是一种非常愚蠢的思维，更是令人厌恶的行为。人家是否够爷们儿、是否有男人的魄力，都仅限于人家自己的需求，这和我完全没有任何直接的关系，我也只是个吃瓜群众罢了。不喜欢，可以选择不看，何必非要干涉人家的决定、忽视人家的感受呢？又何必强迫别人非去执行我所要的标准呢？

所以，我特别感谢我的这位“不爷们儿”的好哥们儿。若不是他，我还是一副发号施令的丑恶嘴脸，非但没有反省出什么并取得进步，反倒降低了自己的情商及道德标准。更重要的是，我更要感谢他没有因为我一时愚蠢且脑浊的言行，而放弃我这么个烦人又实在的朋友。

所以，我很愚蠢，而且我还发现了我自己的愚蠢之处。可虽然说我不应去干涉别人，但我内心里真的很纠结，难道爷们儿真的不应该洒脱、自我、无所谓、有魄力地活着吗?

摇滚与音乐

大伙儿对我的种种思维和行为，进行了一系列的、不同程度的总结，我也对这些总结做了一个相对全面且完善的整理。但从整理的结果来看，与其说是对我进行了一系列的总结，不如说是对我们这些音乐人进行了一场血雨腥风的“大批斗”。

总结出来的内容，大概一致认为我们这些音乐人是不够合群的、孤僻的，且较为怪异，个性较强，着奇装异服，长发飘飘或一根儿没有，内心大多火烈且充满着激情，但性格却不一定火热，而且不同的音乐人对不同音乐的敏感度也是偏差较大的。最起码，绝大多数的吉他手们更加热爱那些较重的、激烈的音乐，也许只有那样的音乐，才可以起到宣泄、嚣焰的作用。无论是对社会的质疑还是对人们的不满，那些音乐风格偏重的吉他手们都必须要将自己的信念进行到底。不在乎你是地上还是地下、也不在乎你是火了还是歇了，他们始终都知道自己想要的是什么，那么自己实现自己想要的就已足够了。

我认为，音乐是包罗万象的，内涵大得令人畏惧。而摇滚则是一种态度，它是多元化的。不同的摇滚人热爱摇滚的程度是完全不一样的，且热爱的摇滚的类型也是无比地多样。在当下，摇滚可以说早就是一种普及性的词语，它出现在人们的生活里，或多或少。但是，对于一个真正的音乐人来讲，摇滚则是必不可少的一种态度，对摇滚的基本热衷度，是其一项必达的生命指标。

当然，你若只是单纯的音乐爱好者，因而对摇滚乐并不感冒的话，那么一切 OK，这是正常且无误的选择。因为只要是音乐就永远都是最优最美的，况且摇滚乐也只是音乐类别中的一种而已。只是对于现在的很多人来讲，摇滚不单单是一种音乐风格，它更是一种积极向上的姿态，且又是使人前进的力量。

所有人都必须喜欢摇滚乐，我们任何人都无权这样要求，这绝对是个又臭又烂的想法。因为在音乐上，不同的人们有着不同的喜好，每个人都会因为自己的个人因素而对不同的音乐的不同位置，产生不同程度的兴奋。而这个兴奋点，就是我们常说的爱之所在，所以完全没有任何问题。有问题的是那些伪音乐人或伪摇滚们。对这类群体，个人不提倡过度揭穿，而提倡顺其自然，只因为在我们现有的体制内，我们需要这些盲从的跟随者，因为没有了他们，音乐发展将会更慢。最起码，他们可以将不同音乐人的不同风格音乐，带入到不同的环境里去，这将大大提高人们欣赏且理解音乐的能力和整体素质。所以，将功赎罪了，功过相互抵消了吧。

虽然他们自己根本听不懂什么音乐，也无法体会到那些优质纯美的编排细节，但是，至少他们在台下都会跟着音乐、采用不同的速度，做出一系列的摇摆动作。小皮鞋儿们和小旅游鞋儿们相互交织在一起，踩出一段儿独有的摇滚现场必备群舞。其实这类人群也无伤大雅，人家也确实是觉得自己挺喜欢的，别管为什么，反正人家买票了，也算给咱们面子。人家不买票、不来观赏，咱不也得照样演。

人家或许只是很辛苦，想要发泄一下，或者刚刚接触而已，难道还不能自由地做自己想做的事情了？所以其实也没什么问题，只是完美主义兼强迫症的我们，看不惯那些不懂音乐还要假装懂的大哥大姐们而已。可回头想想现实生活，如果都是懂音乐的人才来欣赏音乐的话，那门票怎么办？拿回家当手纸也确实太小了点儿吧?！所以，但凡是没有混到一线明星级别的，以后每次音乐会的时候，咱大伙儿都赶紧保佑各位大哥大姐、大爷大奶们积极来欣赏音乐，您要觉得不成的话，我们就再给您凑个果盘，或者来个小粉象不就结了，能多大点儿事儿！

伪音乐的高手们

但，最让人费解且让人觉得无比可恨的，就是那些个伪音乐人。为什么说“无比可恨”呢？因为这类伪音乐人，实际上就是些只有三脚猫功夫的骗子，还打着职业音乐人的旗号四处招摇撞骗，而其欺骗的对象，大多是一点点儿都不懂音乐却又无比热爱音乐的人们。论其技术能力，根本不合格，就更别提过硬了，论其职业素质，也丝毫不达标，但，可长了一张能说会道的大厚嘴，技术虽不到位，可嘴到位。

我亲眼见过最夸张的一个职业玩吉他的吉他手，玩琴 20 多年，竟然连琴弦都调不准。他的吉他上，六根儿空弦的音高永远都比国际标准音低了那么一点儿。比如，一弦的空弦音是高音 3，但人家老乡永远都会给你把音高定在一个让你崩溃的高度，就是定在高音的 3 和高音的降 3 之间的某个位置，距离两边儿的正常音高，不是相差了四分之一就是差了八分之一。所以，想高又顶不上去，想低还拽不下来，跟音乐整体一合起来，简直就是对乐音的一场屠戮，你说你让你的耳朵怎么办？

最疯狂的是，这哥们不但又蹦又跳地去参加了一些音乐现场，而且还乐此不疲地进棚录东西。再而且，现场录音师以及旁边儿的乐队队友们，全部都没有听出来音高已经发生了严重的问题。也许，大概是都听不出来吧……

但这真是让我到了埋进土里的时候都无法接受的一件事情，这不仅仅是态度不及格的问题了，那一瞬间，我觉得音乐特别可怜，被他们这样亵渎着，同时又觉得我自己也特别地可悲，我的生活里能遇到这样的一个人，弹琴 20 多年，琴弦都调不准，这音高误差也未免太大了点儿吧。所以从那时起，我拒绝关注或去看任何跟这个人有关的信息。不光是他，只要是态度不端正的、自身专业技术存在较大漏洞且又不主动优化自己的音乐人及音乐骗子，我都不再予以理会，大家各自相安无事即可。

其实最无奈的还不是这个，而是那些让你无法改变的很多涉及公众的问题。那些伪音乐人自身的音乐技术虽不过关，但却敢用嘴巴去哄骗那些热爱音乐而又不懂音乐的人们。更悲剧的是，他们技术虽然不过硬，但是却可以囫囵吞枣般地划拉出一些能力范围之内的演奏片段，让不懂的人们更加难以分清其是好是坏、是对是错。还有的还会利用那蹩脚的弹奏技术将其所理解的音乐知识教给求学的人们。这意味着什么？这意味着亵渎音乐的同时，糟践着自己，还要去坑害那些个单纯懵懂的小孩子们。

他们还要挺着胸脯，接受着来自家长们的全部谢意，就连最伟大的北京，都无法逃脱这些蝼蚁危害，且是长期地被这种危害所缠蚀着。他们所创造出来的畸形声音，充斥在繁杂的街巷，回荡在小商小贩儿的脑海里。他们用自己那迟钝的听力去为每一把吉他校音，用自己那失格的技术去传授那些并不正确的知识，用自己那粗黑的手指疯狂地按在吉他的品丝上；他们逐渐地成为了人们心中的偶像，他们有一颗卑劣的并化了黄色的脓的“良心”，他们最终难逃拖拽音乐致其进步缓慢的主要责任。

受害者
小进

2007 年夏末，我偶然接触到一个来自山西太原的吉他爱好者，那年他 17 岁，给我讲了一个影响他一生的小故事。

他从小就很热爱音乐，喜欢音乐喜欢到可以一整天都不做任何事，一天的全部时间就在家抱着一把 195 块钱的初学练习琴。他说，那是他辛辛苦苦攒了半年左右的零花钱买来的，因为家里并不太宽裕，而且父母无论如何也不支持他学习吉他和音乐，更别说买吉他了，父母一直都是避免谈及有关于吉他和音乐的任何话题。

在没有老师的情况下，他自己抱着吉他在屋里，门一锁，一个人就开始胡乱琢磨，琢磨了几个月，发现几乎没有任何收获。而他不光是琢磨不出正确的知识，即便是研究出来了，他也不敢去做相应的熟练练习，因为一旦错了，可能就会成为永久的错误习惯，那么则很难再改正过来了。他说在他的想象中，学习音乐，应该是件严谨的事情。

于是就这样浑浑噩噩着，直到有一次，父母因为工作原因调动到了北京，他也跟着来了。他瞒着家里，去当时的通州梨园发了两个月的传单，赚到了人生第一份儿学费。于是，没有任何经验和辨别能力的他，在管庄附近，找到了一个吉他学习班，遇到了个改变了他一生的三脚猫“老师”。当然，这位“老师”用伶俐的嘴巴对他来了一通儿完整的经济洗劫。洗劫完成后，便开始了一场上课前的吉他自耍表演。这位自耍先生，又是用牙啃着琴弦，又是将手时不时地拍打在吉他的面板上，那感觉，不禁让人想到为了赶猪回家而用力拍打在母猪臀部的巴掌声儿，噼啪！啪噼！……

这位“老师”教他的第一节课，是让他练一整天的活指练习，也就是大家常说的“爬格子”。第二节课，则让他把 12 个调的五大常用音型的所有可以扩展出的音阶，全部进行扩展，然后，将每一个都要全部熟记下来。如此难度，别说是初学者，就是高级技术水平，也未必敢保证能做到百分百的所有扩展并熟练记忆，更何况初学者往往连拍子和节奏都还弄不懂，甚至连 Do、Re、Mi、Fa、Sol、La、Si 的倒读法都还念不顺畅，竟然就推给其如此难度的内容。

凭我个人的经验和对其音乐心理的分析，我认为，之所以这位“老师”会推给他如此难度的内容，很可能是因为这位“老师”当时自己就在研究并学习这个知识点，而出于懒着去讲那些麻烦的零基础的初学内容，或为了再次寻找自我的成就感和存在感，便随机地给了他这些疯狂的“知识”。

第三节课教的是和弦。他愤恨地告诉我，这位三脚猫先生传授给他的 G 和弦，只需按一个手指就可以了，而且类似的问题和错误，也已经很难数得清楚了。重点是每次上课时，这位“老师”就只花几分钟时间，用手摆出相应的自我指法，进行大致的语言讲解后，就去一边儿喝酒刷手机去了，而他自己坐够一个小时的时间后，自觉起身回家就可以了。

第四节课的时候，这位“老师”拒绝为他上课，理由是：你根本不懂音乐，也不适合弹吉他，因为你不够刻苦，而且学得不如别人，再继续下去也是浪费时间。就因为这些话，导致他从那时起一直都认为自己学音乐有问题，且从未怀疑过这位“先生”的话，也一直都翻来覆去地在自己身上找过失，甚至有很长一段儿日子，几乎每天都在思考，究竟为什么“老师”说他不适合学吉他呢？

直到有一天，他无意中看到了一个吉他爱好者所按的G和弦和他平时所按的指法完全不同，并且通过深度交流后发现，管庄的这位自要先生所传授的每一项知识，都存在着巨大的错误，很明显，他是地地道道的“野路子”出身，于是这才明白过来为什么自己不适合学吉他。

但是此刻距离当时已经过去两年多了，现在的他，因为个人和家庭的缘故，只能选择放弃吉他和音乐，也不得不去做那些现在每日所面临的现实工作。他的父母也再一次将“不务正业”这四个字，扣在了他和吉他还有音乐的头上。

他的叙述深深印在我脑海，而更令人难以抹去的，却是他说完故事时的眼睛，我清晰地看到了他的眼睛里有一串儿眼泪，始终倔强地没有流出来。他也许是发现了我正在盯着他的眼睛，于是不好意思地挠了挠头。我问他：“小进，你恨不恨当初误导过你的那个人？”他平静地说：“曾经恨，而且非常恨，我想过很多次去找他，让他给我一个说法，并把我未学完的学费退还给我，因为并不是我在学习的问题上出了差错，而是他真的没有做到一个老师该做到的。但是也许这就是我的命吧！我注定和吉他、和音乐，都没有缘分，但是我真的很爱它们！”

事隔多年后，某一天的晚饭时分，我的手机接到了一条儿彩信，是穿着一身儿白色工作装的小进，在一家牛奶厂工作时的平淡微笑着的照片。我不知道应该说什么，但，我至少曾经祝福过小进，希望他在不久以后，依旧还能勇敢地选择为自己再重新活一次。

玩音乐之吉他手与音乐人

我见过很多不同的人，都说自己在“玩音乐”，其实“玩音乐”这三个字是非常有分量的。既然是“玩”，那首要条件就得是非常地热爱和喜欢，并且能敢说是“玩”，那就一定得有过硬的专业级别技术和娴熟的控制能力，只有同时具备了这两个条件，才能配说是“玩音乐”。

因为，这其实也是一个真正的且合格的音乐人，所必须具备的，只有完全具备了这最基础的两点，才能获得正确的自信，才能将这三个字儿毫不愧疚地说出口，否则就又快与音乐骗子打擦边球儿了。其实也倒不一定非要有多么变态的演奏技术，但是起码得能快速适应绝大部分的音乐需求，并且在不盲目的前提下，树立正确的自信和准确的自我估量能力。

每一个吉他手需知，音乐不等于吉他，而吉他也不等于摇滚。

有不少行业内的战友，分不清楚到底什么是吉他手，什么是音乐人。其实严格来讲，吉他手和音乐人是两个完全不同的词汇。音乐人的概念，较比吉他手来说是更加复杂的，音乐人需要具备更加全面的专业技术能力。吉他手，顾名思义，一个弹吉他的人。而音乐人，则可能不只是会弹吉他，可能还懂很多音乐方面的其他专业知识，比如关于鼓、贝斯、键盘、其他管弦乐、编曲、后期等等，所以两者的概念绝对是完全不同的。

通俗来讲，如果一个只会弹吉他，而不懂其他音乐方面的知识，或者说，不能深度了解及驾驭音乐上的除吉他以外的相关专业知识的人，那么，他就是一个标准的吉他手。所以成为一个真正的音乐人是一件非常难的事情，也是一件非常光荣并超享受的事儿。音乐人，意味着更加全面、炫酷，且具备那独当一面的专业能力。

疯狂的猫儿

我有一个认识了很多年的朋友，老家是河北定州的，在我的记忆中，他就是一个地地道道的疯狂人。

在他过往的生命中，除了练吉他以外，唯一的爱好，就是拿着几个碗碟儿和一双筷子，不分时段地敲来敲去，目的则是想要通过这些个碗碟来得到不同的音高和音色。他会根据当时的天气、湿度、重力的细小微弱变化，以及碗中放置物体的多少和轻重，来把控声音的整体变化度。

我认为，这一定得要求耳朵的硬性灵敏度极高，而这种敏感度，肯定不是每一个人都具备的。但他几乎每天都在反复做着这些重复的、看似单调的测试，以研究那些微弱的细小变化。我曾经看到他乐此不疲地伸着脑袋并敲打着这些碗碟，实在是忍不住，问了他一句："猫儿，你不觉得无聊吗？就这么点儿东西，你每天咧着张嘴敲来敲去的，你到底图个什么劲儿啊你？！咱能不能正常点儿啊？！"他则说："哎，你不明白，我不光是要通过它们得到人耳全部可以分辨出的音高而去写曲子，并且我也想知道，古人在创造每一件可以发出声音的物体时的思维和想法。”

猫儿解释完这些原因后，便指使我，让我去帮他将旁边那张又破又脏的、布满了不同大小的虫眼儿和饮料所洒出来的糖渍的桌子上的东西递过来。我走近一看，竟是他上顿还没吃完的肉夹馍。那一瞬间，我也只得从他能感觉到自己饥饿的行为上来判断，猫儿，至少是个还算基本正常的人，起码知道饿了该吃点儿东西。

猫儿就是个疯狂的人，起码我是这么觉得，同时又是个有意思的人。

记得2006年，我出版第一本吉他书，刚上市没几天，他就跑去买了一本，人家说新书做活动，有9.5折的折扣，他却给人家书店扔下50块钱后头也不回地就走了，书店的人在后面拼命直喊着:“小伙子！找你零钱！找你零钱！”

猫儿花了一年多的时间，把这本书学得差不多了的时候，我的第二本吉他书又发行上市了，猫儿哥又跑去买了一本，不过这一次，人家没喊他他便自己站在那儿等着人家给找钱。事后有一次我问他:“为什么第二次买书，你就接受人家找零钱了？”猫儿哥说:“废什么话，我这不现在不上班了么，每天吃饱都费劲儿，你想让我逃荒去啊你?！”我明白，他已经把那份儿很有保障的工作给辞了，看来，猫儿这是计划要打持久战了。

于是，他每天疯狂地练琴，所有的东西一个不落地逐个儿操练，还不时地想办法从我手里偷学各式各样的东西。我不建议他练琴时用束音带，并强迫他弹琴必须要无比地干净，不允许有任何不该存在的声音，且只能靠两只手或胳膊，而其他辅助用具一律不准使用。我的目的当然都是为了他好，毕竟这样可以大幅度提高他的演奏技术。

有一次他练了一整个下午，都没能把已掌握的错误扫拨片段改正过来，反而是越弹越烦躁。结果晚饭时，之前本说好给我的地三鲜，被他的烦躁活活改成了白水面条儿，且还没卤，而我恰巧又是个不吃面条的人。我就只记得那天晚上住在他家时，我肚子里的胃肠们好像都在拼了命地练琴和排练，而且整整练了一宿……

猫儿是个爱学的人，只要遇到不懂的、且是他喜欢的或想要知道答案的问题时，他就会一直追寻着或磨叽着那个知道正确答案的人。他问过我一个问了 N 次的问题，且每次都是非常认真、严肃的表情。

“你写的这两本书，我和你的观点基本是一样的，第二本书算是个极品，真的很牛。但是为什么第一本书我总觉得那么奇怪呢？而且里边的内容，感觉好像少了点儿什么似的。”他奇怪地问到。我回答他说：“猫儿，两本书虽然都是我无比用心创作出来的心血结晶，但写第一本书时，我受到了投资人和出版社等方面的限制，所以不能像你想的那样去设计内容，而且我也只是个音乐人，我不懂得经商，也确实没有任何兴趣在做生意之类的事情上，所以，这真的不都是我的问题，而且我确实也没有更好的办法。但第二本书，有很多元素都是我自己尽可能地冲破种种障碍去驾驭的，较比第一本书，写作的自由发挥的空间大了很多，但依旧还是不能做到百分百，还是受规矩的制约吧。但是我很感谢你给我提出来的建议，对我来讲，很珍贵。”

猫儿听完我的这番话后，便埋起头，大口地吃起那碗快泡烂了的拉面。其实我很想直接告诉猫儿的是：“音乐和现实永远都会有冲突，因为不同的参与者们，站在不同的利益棱角上，都希望自己的利益尽可能地最大化，而走在最前面的那些看似已闪闪发光的音乐人或艺术家们，往往到后来都成了瞬间的炮灰，直到死去。”

猫儿是一个我极少能见到的比我还简单的人，在他的世界里，很多东西都似乎完全没有了世间的章法，他只做他自己想做的，人们也可以说他自私、怪异、愤青等，但对于他来讲，他只活他自己，他的大脑也只在他自己的脖子上挂着，所以他根本不在乎。

猫儿也许是个过于自我的人吧，反正从我的视角来看，他的确是个不折不扣的疯子。猫儿总是热衷于叫我去他家玩儿，因为他家距离北京并不太远的缘故，所以我每隔三五个月都会去赴约。虽然每次去了，他总是想尽一切办法偷学我有关音乐的任何知识，不过我早就习以为常了。我一直都认为，知识就应该拿出来分享，因为只有把知识共享了以后，才能证明我并不是一个自私且又小气的小人，而且把知识如实地教给对方后，对方若没有学会，那也才能验证我起码还是有那么点儿“高等智商”吧？

猫儿的家不大不小，80 平米左右，我觉得相对应该比较容易收拾，可屋子里就像是刚打完了一场恶战般地乱，满地都是可乐塑料瓶、烟头、换下来的旧吉他弦、纸箱子、快递盒等。一张单人床上，满满地堆积着如山般的衣物和大大小小杂乱的生活物品，唯一能勉强坐下一个成人宽窄的床角儿位置处，还被立放的一个黑色的琴盒所占据着。而吉他盒的正面，贴了一张修女穿着无比性感的衣装、妩媚地倚靠在一个高大的魔鬼骷髅怀里的贴画。墙上挂着一个濒临去世的旧式石英钟，钟的旁边儿，贴了一张大大的 Metallica 海报，黑色的窗帘，挂在朝北的窗前，我瞬间感到很明显的压抑及阴郁。

正在我发呆地看着周围的一切时，听到了一个熟悉的声音："把饮水机旁边的锤子帮我拿过来。"我下意识地回头一看，根本就没人，也没看到任何能喘气儿的生命体，可几秒钟前，我明明听到了有人在跟我说话，还让我帮忙拿饮水机旁的锤子，我不会是幻听吧？

正在我纠结声音的来源问题时，在我的右前方、一个大盒子里，猫儿突然迅速地坐了起来："哎我跟你说话呢！你发什么呆呐你?！你媳妇儿是跑了还是让城管给叼走了?！赶紧把锤子给我啊！再不给我都要睡着了！"于是我赶紧拿起锤子递给了他，可我这么定睛一看，这哪是什么大盒子，分明就是一口"活生生"的棺材！而猫儿就躺在棺材里面，左手拿着一颗钉子，右手握了个锤子叮叮当当地砸着。

我吃惊地问猫儿："你是彻底地疯了吧?！你怎么还整了口棺材回来?！你说实话，你是不是想半夜骑鹤去西边儿溜达溜达去?！"猫儿一脸无视且平静地回答道："我晚上吃完饭去八宝山看看你去，顺道儿给你带点儿丫鬟和太太。"说完这番话后，猫儿自己坐了起来道："昨天棺材盖儿坏了，睡觉总合不上盖儿，不舒服。"

从那时起我便知道，猫儿哥已经离不开那口棺材了，只要是在睡觉时，无论白天黑夜，他都要躺在里面，而且棺材盖儿也必须要自己拉上。猫儿说他在练琴时，绝对不会抱着吉他躺进棺材里，他说吉他是不属于棺材的，本就应该存在于正常的空间中，所以他的吉他每次都是放在棺材外的其他任何地方。

但他认为自己却是有罪的，他说他还没有把吉他练到他想要的程度，也没有将音乐进行到他所满意的位置，再加上他个人认为，自己对社会虽无害可又无大用，所以可能活着也只是浪费粮食，但死又不能死，于是那口棺材就成了他最好的心理安慰吧。

猫儿也邀请过我躺进棺材里感觉一下，我把盖儿一拉上，躺了半个多小时，并无想象中的恐惧感和厌恶感，反倒是在想以后的很多问题，起码以后有一天，我得让我儿子给我亲手拉上盖儿，那才觉得完美。

后来大概过了一年多的时间，我接到了猫儿的电话，被告知让我去参加他的婚礼，自由恋爱，且还是个日本媳妇儿。不过我倒是一点儿都不担心猫儿的生活会有任何问题，并不是因为他即将要结婚了，而是当我躺在他棺材里的时候，我清楚地看到了胳膊下面被我压碎的、发出“喀嚓喀嚓”声儿的一大袋儿可比克薯片。

愤青

我听到很多人都在说："玩音乐的人都不正常，都跟正常人有些出入，而且都很奇怪，非常地怪异。"这个观点我基本同意，确实是有那么一大部分的音乐人和吉他手，令人觉得很古怪。但是怪异的那个"度"，可就不能一概而论了，因为不同的音乐人让人感受到的奇怪，其表现方面和程度以及表现方式等，都是不尽相同的。不过，归根结底，我们还是依旧难逃"怪人"这个名词的长期陪伴。

可有一点，就是关于大众所说的"愤青"一词，有些人的理解我不敢苟同。"愤青"这个词语，对于不同的音乐人，可能会有不一样的理解，且听到这个词语后的内心反应也是不尽相同的。我无法准确地为"愤青"这个词语进行褒贬划分，因为有的人习惯将它理解成贬义词，认为是不成熟、年轻冲动、极端，乃至误国的代名词。但我却不这么认为，至少我不愿意一棍子敲下去打到所有被人们视为"愤青"的人，凡是不伤害到、不影响到人们正常生活的"愤青"，何必要用明显的贬义词来给其扣帽子呢？再者，辨别“愤青”的标准和证据又是什么？它们在哪里？从我个人角度思考，我倒是认为“愤青”是个中性词语，且应该针对不同的时间、不同人的不同行为及事件具体而论。

首先，前面已提到了，不伤害和干涉及影响人们正常生活的“愤青”，那就应该没有不妥之处吧？且再论，如果这个世界上不存在任何“愤青”的话，那么请问哪来的满腔热血之士？从古至今，若存在的都是中庸之人，那么哪来的迅速发展、哪来的生产动力、哪来的奋斗目标、哪来的建国梦想？这些从何而谈？！

当今每一个有着理想和目标的人，都在朝着自己的梦想努力，先且不说梦想是否足以正确，但起码内心中的那份激情、那份力量、那份渴望，哪怕就只是一点点儿，怕是也离不开“愤青”的这股力量吧。那些参军打仗，交战前线的士兵们，为何要接受长官们所谓的训话？不就是把讲话变鼓舞，把鼓舞变激励，再把激励变成热血，而把热血变成了最后的“愤青”了吗？如果战争中没有“愤青”的存在，那么谁愿意第一个冲上前去？靠监督算什么魄力！最终不还是得靠内心中的这一大团热火，去鼓舞自己及他人，勇敢地参加战斗并坚持到最后！只因，“愤青”们懂得，没有国来哪有家？！保家卫国！必杀！！

所以，我很反感别人把我定义为“愤青”，我反感的不是这个词语，而是这个词语在绝大部分人们的脑海中早已形成的那根深蒂固的陈腐观念。我觉得尤其是男人，还是应该留有较为强烈的“愤青”劲儿，爷们就是爷们，无论做什么，都拿出足够的魄力来，做得起就输得起，又有什么可害怕的呢？只要是在不加害于人、不影响到国家、别惹人厌烦的前提下，我认为“愤青”都是一个无可厚非的且积极向上的中性词，甚至在某些问题上，将其视为地道的褒义词都一点儿不为过。所以每每发现有人滥用滥说的时候，我真想拿我半年前脱下还没洗的袜子，抽其嘴嘴和脸脸。

不过，即便是拿袜子抽完了嘴嘴、打完脸脸了，也还是得公平地承认一点：艺术家是疯狂的。我想，大概只有极少数的艺术家能有真正成就吧，毕竟能力得够，疯狂也得足，才能无比艰难地孕育出来一名艺术家。但，身为一个暂未完全疯狂的音乐人，我一直铭记着行业内的一句名言："玩音乐穷三代，弹吉他毁一生。"不过，现在的我，依旧还是像当年一样，音乐，仍然让我觉得我很光荣。

王力

我想起了我曾经的一个学生。那是2011年的春天，在我的记忆中，那一年的春天非常忙碌，忙碌得让人感觉到几乎每天都是在不停的喘息中度过的。我看着街上所有陌生的人们，他们或开着小车奔来跑去，或在大街小巷里走来赶去着，我试图挨个分析每一个出现在我视线内的人，我也很想知道他们都要去哪儿、都为了什么去、都有着一个怎样的目的等。我也很清楚自己的时间和精力并不允许我这样做，但是我宁可花上一点点儿时间，去简单地把我所看到的人们大致过一遍脑子，以更好地客观化审视自己。也许，这样会让我平静很多。

也就是在这个令人记忆尤深的春天，我的这个学生，不顾全家人的反对，毅然独自一人背着吉他来北京求学。42岁的他，虽然脸上挂有极为明显的沧桑和深深的、擦抹不掉的皱纹，但我却能很强烈地感觉到他内心中的那股力量依旧还是像烈酒般地浓烈。

几年前，他便已经有了一个完整的家庭，有贤惠的妻子和可爱的儿子，但是这么多年来，他还是无法彻底放下他的吉他和他那深爱着的音乐梦。他告诉我，几乎每个夜晚的梦里，他都能看到自己那把已泛了黄的吉他，他说他真的控制不住自己，也真的真的很想一个人和吉他安静地待一会儿。虽然已有了家，可他对音乐的那份儿执着，几乎从未因家庭和岁月而削减。他想了很多种办法和理由去说服自己，以让自己能去做自己想做的事情，但回头看看这可爱的家，又觉得自己过于冷酷无情，没有了男人那最基本的家庭责任感。

于是他纠结思考了很久。最终他决定，应该至少将吉他学完，起码得学到一个让自己满意的程度，才算对得起自己这些年对吉他的追求和对音乐的渴望。可面对着全家人的反对，他无力作任何争辩，现实的生活也早已将他折磨得疲惫不堪。也许是在烦恼的怂恿下，或可能是在音乐的神圣召唤下，他最终还是选择了从吉林长春的老家来到了北京。

在北京的日子里，王力没有去做其他任何与音乐无关的事情。他在大兴郊区的一个村儿里，租下了一间小房子，面积大概只有 10 平米左右，每月房租 300 元。屋子里的生活设施，也是简陋得不能再简陋了，除去自己的行李外，还有一张很小的床、一个洗脸用的盆子、一双破旧的拖鞋，这便是房间内的全部生活用品了。

王力每天都将自己关在这个小屋子里拼命地练琴。早上 6:30 起床并洗漱后，7:00 整准时开始练琴，一直持续到中午，中午吃过饭后，抱起吉他继续练习，再到晚饭时间，吃过了晚饭，依旧还是练琴，直到夜里 23:00 结束。

王力是我见过在我课下所有学琴的学生当中，练习量最多且质量最高的学员，他总说，自己的年龄已经没有什么优势了，所以只能利用现在每天宝贵的时间，来弥补曾经失掉的时光。我时常在想，王力也许真的是一个非常勇敢的人：时刻面对着家庭的反对与责备，每天都愧对妻子和孩子，还要顾及着那无法逃脱的现实生活。交错在现实和梦想之间的他，是否也曾在无数个夜晚，偷偷地重新审视自己未来的方向？

我问过王力他的未来打算，他笑着说："高老师，其实不瞒您说，我都这一把年龄了，也学不了太多了，更不可能成为音乐领域的佼佼者。我现在也基本上都想开了，我太爱我的吉他和音乐了，我一辈子都离不开它们，所以我现在就只能尽我自己的最大努力，去把它们学到最好的一个状态，也算对得起我的家人和我自己。未来我该何去何从，其实我自己也不知道，但是至少在北京学习的这段日子，我一定会倍加珍惜，因为也可能不会再有下一次机会了，而且我也一定不会辜负您给我设定好的学习进度，我会努力将这些知识都学完。"

王力的话，触动了我内心中的很多细小微妙的东西，这种感觉很复杂，也难以说得清楚。我能最直接感受到的是，一个汉子，面对着一切难以根除的棘手问题时，尽可能地做到不发生顾此失彼的现象，且使每一个重要的环节都能够正常运行着，这该有多难于去掌控呢？难道每一个回头重新追寻梦想的人，都要付出如此惨重的代价吗？问题的根源在哪里？究竟如何解决？且究竟应该怪谁呢？

王力曾经对我提及，在他 16 岁左右的时候，他就一直想学习吉他和音乐，可他的家人死活就是不同意，更是拒绝了他要钱买吉他的哀求。这么多年过去了，时光再也无法回返，而曾经的那个朝气蓬勃的热血少年，已俨然变成了一个被生活压抑了多年的、饱经了无数沧桑的男人。如今的生活条件，好不容易可以允许他去做一点儿自己想做的、喜欢的事情，可家庭、生活等问题，使他不得不终日操心。

王力在北京学习的后期，喂养了一只白色的小狗，是邻居的一个大婶儿送给他的，也许是看他每天都一个人待在屋子里觉得他寂寞的缘故吧，但至少我知道，王力绝不是一个寂寞的人，因为他每天都有那把黑色的“IBANEZ”电吉他陪伴着他。

王力说他自从养了这只小狗以后，每隔一天都会自愿地带小狗出去溜达两圈。虽说浪费了两个小时的练琴及学习时间，但是王力还是坚持着隔一天就带小狗出去撒欢儿去。我当时很奇怪地问过他：“你王力竟然还愿意把练琴时间贡献给小狗儿？不过你可能也确实是练得太累了，也就全当给自己休息休息了。”而王力的回答，再一次地让我陷入了沉思：“嘿嘿，高老师，让你见笑了。其实这个小狗儿特别懂事，也特别向着我，每天都往我住的屋子里叼别人家的新拖鞋，有时候一叼就叼了两三双，估计是它看到我的拖鞋太破了吧。而且，我毕竟也不能在北京长期地待着，家里还有孩子，所以我就想着，只要我在北京多待一天，我就带它出去多走一次，这样也算对得住这只小狗儿对我的好吧。只可惜火车上不允许带小狗儿，要不我一定把它带回家，养到它老了为止。”

那一瞬间的感觉很复杂，越回味王力的话，越是让我觉得很不舒服。我不知道我是应该痛恨铁路部门的呆板，还是应该怪罪王力隔壁的送狗大婶儿，或者说是应该怪罪这个社会在教育上的缺失，以及引导群体大众去追求的价值观的畸形。

2011 年入冬前，也就是秋末与初冬之交，王力不辞而别。他隔壁的大婶儿给我打了个电话，让我提供一个可以接收东西的地址给她，说东西是王力临走时请她帮忙转交给我的，而我当天因为是在休息，所以下午就径行去了王力之前的住处。

隔壁的大婶儿热情地拿了个苹果递给我，在将王力留给我的东西放在了那张小床上后，便喊着那只王力曾养过的小白狗儿回家了。

留下的是一张字条儿和一个蓝色的手工木头人，我将字条儿打开后看到："对不起，高老师，我的吉他课还有 3 节没有学完，和声作曲课也还差了 4 节没有学完，我可能辜负了您的一片心意，也羞愧于您对我的用心和一直以来的特别照顾。我遇到了好几个我从未遇见过的麻烦，不到万不得已，我绝对不会以这样的方式和您告别。我在北京的这些日子里，和您学到了太多的知识，这也让我的技术大幅度地趋于规范和成熟。虽然还没有完全达到我想要的高度，但是这已经超乎意料让我满意且知足了，我也算是给自己这次北上求学，考了个还算及格的成绩。蓝色的小人儿，是我唯一擅长做的手艺，我是跟着自己的感觉做的您的样子，希望这个礼物您会喜欢，也算是我的一点点儿谢意。高老师，如果以后真的再有那么一天，我一定会再来找您的。祝您工作顺利、身体健康。王力。"

我把这个长相神似我的小木头人儿，小心地揣了起来，便朝着门外走去。走到门口时，隔壁的大婶儿站在门口，一边儿拿火腿肠喂着小白狗儿，一边儿若有所思地对我说道："你就是小王的音乐老师吧？听他提起过你。小王上周替我垫付的电字儿钱，我还都没来得及给他，他就走了。临走又把这小狗儿还给我养了，还给买了一箱火腿肠，里边还夹了 100 块钱，这倒是把我弄得心里挺不舒服的。但是你们放心，我一定会对这个狗特别上心。”

我谢过并告别了这位大婶儿后，便朝着胡同口儿走去，就在我快走出胡同口儿的瞬间，我清晰地听到了大婶儿朝着我大声地喊了句：“小伙子你们放心就行！我也一样会每天都带着狗出去遛弯！”我伸出了左手，朝着大婶儿使劲儿地摇了摇，以示听到了她的话，然后便头也没回地走了。

走了没多远，我忽然反应过来，原来王力在北京的最后一段日子里，那么珍惜练琴时间的他，竟然变成愿意主动为小白狗儿留出时间带它去遛弯。且刚刚在他住过的房子里面，我竟然没有找到那双破旧的拖鞋，就连小白狗为他叼回来的新拖鞋我也没能发现。我掏出了那个蓝色的小木头人儿，盯了许久……

杳无音信的王力，已然不辞而别了，甚至以后都未必再能遇见。但，至今，那个蓝色的小木头人儿，依旧还躺在我桌子下面那蓝色的抽屉里。

人这一生，或长或短，非成即败，面对这短暂而又繁碌的生命，是否应该有所悟呢？整日忙碌的你，是否认真地思考过自己的人生及所求？奢求利益最大化的我们，又是否确定自己不是一个斤斤计较之人呢？你整日忙碌的所有事情，真的都是你想要去做的且喜欢去完成的吗？或者说，你真的是个高尚的人吗？你难道真的是一个有着正确梦想的梦想者吗？我想，我需要先去反省我自己，然后才有脸面质问他人。

薛大老板

2006 年冬天，我认识了一个朋友，操着一口地道的山西大同式普通话，因其在工厂里做临时工，再加上他的目标是希望自己成为一个有钱的大老板，我就给他起了个外号，称他“薛大老板”。

这位“薛大老板”，算得上是一个既普通又特别的神人，他的一些看似普通到不能再普通的行为和思维，深深地让我陷入了沉思。

记得刚认识他的时候，他还没有结婚，按理说也算得上是一个来去自由的人，可“薛大老板”却每天除了要去厂里干活以外，还要在下午下班的时间点儿，准时去接他当时还未过门儿的媳妇儿，而且还得在他自己下班后的时间、和接媳妇儿的时间缝隙当中，找出一部分时间来找我混。混什么呢？当然是混吉他、混音乐。虽然是在厂里做临时工，但是这丝毫不影响“薛大老板”热爱音乐的天性，且还真别说，教啥都能学会，还学得挺不错。

我是个很健谈又很贱招儿的人，所以当时问过他各式各样的、有关于他自己的很多无聊问题，现今虽已不能完全都记得住，但还是可以记得清一些小有意思的事儿。

记得有一次问他："老薛，你觉得你媳妇儿漂亮不？要是给你个做模特儿工作的媳妇，你要不要？"薛先生则回答："嘿嘿嘿，你'缩'的那个根本就'四'不可能的'四'，咱又没钱，又没有本'四'，人家女的要买个包都买不起，还模特呢！"我又问道："那你是怎么规划自己以后的生活，怎么计划打算的？说说分享分享。"他则说道："以后的'四'，现在哪'资'道，先'钻'点钱吧还'四'，以后'介吖（快速连读）缩'（再说）以后，现在想得'萜（读四声）'远，也没'篸'么用。"

然后，他对我接下来问的问题的回答，就是他说过的所有话中，最经典的三个字儿了。我追问道："那你打算什么时候结婚呢？"薛先生便呆若木鸡般地，将他最最经典的三个字儿扔给了我："介吖缩吧。"我不甘心地又问了句："那打算什么时候要孩子呢？"薛先生仍旧木讷地、看都不看我一眼地且经典地回答道："介吖缩吧。"

我有时候可能确实是有那么点儿缺德，总爱学人家说话，但我可以起誓，在我的内心中，是真的真的毫不存有嘲笑及贬低他人的意思，我只是很简单地觉得这样特别新鲜、特别好玩儿，从小儿就已是这副德行，怕是很难改掉了。我妈从小就训斥我说："学人不如人！"可我想了想，我就是宁可不如别人，我也不能不学人。所以，我总是用问问题的方式去故意勾引着"薛大老板"，好尽可能次数多地、频率高地听到那经典的回答"介吖缩吧"。

"薛大老板"对待生活的方式，更像是一种"当下式"风格，也就是说，这个月他带着媳妇儿去厂里做临时工，那么可能到了下个月发了工资后，他则会带着媳妇儿回大同老家过日子去了，什么时候两口子的这一个月工资钱花得差不多没了，什么时候就再回北京的厂里继续再做临时工，如此反反复复地生活着。

不过，“薛大老板”做临时工的时间，也不一定每次都是一个月。缺钱时，他一般都会在厂里做上 1—6 个月左右的时间，甚至有时，还会把媳妇儿留在厂里继续上班，而他自己，则出来做一些其他的事情等。也许，多做几个月的原因，是因为能够攒下更多的钱吧。但最起码，薛先生是几乎不乱花钱的，非常地勤俭节约，但凡能不花的钱，他都尽量不花。

我曾无数次地想象过，“薛大老板”兜儿里的钱，会不会是那种很旧的、又有着他自己味道的、且快能被攥出水了的样子呢？我也一直都有着一种强烈的冲动，就是特别想用鼻子去闻闻“薛大老板”兜儿里的那些钱。不过，我记忆中的“薛大老板”并不是一个严格意义上的很抠门儿之人，也不算是一个爱占小便宜的人。

记得有一年冬天，“薛大老板”不知何故跟我借两块钱，我翻了半天也没找到两块钱，只有五块钱，就递给他了。给了他之后，没几个小时，其实我就早已经把这件事儿给忘记得干干净净了。

过了一个多月后，有一天，“薛大老板”又来找我了，我便请他去楼下的拉面馆就近吃了顿中午饭。吃完从拉面馆出来后，薛先生就递给了我五块钱，我纳闷儿地问他为什么要给我五块钱，薛先生就把之前借钱的事儿再次地提了起来。

当时的我，是真的完全将这件事儿给忘得一干二净，所以，我最终也还是没有收下那五块钱，我也不知道为什么我没收下，只是记得当时那一瞬间的想法，就是不想收下。不过，我倒是朝着“薛大老板”逗了句：“等我忙完我手里的工作，我请你去找妞儿去！”薛先生开心地回答道：“哈哈哈，行呀！哈哈……”我又说：“那你可别被你媳妇儿给发现了啊，要不她该过来找我算账儿了。”薛先生答道：“不会发现的，不过你媳妇‘滋’道了就该‘馊四’你了，哈哈哈！”我反问道：“你到底去不去？痛快儿的！”而“薛大老板”则又说了句：“介吖缩吧。”

通过观察“薛大老板”所选择的生活，我发现他是很快乐的，起码是经常沉浸于真实的快乐当中，而我所选择的生活方式，却带给我很多的烦恼和痛苦。我看着他过着一个普通到不能再普通的生活，甚至是无聊到实在不能再无聊的日子，思考为什么看似平淡中庸且无趣儿的“薛大老板”，却能把生活过得如此有意思呢？其中的差异，应该存在于很多事件、习惯以及欲望的缝隙当中，也可能只有在这些狭小的缝隙中，才能体会到那些不同的东西吧。

“薛大老板”的生活，是否也映射出了一些值得去深思的社会课题呢？至少在我亲眼所见的事情里面，姑且单论我个人，我还是觉得有一些不一样的、且值得思考的东西隐藏着。

又过了两年，一次无意中看到了“薛大老板”的自拍照。有了两个孩子，买了一辆车，买了一把 SQ 电吉他，照着我出的那本书《电吉他自学入门与提高——速度与花样电吉他教学》专注地练习着。我想，大概“薛大老板”至少是一个有着基本信念的普通人吧。

我的那间办公室

2004年，对于我来说，那一年的故事和记忆，将终生刻印在我的心里，不会因为时光的流逝而被淡忘，而是永垂不朽地燃烧，只因那一年所发生过的一切大大小小的事情，全部都是被青春所踏过的印记。青春终会逝去，可已过往的那些熟悉的面孔和那些历历在目的瞬间，已成为我人生记忆中最最珍贵的一首关于青春的音谣。

当我老去时，我可以坐在摇椅里慢慢欣赏它，以证明自己曾经也同样地年轻过、同样地奋斗过，也同样在那时，去努力追寻过我的理想，也同样为了梦想，曾将自己摔得遍体鳞伤。但是，对于青春、对于音乐、对于摇滚、对于吉他，甚至对于生命而言，我们都曾是光荣的战士，且至今一直在将自我的血泪和生命，赋予那个永不瞑目的梦。

2004年，冬的占领刚刚宣告结束，春的影子便悄然而近。街上的雪化作的水滴，在房屋上面匆忙奔逃着，它们似乎也明白，春的来临意味着所有的白雪战将们都将难逃春的包围。春让生命躁动，大地万物都争先恐后地展露出自己那被捆绑了太久的身体。而我，也是一样，重新整理自己新一年的计划目标，以尽可能在季节变换后不被落下过远的距离。

那时的我，总能强烈地感觉到自己身上迟早一定会发生些什么，且一定是一件或多件值得我无比兴奋和荣耀的事情。

那年，我在一所艺术学校里任教，担任吉他老师和现代音乐教师，工作概况为：日常课程及音乐讲座、抽烟并溜达等。因为工作时间以外的自由时段毕竟还是存在的，所以根本闲不住，总是楼上楼下地晃悠。

但有关于那时最美的记忆则是我有一间属于自己的办公室。那间小屋子位于顶楼楼层的中间位置，一种几乎接近全木制的房门让我对它产生了深深的信任和喜爱。我放在这间小屋子里的所有贵重物品，从未发生过丢失的现象。至今，我还能清晰地想起房门被关上时的声音，“咣当”，且伴随着走廊中自然存在的强烈混响音效和浓厚的延音，这音色丝毫不亚于吉他效果器上面的Hall和电子键盘上的Sustain。

我的办公室里还有一张用于写作及工作的中等大小的桌子。桌子下面还带有几个大大小小的抽屉。而抽屉里面，通常都是放着我的乐谱和我的与音乐相关的物品。旁边较小的抽屉中，永远都会有一盒“白将军”香烟，安静地躺在里面。室内的地上都是清一色的地板，颜色也较为接近木头本有的色调。而这种颜色，令人平静，且不会因为在室内待的时间过长，而产生烦躁的情绪。桌子的西边儿墙角处，一架黑色的钢琴安静地守候在那儿，就好像时刻准备着等待我的到来一样。我深爱着那架黑色的钢琴，数不清有多少夕阳西下的时光，我都是一个人坐在钢琴前，在不停地敲打黑白交织的琴键中度过。

那时，我尤为喜爱钢琴，它丰富的和声以及多变的音符转位，把我的内心轻而易举地俘获，深深套牢。甚至也曾有过那么一段日子，深爱着钢琴的我，也许是因为玩儿上了瘾的缘故，都已达到了恨不得一脚把吉他踹飞的境界，可见钢琴的诱惑之大，特别是对像我这种以旋律线及和声走向为中心内容的音乐人来说，钢琴，绝对是一个不可或缺的重要主演。

艺术家都是疯狂的

就这样，每一天，我都过着无比开心的生活，且守时守信地遵守着一个标准的职业音乐人所应去长期坚持的作息时间。当然，艺术家都是疯狂的，所以，我的作息时间也一样是疯狂到濒临变态的程度。

每天睡醒的时间，大约在 10：00—13：00 之间游走。眼睛睁开后，通常不会立即起床，首先要做的事儿，就是躺在床上发呆。发呆时间大约在 30 分钟左右，发呆的内容也相对不固定。不过有时，也偶尔存在自己发呆发到睡着的情况，一旦发生了二次睡着的现象，那么时间就不一定会在 30 分钟左右了。

但是这样的龌龊行为，每次都是会有惩罚的。人们会看到一个奔跑在烈日下的疾行少年，一边跑，一边穿衣服，一边吃东西，以保证自己尽可能不会迟到。其实，当时迟到与否，并无专人监督，而是靠着自己主动自觉、自我约束。所以，那时我就很熟悉自己，知道自己并不是一个纯粹的流氓。

通常，当我熬过了艰难的起床噩梦，眯着半睁半闭的眼睛，坚持把牙刷完，再把脸洗干净后，便一屁股死沉沉地坐在家里的椅子上，开始我的午饭。我觉得自己那副德行，看起来就活像一只死老鼠一般，浑身的骨头，都像是本世纪最松软的懒骨头。

但我很感恩我的父母，他们永远都会等我一起吃午饭，无论我起床的时间有多么地过分，他们都毫无怨言地等待着家里的这位穷少爷上桌儿，所以大概我的性格不自卑的原因，就是源于我幸运地拥有一对儿极度优秀的父母吧。每每想到父母的伟大，我便立刻掏出手机，毫不犹豫地，给老妈的支付宝里，发个一分钱的红包，以告慰自己的孝意。

吃完午饭，便是坐公交车去学校的环节。路程大约为 40 分钟左右，我习惯于坐在靠窗的座位上，因为这样我不但可以观察车内，还可以通过紧邻的窗户，去观望外面的景色，或观察车外那些行色匆匆的陌生的人们，这样不但可以从心理上缩短整个路途时间，而且观察和体会，对于一个优秀的音乐人来讲，也恰恰是一种极为重要的感觉塑造方式。或观察外面的景色与行人们，或观察车内的人们及事物等，这看似无聊的行为，其实对于音乐人来讲，往往就是一个好的作品创作灵感的来源，只是很少有人愿意，或真正去做。

到了学校后，我和每一个不同音乐专业的老师们，都会主动打招呼。当然，也包括那个后来被我得罪了的美女校长。我的年龄当时是所有教师中最小的，那年我 18 岁，可碍于爷们儿面子，我还是对同事们谎报了自己的年龄。于是，一个声称自己是 25 岁的少年，就这么不知廉耻地出现了。之所以如此是因为我的这些绝大部分的教师及同事都是女性，所以如果只有 18 岁的话，我会有一种小屁孩儿的感觉，所以，这成了我当时在这个学校任教期间撒过的唯一一个谎。

通常有课的时候，我都会准时到达教室，并按时给学生们上课，这大概是我唯一的优点。因为对音乐、对工作，我一直都不含糊，即使是现在，我也是一样都在时刻监督着自己，要求自己按时赴课，如果没有极特殊的原因，我不会迟到。当然，我只能算是合格，因为我见过比我更加遵守时间的音乐人。

遇到没有课的时间，我常常会去其他同事的办公室里溜达溜达，聊聊不同音乐专业的差异或不同乐器的涵盖范围及应用等。有时，我还会去一楼的乐器零售店里转转，坐在茶几旁，喝两杯淡茶或其他饮料，再抽根儿店员递过来的“大鸡”牌香烟，吹云吐雾地朝着那架昂贵的 KAWAI 大三角钢琴径直走去。

那台 KAWAI 大三角钢琴是我弹过的所有钢琴中音色最好、最舒服的一架三角钢琴，无论从琴键的自身大小，还是从黑白键的分布距离及高度上，它都呈现出了极度舒适的演奏手感。它也是当年唯一一个能令我晚下班，甚至能令我主动放弃晚饭的不二神物。可惜的是，未能留下任何有关它的照片及更多信息。

闲暇时间我还是相对更喜欢待在楼下的乐器零售店里，不光是因为那架三角钢琴，还有架子鼓可以打。我记得那时我总在一套 TAMA 的架子鼓上练节奏分脑，或八六拍的常用切口花，关于架子鼓的其他记忆，就都已不复存在了。

旁边还有无比多的吉他，各式各样的配置、颜色、形状及品牌。有关于那些吉他的记忆，基本上也是所剩无几，也许因为吉他是我本专业的原因吧，再不就是当时弹得太多了，很可能是把自己给弹恶心了。

那个钢琴老师

有一件事情倒是记得很清楚，就是我每次站在挂着吉他的零售区域，并欣赏着那些吉他时，同事关系最好的一位王老师，总是让我帮忙给她的吉他换琴弦。从小就怕麻烦的我，一听到让我帮忙换琴弦，瞬间感觉天都要塌下来了。可也实在是没有其他办法，王老师毕竟是钢琴专业，她可能也确实换不好，再加上爱丽丝这个品牌的琴弦，总易断弦或掉皮儿，万一再被断裂的琴弦抽到脸，可就得不偿失了，所以我最终也一定还是会帮忙换好琴弦。

也许是因为总帮她换琴弦的缘故，这位王大美女，对我也实属特别仗义。记得有一次，我需要一笔钱买吉他，在和她随意聊天的过程中，无意地把这件事儿给聊出来了，王老师听到后，当机立断地说道："多少钱？我这儿有，你先用，反正我也用不着。"我错愕地愣了一下，紧接着故意逗这位和我关系最好的同事说："哎呀！我需要不少呢！你怕是得把你的全部家当都贡献出来估计才能够。"她依旧仗义地说道："行！没问题！但我全部家当就 3 万块，你都拿去吧，反正我有吃饭钱。”我吓唬她说：“你真敢借啊你？你也不怕我还不上！”她平静且微笑地说：“唉，没事，还不上就还不上吧，你管我俩月午饭就得了，再说谁都会有遇到特殊情况的时候。”

也就是从这件事儿开始，多年以来，我心里一直都很感激这位同事，她对我当时的影响，是让我感到温暖的同时，更进一步地增加了对人和人性的信任度。不过，毕竟只是个玩笑，我当然最终也没有用她的钱。可这件事儿对我当时的心理影响确实不小，尤其是人性上的很多与生俱来的特点在我的认知上，又被重新定义了一回。

不过，对于她，最令我难以忘却的画面则是：一个瘦高的女孩儿、一副可爱的眼镜、一张爱笑且热情的小脸儿、一颗单纯而又善良的心。

我的离职

在学校工作的日子，是一段儿很特别又很短暂的时光，一直让我难以割舍，我也曾很多次地反问自己，我后来的离开，是否算一个正确的选择呢？我强行辞职的行为，是否给所有的同事们都带来了一些麻烦或伤害呢？是否让那位当初很信任我的美女校长，产生了长期且又难以平复的怨念呢？也许，伤痕会一直都在她内心持续存在着，但，我希望她能够尽量地、且在最短的时间内原谅并宽恕我。也许，狂妄的摇滚和那不悔的青春，已成了我现如今最最深刻的记忆和最最惨重的代价吧。

我记得那时每天都有浓厚并专业的音乐氛围，而被整个楼内不同的乐器声音所包围，尤其让我觉得是一件特别幸福的事情，因为我可以时刻都感受到音乐的存在。还有那时每天中午的教师工作餐，让我觉得无比新奇，那是当初我吃过的最好吃的工作餐，无比地独特，以至于我经常在中午时段故意跑去学校吃我的工作餐，而放弃家里那吃了多年的午饭。

我在这所学校工作了将近一年的时间。12 月的一天，我接到了一个来自乐队的好哥们强哥的电话，强哥是乐队的贝斯手，平时负责着乐队的演出活动及教学课程等事宜。

强哥在电话中焦急且兴奋地说："兄弟！快！赶紧！给我整！！"我无奈地问："你怎么了这是？！你正常点儿，出什么事儿了？！"强哥依旧兴奋地说："兄弟！那个什么，我联系好了一个经纪人，邀请咱们过去驻场演出，而且演出费挺高的，你赶紧收拾收拾东西，咱们这几天就走！"我无语地说："你疯了吧你！现在咱们每隔一天的晚上不都按时去演出吗？！和那边每晚的驻场性质也没什么太大区别吧！再说我这儿上着班呢，我总不能把人家学校给撇下了吧！那也太不地道了！我现在要是辞职了的话，那不但是违约了，而且好几个和我学琴的孩子，恐怕也得断了。他们学得很认真，也确实很棒，每次上课，人家父母也都坚持着陪着一块儿过来，我难道就这么给人家撇下了？那也未免太不讲究了吧……"我纠结着对强哥说道。

强哥着急地说："哎呀！你那边的工作能不能别干了？有什么劲儿啊成天！给的钱也太少了！咱们去那边儿驻场干活儿，起码赚钱赚得比现在会多很多，要不连设备都买不起！我怎么发现你这人一根儿筋呢你？！你自己都快吃不上饭了，你还管别人撇不撇下？！再说你辞职了，难道人家就不再学吉他了？我真不信，打死我都不信！在中国目前这个大环境下，音乐你玩得再牛又能怎样？！你现在不也还是连一把自己喜欢的琴都没钱买么？你还想让我说你啥？！"我回答道："唉，那倒也是，可我也不能为了钱主动毁约吧？我宁可穷点儿，我也不想不守信用，况且我就算辞职，也得等到明年的 5 月份，如果现在突然辞职了，人家校长不得疯了！实在不行的话，要不你们先过去，先找个人替下我，或者你们先跟别的乐队夹。”强哥更加着急地说：“××！你不去谁带着排练啊？！你整得那些东西，别人也弹不了啊根本！兄弟，算我求你了！一起去吧！你就想想办法辞了吧！大伙儿都没问题了，就差你了！我们就等你了，真的，走吧！兄弟！别跟那儿待着了，连琴都没钱买，你咋想的啊你？！”

听完强哥说的这些话，我当时的心里就像是热锅上的蚂蚁一样乱杂，一方面又不想扔下乐队的兄弟们，一方面又很不想当这个不守信用的人，而自己的真实内心，是确实很想买一把喜欢的吉他。挂了强哥的电话后，我在纠结的状态下反复地思考了一天，最终还是决定为了音乐、为了吉他、为了乐队的兄弟们，做一次不守诚信的小人。

于是就这样，怀着忐忑的内心和自我鄙视的心情，在第二天下班后，我站在了校长办公室的门外。我来回踯躅着摇摆不定，这期间，舞蹈老师从我身后经过时还问了我句：“Hello，今天没课了吧？找李校长啊？那怎么不进去啊？”我慌张地解释道：“啊！没事儿，我好像听到李校长在打电话，我等她打完电话后再进去吧还是。”等舞蹈老师走远后，我重新镇定了一下自己刚刚慌乱的心情和状态，且在内心反复地说着：“唉！死就死吧！”于是，我敲响了校长办公室的门，继而听到美女校长在房间内大声地喊道：“您好，请进。”我挺着那硬生生伪装出来的胸脯，假装镇定地开门走了进去。

当然，我把那些所有关于我要辞职的话及理由，全部都一字儿不落地说了出来，说着那些理由及借口，连我自己都觉得自己特别地无耻。更愚蠢的是，我竟然稀里糊涂地说了些对平时工作的各种不满。结果很明确，我不但激怒了美女校长，而且还和她彻底闹掰了，甚至，深深地伤害了她，毁了她对我一直以来的信任。这件事儿成为了我这么多年以来的一个难以平复的深深遗憾和愧疚。

于是，我在有意不和同事们告别的情况下，独自黯然离开了那所我曾工作过的且深深喜爱的艺术学校。我时常回忆起那所学校的样子，还有我当年的那间办公室，我办公室里的那架熟悉的黑色钢琴，还有那时候被我换过琴弦及调过的吉他，我的那些和蔼的同事们，当然，也包括那架被敲上了我无数指印的KAWAI大三角钢琴。

我很怀念那时的时光，也很怀念那时每一天所过的周而复始的日子，更能清晰地记得当时每天老爸不经意流露出的那种开心而又知足的笑容，那是对儿子工作状态的基本认可。我知道，老爸还是更加倾向于儿子能留在他的身边继续生活，但同时又希望儿子能有一个与众不同的且尽量不过于世俗、不过于平淡的活法。而这一切，只因同是男人，我们谁都没有说出口而已。

我想，当年我的辞职和离开，对于老爸，一定会是非常难过且每日叨念的，这也足以说明，我起码可以称得上是大半个不孝逆子吧。而如今，除了我对父亲的大逆不道以外，还有另外一个心结儿，也在焦急地等待着我去完成和弥补。我想，我应该尽可能快地、并虔诚地去重走一次当年工作过的学校，拜访且深深地向那位美女校长，致以最真诚的歉意，以期得到她的原谅。

而那三个跟我学琴的孩子就真的再也没有学过吉他，通过后来他们家长打来的电话我得知，三个孩子均只愿接受那个已经离职了的高老师的说教，且坚决不接受学校方面给更换的新老师。直到今天，每当记忆被拉回到那一年的冬季，我的内心依旧还是无法彻底平静，虽然已过去了很多年，可不知为何，那三个孩子的模样儿至今我都还能完全清晰地记在脑海里。

离开了那所学校后的很长一段儿时间，我经常都在反复地想，我当初所做的决定是否正确，又是否有意义呢？想了很久，最终我得出了一个唯一能够说服自己的答案：那所学校，可以短暂地拥有并得到我一些时间，可我却不可能永远归属于那所学校。只因，我自己明白自己并不是一个按定义式活着的人。

也许青春就是如此，青春大概允许我们每一个人犯错，只要不是那足以致命的严重错误，我想都应该会被原谅吧？青春终会远去，可被时光留下的有关青春的那些深刻记忆，却是永远都无法擦抹掉的，都已然被狠狠地烙印在了我们内心的最深处。青春，美好而又短暂！曾经那段最精彩的、转瞬即逝的年华，将永不停息地在记忆中燃烧，近在咫尺且永垂不朽。

去重庆

2004 年 2 月，我坐火车去了一次重庆，如今，每当我想起那段儿被时光尘封了多年的往事，依旧忍不住还会红着眼睛且内心难以平静、一根儿接一根儿地大口深吸着烟。那些令我眼泪纵横的泛黄记忆，也同样是我生命中不可缺少的、极重要的有关于青春的印迹，它们更是诠释“摇滚”最好、最深刻的内容。

如果没记错，当时所乘坐的车次应该是 T9 次。重庆，也是当时我所去过的最远的地方，且对我来说，完全是一个摸着黑儿走路的陌生城市。而去重庆的目的也同样疯狂，是因为当时的一个非常聊得来的陌生网友，想要开一间大型的音乐店，但又苦于身边没有足够多的专业音乐人相助，所以便诚挚邀请我过去帮忙。

我当时并未和家人谈论过多关于去重庆的缘由，只是张口向爸妈借了 500 块钱的车马费。但实际上，我的父母从他们自己真实的内心里，是反对我去重庆的，可也许是因为从小就溺爱着我的缘故吧，他们最后还是同意了我的决定。

于是我便踏上了这趟 T9 次列车，一个硬座，开始了旅程，而一个行李箱、两瓶矿泉水和两块面包，便是我的全部旅行家当。至于火车上所售卖的那些被装在手推车里的东西，我是绝对不能去买的，哪怕再渴再饿，因为我买完火车票后，口袋里的钱就只剩下了 100 块多点儿，所以我只能祈祷自己的肚子别饿得太快就行。

幸运的是，我得到了一个靠窗的座位，不但可以全程近距离欣赏窗外的风景，还可以在疲惫时倚靠着车窗闭一会儿眼。我从很小的时候起就强烈感觉到，自己一定是个非常幸运的人，这不是我一直以来的意淫，而是真切的事实，至少我接二连三地遇到了各种各样的、令人难以置信的来自不同陌生人的帮助。

我坐的座位是两人座，所以我的对面座位也同样是个两人座。坐在我旁边的人，在我记忆中已经很模糊了，只隐约记得大概是个 40 岁左右的男人，且烟瘾非常大，不时地去车厢连接位置的吸烟处抽上几根儿。坐在我正对面的，是一位 50 多岁的大叔，大叔旁边儿坐的那位路人甲先生，我也同样是几近遗忘了，但是这位 50 多岁的大叔给我留下的记忆，却是终生难忘的。

因为我是东北人，所以只会说标准的普通话，而东北话也只是将一些诸如“嘎哈”“咋地了”等特定的地域性词汇，少量地夹拌到了普通话里而已，所以绝大部分的东北话和普通话，并没有太大的差异。可问题是整个儿车厢的人，99% 都是南方人，所讲的语言让我听得是一头雾水，完全无法领会他们所说的话的意思，我只记得当时的感觉，就好像已经出国了一样。

对面的大叔

也不知过了多久，但应该是在夜晚，坐在我对面的这位大叔，也许是感觉到饿了的缘故，便站了起来，将头顶上方行李架上放着的皮箱拿了下来。大叔把皮箱拉开后，拿出了一个塑料袋，塑料袋里面放着很多吃的东西，还有几个易拉罐啤酒，于是大叔便开始了啤酒加香肠的晚餐。

或许是大叔看到了我一直都在观察着他的一举一动，也或许是因为大叔感觉到我也饿了的缘故，于是，大叔热情地将塑料袋里的香肠和啤酒递给了我，并对我说："来，小伙子，一起吃点儿，遇见了就是缘分。"我慌忙用双手推谢着，并礼貌地回道："谢谢！谢谢您！我吃过了，现在还不饿，您别客气，您慢慢儿吃。"大叔依旧热情地说道："哎呀，没事没事，吃过了也再吃点儿，这也没多少东西，我看你一个人坐着也没什么事情做，一起吃吧，别客气。"

我仍旧婉言推谢着说："谢谢您、谢谢您，但是我真的实在是吃不下去了，刚才吃撑了，要不一定陪您吃，您慢慢儿吃，我就坐在这儿，咱俩聊天儿，这样不就有意思了。”通过大叔那塑料袋里我没能吃到嘴里的香肠和啤酒，我和大叔算是结识了，也就我一句他一句地很随意地聊起了天儿。大叔的普通话还算可以，至少我能够听得明白。

大叔和我聊了很多，都是有关于他自己的一些打算和家庭方面的问题，我清楚地记得大叔当时对我说：“唉，我准备将今年这最后一年的工作干完，然后就彻底不做了，回家去陪老婆孩子，要不永远都没个头儿。”我问道：“这么说，您工作的地方和老家之间离得够远了，岂不是每次都要这么远坐着火车回去？”

大叔仰起头喝了口啤酒，继续说道：“我老婆家是四川的，孩子和老婆一直都在四川，我是湖南人，但是我在河北工作，自己搞了个小化肥厂。”大叔说完后，便又大口地喝了起来。这期间，大叔仍不知疲倦地递给我各种吃的东西，但我一直都在婉言推谢着。我和大叔天南海北地畅聊着，当聊到我自己的时候，我也同样把去重庆的目的，以及自己目前的一些情况都如实说给了大叔。

但是，我至今也闹不明白的是，不知是巧合，还是上天有意安排了日后的这一段回忆，当大叔得知我是自己一个人要去从未去过的大重庆、且口袋里只有 100 多块钱时，他非常急切并认真地说了很多关于重庆的消费及生活上的问题，并告诉我 100 多块钱撑不了多久。他小声儿且掩面朝我说道：“小伙子，我皮箱里面有个包，包里是我临上车前特地取的钱，准备回家交给老婆的，你给我挡着点儿，我把那个装钱的包取下来，拿点儿钱给你。”

我当时是一头雾水，赶忙小声儿回道：“大叔，您想多了，我自己有钱，再说我怎么可能要您的钱呢？那绝对不可能，我也不给您挡着，您也别折腾了，咱俩就这样坐着好好聊天，您怎么能把钱乱给别人啊？！”大叔有些急迫地小声儿说道：“你放心吧，我绝对没有喝多，我也害怕这车上会有小偷盯着，所以才叫你给我挡着。小伙子，你千万别多想，我也没别的意思，我就是看你一个人挺困难的，你说谁会拿 100 块钱去重庆呀，也没个亲人朋友啥的。你听我的，我先给你 1000 块钱，你先去用着，以后等你有了你再还给我。”

我着急地不停来回摇摆着双手，以拒绝大叔的建议，且身体故意不给大叔遮挡着，以达到不让大叔取钱的目的。此时的大叔，声音稍有些大了，着急地对我说道：“哎呀小伙子呀，穷家富路哇！我都这把年纪了，难道还能骗你不成？你就信我一次吧！”大叔说完这番话后，突然自己径直站了起来，直接将行李架上的皮箱打开，并将一个黑色的包裹拽了出来，放在了我和他座位之间的小桌子上。

大叔的举动着实惊到了我，我无从辨别火车上是否真的有小偷在我们周围，于是我的大脑快速反应，我立即站了起来，抓起了大叔刚刚放在小桌子上的那个黑色的包裹，并将包裹拼命朝着他皮箱最深处的位置塞去。就在这瞬间，我无意地从包裹侧面的缝隙里看到了很多一捆捆儿的百元钞票，出于担心，我又使劲儿地向皮箱深处塞了又塞，再次确定已经塞到了很深的位置后，我便把手拿了出来，并将皮箱严丝合缝儿地拉回原样儿，且推到了行李架上最靠里面的位置，以保证大叔皮箱的安全。

做完这些后，我没有给大叔留任何反应时间，直接叼了根儿烟，抓起了外套，朝着火车车厢连接处走去。

抽了两根儿烟后，我估算着大叔应该已经平静了，于是便走回座位。当我重新坐在座位上时，大叔只是发出了一声“唉”的感叹，我则将双手抱拳，恭敬地朝着大叔摆了三个来回，以示感谢。就这样，我和大叔彼此之间都获得了对方那极为强烈的、毋庸置疑的信任。

在整个旅程中，我有意和大叔换着去上厕所，穿插着去抽烟，以确保大叔的皮箱不会被小偷拎走。除去大叔睡觉的时间，我都会主动和他摆龙门阵，且摆的是各种各样的龙门阵。

但，相遇，便意味着分别。大叔是在达州车站下车，在火车即将进入达州车站前，大叔在我和他之间的小桌子上，用右手大拇指按着一块儿撕下来的香烟盒，将它推送到我的面前，感叹地说道：“小伙子，咱俩是缘分呀！你不愧是东北人，确实仗义！如果你在重庆遇到困难，就给我打电话，这上面还有我的地址。”大叔说完这番话后，火车便已渐渐慢了下来，于是我对大叔说：“大叔，行李我来帮您拎一次吧，恐怕我也只能给您拎到门口了。”大叔点了点头，没有再说任何话。我把大叔的行李小心地从行李架上取了下来，拎到了我们所在车厢的门口。

我陪着大叔在车厢门口站了大概有 2 分钟，火车便停了下来，大叔拎着皮箱慢慢地走了下去。下到月台上，大叔回过头朝着我、我们双方不约而同地将双手抱拳，默契并快速猛烈地前后翻摆了很多次。

我继续站在车门口，眺望大叔那渐行渐远的身影，用目光远送着他。

回到车厢内，一股突如其来的困意席卷了我整个儿疲惫的身体，大叔没有发现的是，我用了一整夜的睡觉时间，几乎不间断地盯着他那放了许多钱的皮箱，以确保它不会被偷走。让我感到无比温暖的却是，我分明在我的座位上，发现了一袋儿还未拆封的哈尔滨红肠和一听熟悉的易拉罐啤酒。

山城旅馆

火车驶入重庆站的时候，我知道，到了该和 T9 次列车说再见的时候了。当我从火车上走下来的瞬间，看着正前方的“重庆站”三个大字，一种说不出的陌生感油然而生，那一刻我突然意识到，自己已离家很远了。我像个流浪的孩子，站在这座陌生的山城里，手里提着沉重的行李箱，已然不知道自己的方向在哪儿、目标在哪儿、该何去何从。想着还有那诸多的未知事物，再小心摸摸口袋里的那 100 多块钱，抬起头，望着湛蓝的天空，想起了妈妈那熟悉的笑容。但我明白，而且很确定，只要我在这个城市待一天，那么，我就必须要想尽一切办法，去收获自己想要获得的东西。身为爷们儿，眼前虽有些茫然，但，一个爷们儿该有的魄力却一点没有减少。

从出站口出来后，为了节约钱，我不得不采用步行的方式去找食宿之处。我认为，火车站周围的一切大概都是十分昂贵的，所以我应该至少走出几公里后，才可能会遇到当地正常价格的旅馆和食物。且我需要找到一部公用电话，以告知那位我在重庆唯一认识的、却未曾谋面的网友。

我步行了大概 8 公里左右后，遇到了一个卖水果的摊位，摊位上摆着一个有些破旧的红色公用电话，我径直走过去询问道："大姐您好，请问这个电话可以用吗？每分钟多少钱呢？"这位 40 岁左右的大姐，张着嘴用地道的重庆话对着我就是一顿的￥#……#……￥#……￥#……

我傻傻地又问道："大姐，您能说普通话吗？我真的完全听不懂您刚才说的话。"于是，这位大姐操着一口半流畅的普通话，且不耐烦地对我说道："辣个都是五毛钱儿一分钟撒！"我点头答应后便拿起听筒，给我的那位素不相识的网友拨了过去。电话接通后他告诉我，明天下午他的同学会来接我，并把我送过去。见面地点约在了一个很大的商场的正门口，距离我现在的位置，大约有 5 公里左右。而商场的具体名字以及道路名称，如今我已完全不能记起了。

安排完这件最重要的事情后，我就在附近开始寻找一个价格尽可能便宜的小旅馆。当时的想法很简单，对旅馆环境、旅馆位置、屋内设施，比如是否能洗澡、是否有开水等条件，一律不作要求，大老爷们儿这点儿苦还吃不了？无所谓，只要便宜就行。

后来，在一个类似小山坡儿的拐角处，找到了一个合适的旅馆，但不讲价，50 块钱一晚。老板领着我上了二楼，径直走向了一间极小的小房间。房间内只有一张小床和一张破烂的小桌子，但如此小的小房间，却在墙上，开有一扇儿可怜的小窗户。从小窗户望向外面，能看到对面楼里的一个女人正在洗头，再看看周围的环境，无比拥挤及破旧，横七竖八的电线和那些密集的平房及楼房，将这一块儿地界儿占据得满满儿的。虽然外面天已经很黑了，但是借着周围的灯光，还是可以看得十分清楚。

安顿下来后，我下楼出去找东西吃，出旅馆后走了没多远，便看到有几个摆小摊儿的妇女正在用开水煮烫些什么东西，于是我便随机选了一个人少的小摊位，坐在了靠边的小凳子上。而那晚，我具体点的是什么食物、吃的又是些什么东西，现如今早已被时间冲刷得再也难以记起了，我只记得那顿饭大概花了二三十块钱。

吃完了那顿不知名的晚饭，我起身朝着旅馆的方向走去。回到那间小屋子后，站在小窗户前，我又再次看向了外面，黑漆漆的一切，被四处散落的灯光点缀着，只是没能看到之前对面楼上那个正在洗头的女人，且周围拥挤不堪的生活环境带给我强烈的压抑感。将小窗户关上后，我不经意地发现，地上有一只正在前进的蟑螂，而我头上还有一只正在寻找着什么的蚊子。

我躺在床上并盖好了被子，把灯关上后，突然想，也许那只蟑螂和那只蚊子，都跟我有着一种莫名的缘分吧。

第二天早上起床后，吃完了最后一块面包，我早早就赶到了之前约定好的位置。路的两边儿，总会时不时出现一些将扁担架在肩膀上的人，扁担的前后，各有一个小筐子，用来装载一些物品，我猜他们应该是为客人拿行李的挑夫吧。大概等了两个多小时后，那位网友的同学便来接了我，但因为工作的原因，将我送到汽车站后，他便焦急地赶回单位了。

上了客车以后，我挑了个没人坐的双人位置，并靠外侧坐了下来，因为不喜欢太多人挤到一起，所以我有意避开了隔壁排的三人座。路程大约需要3个小时左右，但还好，车上的人并不多。没过一会儿，客车便启动了并准备出发。就在大客车出发前的一瞬间，一个女孩儿快速跑了过来并上了车。上车后，她看了看周围的座位，或许也是出于不喜欢去坐旁边那过于拥挤的三人座的原因吧，她最终选择坐在了我旁边靠窗的空座位上。

客车好像一直都在一条类似半山腰的道路上行驶着，我坐在座位上，一直盯着车上悬挂着的小电视，里面播放着很多有意思的小品。坐在我旁边的女孩儿，时而照照小镜子，时而翻着包里的东西，我们彼此之间并无任何话语。

开了大概有一个小时左右，我当时正在全神贯注看着小品，突然感觉到自己的肩膀上好像被什么东西给压着了，我下意识地偏头一看，原来是旁边儿的这个女孩儿睡着了，因为睡得太熟，以至于她的头被晃动的大客车给颠簸到了我的肩膀上。我瞬间快速地反应了一下，便又依旧保持着不变的姿势继续看着小品，以让她能持续靠在我的肩膀上且不被我吵醒。毕竟自己是个爷们儿，所以肯定不能小气地把人家女孩儿叫醒，更何况本就是件小事儿。

女孩儿又睡了大概有 20 分钟左右便自己醒了过来，估计是因为当时客车颠簸的幅度太大了的缘故，以至于把她给晃醒了。她醒来后才发现，原来自己一直都是靠在我身上睡的，于是很不好意思地对我说："对不起，我睡得太沉了，我自己都不知道原来自己一直是搭在你肩膀上睡的。"我连忙笑着说："没事儿，多大点儿事儿，忽略它。"女孩又说："你是哪里人啊？听你说话不是我们这里本地的口音。"于是，我就把有关于我自己和到重庆的原因简单地和她说了个大概。说完后，我们随意闲聊了一些有关于她们当地风俗的话题。

这时，大客车突然停了下来，原因是让有需要的乘客可以下车解手。我抱着出去透透气的目的下了客车，顺道儿也去了趟厕所。而这个路途中的厕所，也算是给我留下了一个既模糊却又深刻的印象。这个厕所全部是用砖头儿砌起来的，且男女厕所之间，只隔了一面一人多高的砖墙。这让我想起小时候去农村玩儿时所见到的厕所的类似样子，又觉得哪里不太一样，却又说不上来。

而印象最深的，则是当我走出去以后，一个戴着草帽儿的大妈，竟然伸出手向我要钱，我纳闷儿地看了看大妈，又看了看周围的人们，发现大家都在往大妈的手里递着钱。于是，我瞬间反应过来了，这是上厕所的费用，也就是在这时，我才看到厕所的砖墙上，大大地刷了八个白色的字："小便两毛，大便五毛。"

正当我准备掏钱时，坐我邻座的女孩儿，快速将一张五毛钱递给了那个戴着草帽儿的收费大妈，并催促我道："快走快走，臭死了！"她说完这句话后，便拉着我的胳膊，快速地朝着大客车走去。那一刻，我突然想起来些什么，于是我赶紧对她说："刚才我明明只是小便，她还应该拿出三毛钱找零儿才对。噢！你也去了是吧？那也不对啊，那也应该再找一毛钱零钱啊！"女孩儿笑着对我说："我没进去，我只是没零钱了，没关系的，有时候我实在没有零钱，她们也不会说我什么的，刚才我还以为你走丢了呢，后来才看见你从厕所里出来。"我有些为难地对她说："可我身上也没有五毛钱给你啊，我就只有 10 块的了，我干脆直接还给你 10 块得了！"说完这番话后，我便拿着 10 块钱递给了女孩，她连忙拒绝，我就又使劲儿地往她包里塞，可她死活都不肯接受，并对我说道："哎呀我没那么小气的，你干吗非得给我这五毛钱嘛，我们山城妹子可是出了名儿的大方，你要再硬塞给我，那我就不交你这个朋友了，你难道不想在重庆多我一个朋友吗？"于是我只得放弃还钱的念头，并对她说了句："好吧，幸好只是五毛钱，那等以后我一定请你吃好吃的！"

当时的我无论如何都没能想到，因为后来的一时疏忽，导致自己单方面食言，继而将当时那份儿真心实意的承诺，变成了一个永远都无法实现的人生遗憾。

在聊天的过程中我得知，她比我小一岁，坐客车是为了去外婆家。而当她知道我要去的并不是一个很容易被找到的地方时，便说帮着我一起去等那位接我的网友，我表示不用麻烦她，我自己没任何问题，可她却执意要将我安全交给我的那位网友，她认为这才是最妥当的。我很无奈，但没有再说任何话。

没过多久，便到了我该下车的地方，这位重庆川妹子，径直跟我走了下来且对我说道："我看看你写的地址，我先帮你给他打个电话吧。"我都还没来得及拒绝，她便已经走到了车站旁边的电话亭前。飒爽的川妹子，拿起了电话便拨给了我的那位网友，接通后，她用她们的家乡话说了一堆我完全听不懂的话，说完后便挂掉了电话，朝我走了过来并说道："你的这位朋友，距离咱们现在的位置有点儿远，大概得半小时左右才能到，不过我已经告诉他，让他打车来，你先别着急，我陪你一起等着吧。"我连忙说："不用，真不用啊！我又不是小孩儿。哎呀！你赶快回家去，要不你家人一会儿该着急了，这都几点了，天都快黑了，快点回去！"川妹子一副满不在乎的表情对我说道："你也放心吧！前面200米就是我姑妈家，要不咱们先去那里坐一会儿吧。"

于是，我便莫名其妙地跟着她走了一段儿路，进了一间饭馆。川妹子递给我一瓶饮料，告诉我这是她姑妈家的饭馆，然后她和饭馆老板都热情地询问我是否饿了，如果饿了就给我做东西吃，我连忙婉言谢绝，不想再给她带来更多的麻烦。在这等待的时间里，我隐约听到身后的饭馆老板小声儿地问川妹子："这是你男朋友吗？"她答道："别瞎猜，就是普通的朋友，他不熟悉咱们这儿，我在帮他找他的朋友。"过了一会儿，我历尽千山万水、踏遍大江南北只为寻找的那位网友终于出现了，他满脸歉意地对我说:“真的对不起，对不起，我家那边今天正好赶上有事情，没能早点来接你，让你等了这么久，真不好意思啊!”川妹子抱怨地说道:“你可不能慢待了客人!人家为了找到你，可真是很不容易的!可不能让人家觉得咱们家乡人冷酷无情。”我的那位网友听完后，不好意思地抓了抓头又笑了笑。

接下来便是和川妹子告别的时候了。她当时曾多次挽留我吃晚饭，并答应吃了晚饭会亲自把我送到我的那位网友家。可我却还是不懂浪漫地拒绝了，因为我当时只是简单地希望不要再给她添任何麻烦了，可我却不懂得，添麻烦，有时可能也是一件正确的且值得去做的事儿。

川妹子在被我多次婉拒后，转身找了一张便贴纸，将她的名字、电话、地址，一一写在了上面，并认真地对我说:“这是我的联系方式，记得到了地方，给我回个电话。”她顿了顿，接着又问道:“你会在这里待很久吗?平时会有时间出来玩吗?”我回答道:“我现在也无法确定会在这里待多久，可能会很短，也可能会很久吧!平时我当然有时间，等我安顿好了以后，我给你打电话!”川妹子点了点头，送我们出去。

上了出租车后，我把窗户摇了下来，和她反复地使劲儿摆手，向她告别。川妹子也在车外不停地和我摆着双手，我从她的脸上，似乎看到了一丝丝的黯然。

出租车渐渐地离她越来越远，而我，很清楚地看到川妹子一直站在路边，朝着我的方向努力地望着。在即将转弯的路口，我最后一次朝着她，用力挥了挥手，继而川妹子彻底地消失在了我的视线里。

网友李杭

在去往我这位网友家的路上，我脑子里想了很多乱七八糟的东西，绝大部分都是关于川妹子的，那些刚刚过去的画面都历历在目，无论是川妹子对我的特别照顾，还是川妹子对我讲过的话，都在脑子里不停地旋转着。这期间，我的这位网友也很好奇地问过我究竟是如何认识川妹子的，我也都如实地回答了。只是，透过他的眼神，我似乎感觉到他并不太愿意相信我所给出的答案，因为，他也许并不相信在当下还能发生这样令人匪夷所思的故事。

我的这位网友叫李杭，地道的重庆人，把我领回他家，和他家里人简单打了个招呼后，便把我领进房间让我休息，到了晚饭时间，再喊我出来吃晚饭。也就是从那时候开始，我是彻彻底底地爱上了四川家常菜，确实是非常好吃，对于我这么一个完全不在乎吃的人来说，能恋上这川菜实属不易。不过，爱上川菜的理由，也许并不是那么百分百地纯粹，我想，至少还应该有一半儿的原因，是那段关于重庆的记忆吧。

我的朋友们曾经说我是“一个活在回忆里的人”，在重庆的日子，留给我至今都无法挥散掉的回忆。我和李杭，每晚一起共享他那张大大的双人床。冰凉的瓷砖地，即使穿着冬天的拖鞋，也还是觉得冻脚。又宽又长的大窗帘，每天都在努力为我们遮挡外面的寒风。而我记忆中最美、印象最深刻的画面，则是当时外面每天都在不分黑白地下着雨，时而大时而小，又冷又冰。我想，大概重庆的冬天，就是会这样不停地下着雨吧。最舒适的时候则是躺在被窝里，盖着厚厚的棉被，而外面则依旧还是不停地下着雨，并且从窗帘的缝隙处还时不时地透进一股股冰冷的寒风。在那个瞬间，也许每一个浪漫的人，都会面带满足的微笑而渐渐睡去。

李杭的家人所讲的话，全部都是当地方言，当时的我，完全不能识别任何意义，而我说出来的话，则是较标准的普通话，对方却可以听得很明白。李杭的家人不止一次地说：“高凯啊！你说出来的话，听着和新闻联播一模一样。”所以，和他家人的日常对话，基本是靠猜和动作比划。

我只记得，他的家人为了让我吃得习惯，有一次特地让保姆做了一份儿水饺，因为他们认为北方人普遍都爱吃饺子。不过，那是我这辈子吃过的最大的水饺，个头儿比包子还大，味道也很奇怪，我也真是吃不下去，可这是人家出于好意专门给我包的，于是我便拼命朝着嘴里塞，腮帮子一边儿鼓囊着、嘴里一边儿叽哩哇啦地比划着味道“好吃”。李杭家里做的家常菜，确实很棒，尤其是重庆当地的腊肉，配合着青菜一炒，人间之佳肴矣，且几乎每天都可以吃到。

其实无论好吃与否，我都必须得吃，而且是必须要吃饱，因为我的口袋里就只剩下几十块钱了，我没有更好的选择。不过偶尔，也有过几次没能吃饱的时候，结果当然不用说，饿了一个晚上，第二天早上又爬不起来，只能继续饿着，直到中午开饭，就拼命吃，可又不好意思吃太多。于是，吃完一碗米饭后，主动将筷子放下，去做些不浪费体力的事儿，以让自己能够顺利扛到晚饭，这大概也应该算是摇滚生活所必备的一种经历和无奈吧。

当然，李杭和他的家人，都会很真诚地让我再继续多吃一些饭菜，只是我的家教时刻都在提醒着我，不能在别人家太过于随意。于是在每一个没能吃饱的餐饭后，我多希望李杭的家人能够像我的家人一样，即使吃饱了，也要强迫着客人再继续多吃一些，如果是那样的话，我一定真的会继续吃下去，直到自己真的吃饱了为止。不过，既然是男人，吃不饱又有何妨呢？毕竟身在异乡，理应不该有任何抱怨及委屈。

在李杭家里，每天我都会周而复始地起床、吃饭、弹琴、聊天、刷游戏、睡觉等。李杭的家人，不知何故，突然临时反悔，取消了那项商量好的大型音乐店计划，李杭每天都会时不时地与家人产生不同程度的争议，而我，就只能坐在李杭的电脑前，继续等待着那还未开始的工作。

我和李杭，每天至少都会花上一半儿的时间在单机游戏上，他爱玩恐怖游戏，而我则热衷于看他玩恐怖游戏，两条挤在摇滚臭水沟儿里的臭鱼烂虾，定然是不会有好事儿的。他的家人每天都会看到一个重复的画面，一个人瞪着双大眼睛，紧盯着电脑屏幕里的变化，而另一个人，则坐在他后面的高椅子上，抱着一把吉他，边弹边盯着电脑屏幕里的变化，活像理想世界里的两个乞丐。

这期间，川妹子也多次打过电话给我，当然，电话是打到李杭家里的。川妹子问我，为什么到了李杭家没给她打电话，我不知道该怎么回答，我只是说怕打扰到她。但实际上，我的内心无比愧疚，而至于当时为什么没给川妹子打电话，原因至今我已经完全记不住了。川妹子并没有怪罪我，反而还很理解我，并再次嘱咐我，一定要经常给她打电话。可实际上，川妹子给我写下的那张电话纸条，我已经完全找不到了，我找过很多很多次，但都没能找到，我一直深信是被李杭的家人无意当成垃圾扔掉了。因为找不到川妹子电话号码的缘故，所以我无法给她回电话，也就没办法主动联系她，可我又不好意思再去问川妹子要电话号码，因为，我怕川妹子会误解我根本没把她当朋友，所以，愚昧的我，就这样无缘无故、且毫无任何理由地，冷落了一颗炽热的心。

李杭的家人也倒是挺热情的，非要安排我去吃一顿当地的特色餐，也就是人们常说的重庆火锅。从坐在火锅店的椅子上开始，我的面前，是换了一碗又一碗的清水，那种辣的程度，让人不得不在吃每一口菜的时候，都要先用清水涮一番，才敢放到嘴里。不过，食物虽然辣，大家吃得却都很开心，李杭也喝了不少酒，算是庆祝并感谢我的到来，只是，回到他家里后，我就开始了漫长的闹肚子，整整闹了一个星期，那也是我这一生当中吃过的最辣的一餐饭。

那天晚上，我和李杭一前一后坐在电脑旁，畅谈起很多关于吉他、关于音乐、关于理想的东西，李杭告诉我说，他曾经有个一起玩儿吉他的伙伴儿，但因为生活所迫，不得不放弃吉他、放弃梦想，回到当地的一所中学复职。

李杭叹了口气，对我说道："做音乐的人到底都是图什么呢？怎么咱们就要受尽折磨？这已经都到了饿死的边缘了，我怎么觉得那么不公平呢？"我回答道："大概我们的国家在现有的制度下，有我们自己的处理方式，我想，可能会越来越好吧。"李杭深吸了一口烟说道："是的，会越来越好，可我们马上就要成为通往那条越来越好的路上的一块儿小小的铺路石了。"我回道："嗯，是，我们确实没有很多选择。不过没关系，因为我们是战士！"李杭笑着说："龟儿子的，我还弹个鸟儿琴，唱个鸟儿歌，干脆找个女人结婚过日子得了！"我无奈地说："咱们都还这么年轻，着什么急，优秀的大姑娘都在未来等着呢。"李杭苦笑着摇了摇头，趴在了电脑桌上，便不再说什么了。

当天晚上很晚时，李杭给我讲了一个他自己的故事。当年李杭遇到过一个女孩儿，俩人在一起非常开心，也曾计划过关于结婚的问题，可奈何双方父母均不同意俩人的关系，并极力阻碍他们见面，再到后来，将他们俩硬是给拆散了。李杭度日如年地思念着女孩儿，但女孩儿因为家人的缘故，不得不和另外一个官二代见面，而最终，女孩儿还是选择嫁给了官二代。李杭因此难过了很久，舍不得的同时，又不得不接受这个早已预料到的现实。几年来，李杭一直都在这件事的阴影里活着，我想，也许是因为太爱了的缘故吧，况且人心都是肉长的。

于是，难过至极的李杭，为了纪念那段曾经美好的时光，写了一首歌，以代表彻底终结，我还记得歌曲的名字叫“山上的蝴蝶”。这首歌曲，是李杭和他的那位去学校复职的伙伴儿，共同在当地电视台录制完成的。也许是因为我已经了解了故事内容的原因吧，至今我都能很熟悉地想起那段儿只有在重庆才可以听得到的旋律。

李杭的这首歌曲，被当时的一家唱片公司看中了，想要对其进行一系列的运作及包装等。刚从阴影里走出的李杭，听到这个消息后可以说是大喜，因为这首作品，很可能会成为脍炙人口的歌曲了。但造化弄人，这家唱片公司在很短的时间里，便因撤资倒闭了，于是，李杭又重新回到了那本平静的生活状态。

而在经历了这大起大落的事件后，李杭便显得一蹶不振，他也曾试图寻找一个机会或一个点，使自己能够重新站到音乐线上来，可那并不容易。面对着家人的质疑，他不得不时常把自己关在屋子里，因为他的家人只希望他能够学着去做生意，好接替家人传下来的资产及店面等，这也是为什么他的家人会临时反悔，不让他去做一个大型音乐店的原因。

第二天起床后，李杭问我想不想去看看他的那位重新回学校复职的老朋友，我欣然答应，于是我们俩便下了楼。到了外面，抬起头，看着湛蓝的天空，我突然感觉，似乎已经很久都没有出来过了，很久都没有像此时此刻这样，抬着头仔细地望着天空了。那一瞬间，仿佛觉得一切都不会再令人难过了，也不会再让紧闭的心难以打开，相反更加坚定了自己的理想，且对自己的目标充入了更多的追寻力量，而所有缠绊着自己的烦恼，都显得那么渺小。那一刻，我的内心深处又再一次确定，所有的一切，都会随着自我的不断努力而逐渐变得越来越好。

没过一会儿，就到了李杭的老朋友家。屋子整体显得十分古旧，门窗大多都刷着那种旧黄色的油漆，屋子的深处还有另外两扇门，是那种暗红色的老式色调，都令我印象深刻。而其中的一间屋子里面，坐着一个清澈如水般的女孩，侧对着我，手里拿着一支笔，正在认真写着东西。我仔细打量了一下女孩，大概 15 岁到 19 岁之间，穿着白色的衣服、漂亮的短裙，显得十分美丽。

我和李杭在门口的沙发上坐了下来。李杭的这位朋友，端着热水热情地迎接我们。映入眼帘的，是一个 40 多岁的男人，脸上挂满了为追寻吉他和音乐而留下的沧桑。通过聊天得知，这个男人叫陈建平，是当地中学的一位数学老师，已有了 20 多年的琴龄。当我知道他是数学老师时，一股仰慕的热流便不受控制地奔涌了出来，只因我的数学太烂，所以我很敬佩擅长数学的人士，我也一直深信那些数学厉害的人，一定是非常聪明的。至于我，当初上学时，只要到了上数学课的时候，就背着吉他，跑到学校操场后边儿的小河旁，坐着练琴去了，导致半个学期过去了，我的数学老师竟都不知道班级里还有个叫“高凯”的学生，要不是因为中途回班级取忘记带的拨片，可能我的数学老师永远都不会见到我吧。

于是，我向陈建平表达了我对他的那份儿特有的尊敬，陈建平却笑着对我说：“数学只是一个学科，并不能代表人生的全部。再说，每个人擅长的东西不一样，你做音乐做得很好就已经足够了呀！”我又说道：“可是我也是真的想把数学学好，但我觉得数学很费劲儿，各种三角形、边边角角的让我算，我真是越算越糊涂。”陈建平安慰道：“不不不，其实还是你没有认真钻研，如果你像练琴一样去钻研它，你一定没问题，可你是否对待数学像对待练琴一样认真呢？”我瞬间哑口无言，便不再谈有关于数学的问题了。

陈建平拿出了很多自己一直收藏着的乐谱，并不停地询问我各种关于吉他和音乐上的问题，我都逐一解答并演示给他看，陈建平难以置信地对我说：“你的技术这么棒，为什么要来重庆啊？

这里根本不适合你，你还没到 20 岁，你应该去你该去的地方，去获得更大的发展和成就。”我戏谑地回答道：“我是被李杭骗来的，而且我主要想和你学学数学，你得给我补补课，跟我普及一下 $\sqrt{2}$ 。”陈建平无奈地摇了摇头，又对李杭说道：“你的这位朋友，在音乐上，以后一定会有真正的成就，绝对可以成为一个真正的音乐艺术家。”

李杭认真地点了点头并说道：“是！我也是这么想，所以我说，也许我把他叫到重庆来，可能是在害他。”

我并不习惯别人夸我，于是连忙对陈建平说道：“咱们技术水平都差不多，我只不过是时间多了点儿，练得狠了一点儿罢了，没什么突出的。”陈建平对我认真地说道：“小兄弟，我要是能有你这个技术，我就不去学校上班了。我也有梦想，只是我没有你的勇气，所以我只能认命，把曾经的最爱当成是现在每天下班后的娱乐了，唉。”我回道：“千万别这么想，越是这么想，离梦想就会越来越远。人这一辈子，几十年苦短，为什么不能选择做自己想做的事情呢？怎么活都是一辈子，咱们都应该重新规划下自己的生活和未来再做选择，也只有这样，才不会留有任何遗憾。”陈建平苦笑道：“我都这一把年纪了，还哪有未来了，我自知无法做好音乐，所以还莫不如早些放手，给自己留下点儿遗憾，兴许也还是很美的吧。”听完陈建平的话，我突然不知道应该说些什么了，或者说，不知道应该怎么说，我除了难过以外，还能很清晰地感觉到身边的又一个战友已然慢慢倒下了。

李杭坐在沙发上，不停翻看着乐谱，并没有说太多话，只是时不时地插进几句。我则抱着吉他，和陈建平谈论不同的乐谱。陈建平拿出一首歌曲的乐谱问：“这个歌的 solo 你能弹吗？

我很喜欢这个，特别好听，但是一拍要弹八个音符，我实在是弹不了，你看看好练不？”我把谱子拿过来一看，上面写着“康巴汉子”，间奏有一段吉他 solo，我习惯性地以视奏的方式给弹下来了，陈建平兴奋地对我说：“你都不用练啊？上来看看就能弹啊？！我的天！可为什么我练了很多天都练不下来？味道弹不出来不说，速度太快的地方手指也跟不上，这是为什么啊？”我一副认真的表情对他说：“你数学比别人学得好就已经足够了，行行出状元，又何必勉强呢？你对待音乐和你对待数学的认真度，是完全一样的吗？”陈建平听了我说的话后，便和我一样忍不住哈哈大笑起来。

为了日后留下在陈建平家的回忆，我当时特地问他：“这份儿《康巴汉子》的乐谱能送给我吗？”

陈建平大义凛然地说道：“当然！就送给你了，我还有很多的。”于是我便小心将乐谱放进了自己的口袋里。我又问道：“对了，里面的那个女孩儿是你的女儿吗？”陈建平哈哈大笑着说：“我哪来这么大的女儿，连个老婆都还没有！那是我的学生，到我家里补课来了。”我连忙说道：“噢噢！我还以为是你女儿呢！哈哈。我看她很文静、很认真地在学习，端庄地坐在那里。”陈建平对我说：“是的，这个小姑娘特别努力，一会儿还有一个小姑娘也会过来补课，你要是也想补课，就留下，我给你补。”我忍俊不禁地答道：“还是算了吧，我要是学不会，你万一再拿教鞭棍儿打我可完了。”李杭和陈建平听完我说的话后，都哈哈大笑了起来。而陈建平因为还在补课时间内，所以我们并没有过多停留，也婉言谢绝了他的晚饭邀请，这么做只是不想打扰到他的工作，并不是真正意义上的拒绝，只因我已然发自内心地视他为我的战友了。

离开了陈建平家，我掏出了口袋里的那张写着“康巴汉子”的乐谱，脑海里全部都是陈建平和他说话时的样子、整个屋子里的样子，还有那个漂亮的女孩儿。那是我第一次去陈建平家，也很可能是我这一生中最后一次去他家。

多年后，当我早已不在重庆时，我还特地问候过陈建平，他告诉我，一切都还是老样子，没有过多的变化，只是越来越老了。当我问起那个曾经伏在桌子上学习的女孩儿时，陈建平告诉我说女孩儿早已毕业了，应该都已经嫁人了。而那张乐谱，至今还放在我的夹本里。

每个人的生命里都有很多过客，有的是要教会些东西给我们，有的是要我们反省，而有的则是让我们得到相应的惩罚，还有的就单单只是有一面之缘的过客而已。在这趟人生之旅的列车上，每一个陪伴过我们的乘客都终将到站并离开，在他们即将离开之时，我们至少应给予其一个简单而温暖的微笑，以感谢他们曾经对我们的陪伴，因为在这趟短暂而又孤独的旅途中，我们每一个人都不会是永久的乘客，都终将孤独地离开。

告别李杭

就这样，我和李杭，难兄难弟般度过了一整个月的时间，直到有一天，我再次问起李杭有关他开音乐店的计划时，李杭沉重且黯然地摇了摇头说道：“看来咱们的计划已经流产了。我妈还是不同意，我自己又没有资金，我已经和她商量了很多次了，她坚决反对我继续做音乐，并且还要求我继承家业，学着去做生意，唉！”我问道：“虽然开店的计划已经搁浅了，但无论开与不开，你总不会真的要放弃音乐吧？如果放弃了的话，那你真的就再也回不到现在了。”李杭用手狠狠地搓了搓额头和头发，一动不动地盯着身旁的那张实木电脑桌，对我说道：“我真的快疯了！想做的事情，家里一直都在反对，好不容易商量好，结果现在又反悔。不喜欢的事情，她每天都在强迫我去做，可我真的不喜欢做生意，勾心斗角的日子我过不了。我现在根本没法面对你，我也不知道自己应该何去何从。”我安慰李杭说：“唉！事已至此，你也别难过了，上天给你关上了一扇门，也就定会为你打开另外一扇窗。一切不好的总会过去的，一定别让自己一直处在阴霾的状态下。人生苦短，爱，不一定非要拥有，况且即便拥有了，也未必是最完美的。”

说完这些话后，我顿了顿，忽然一股莫名的难过袭来，我无法分清究竟是李杭的悲伤令我难过，还是音乐带来的苦难令我难过，甚至可能是我预感自己即将要面临一路大大小小的障碍和麻烦令我难过。但是我知道，无论如何，也无论是对于李杭还是对于我，我们彼此都要熬过自己这一关，不管怎样去选择，也不管对错与否，我们总要去面对。对于我自己，音乐这条路，无论多么荆棘坎坷，也无论会存多少伤悲痛楚，我定然会踏着夕阳下的那条灰暗小路，朝着朝阳升起的方向，一如既往地继续前进。

当天晚上，两个人几瓶酒、一盘花生米、两包烟、一把破木吉他、一把已变了形的杂牌电吉他，从电脑桌旁一直折腾到床上，最后是如何睡着的，已然完全记不清了。只记得清晨醒来时，李杭沉默地坐在床边儿，静静地抽着烟，见我醒来，幽怨地对我说：“你个哈麻批，老子脑壳都被你搞痛撒！”我爬了起来，去了趟洗手间，洗漱完毕后，便开始整理我的行李箱，边整理边对李杭说：“兄弟，我不知道什么时候再能来重庆，什么时候再能来你家，但是冬天的重庆我特别喜欢，因为外面总会不停下着雨，这将是我一辈子最难忘的宝贵记忆。”李杭深吸了几口烟，仰着头，凝视着上面的天花板，麻木地对我说：“以后某年某月的某一天，你可一定要来看我，我怕是坚持不下去做音乐了，我家目前的情况你也看到了，我现在所有在音乐上的寄托，可就全都落在你身上了，你可一定要坚持下去！”

听到李杭的话，我犹豫了一下，抬起头，停下了收拾行李箱的动作，却没有望向李杭。那一瞬间，我惧怕看到他脸上的表情和他的眼神，于是我又重新低下头继续整理行李箱，且对李杭回道："放心吧，至少该出现的我一定都会让它们出现。"我从眼睛的余光里，看到李杭轻轻点了点头，并自言自语般小声儿说道："嗯。"说完后，李杭便去了隔壁房间，呆滞地玩起了电脑，依旧是那个我曾每天陪伴着他一起玩的恐怖游戏《钟楼》，只是，那间时常充斥着欢声笑语的热闹小屋，在这一瞬间，显得那么凄凉、黯淡。

最后的午餐

在李杭家人极力又盛情的挽留下，当天中午，在这个南方的大家庭里，我与他们吃了这顿最后的分别午饭。李杭的家人特地做了重庆当地的家常菜，以表示对我的送别。午饭期间，李杭并没有说过多的话，只是一个人闷着头静静吃着饭。而李杭的家人倒是很热情地招呼着我，除了夹菜给我，还会时不时嘱咐我道：“高凯，以后要经常来我们家做客哦，李杭在北方又多了你这么个好朋友了！下次来的时候，可一定要带着女朋友一起来做客呦。”我点了点头并回应道：“没问题，阿姨，下次我再来的时候，争取抱着孩子一起来蹭饭！”于是整个饭桌上传来了不同音量的欢声笑语。

在这顿分别的午饭结束后，我告别了李杭的家人，李杭则要求送我去车站，我婉拒了，只因我不想看到李杭的那份难过和自责。于是，李杭将我送到楼下，我们用力地握了握手，李杭微笑着开口道：“兄弟，以后记得要来看我。”我回道：“一定！李杭，你多保重！”

于是，我便再次踏上了一个浪子的孤独旅程。

走了一段，我下意识地回头望向了李杭，我分明清晰地看到了远处的一个身影，正在朝着我使劲儿挥舞着胳膊和双手。但这个身影，很快就变成了一个极度模糊不清的黑色物体，而我完全顾不上擦眼睛，隐忍着、快速且大步地向远处走去。那一刻，我知道，我又少了一个战斗在音乐前线的战友。

离开重庆很多年后的一天，李杭突然发了条信息告诉我，当年的那个川妹子，在我走了以后，还往李杭家去过电话，询问我的去向及联系方式，无奈李杭当时并没有我的联系方式，也不知道我的去向，所以，我和川妹子便彻底中断了联系。我知道，一切的责任都归于我，只因我的疏忽冷落了一颗无比温柔的心，甚至，可能会影响到川妹子以后对陌生人的交往态度。

直到今天，我仍然对川妹子有着一生都难以平复的愧疚，我总会忍不住去想，当年若不是因为我愚蠢，就不会如此简单且又无情地冷落那一颗炽热而温暖的心。如今唯有遥祝当年那个善良美丽的辣妹子，一生都平安幸福。

如今，李杭，这位曾经同样战斗在音乐前线的战士，已变成了一名合格的驾校教练，至于原因，已然不再重要了，但我想，每每遇到闲暇时段，他也依然还会抱起那把浮灰满身的破木吉他。

心中那永恒的暖意

告别李杭后，我依旧还是一个人，拖拽着那个沉重的行李箱，步行去往火车站。在拖拉箱子的过程中，行李箱下面的两个圆轱辘，先后发生了不同程度的损坏。第一个轱辘先是裂开了，紧接着便掉了下来，朝着道路的另一侧滚去，离我越来越远。

当我看到这一幕时，无比痛恨自己，因为行李箱是爸爸妈妈买给我的，我不希望父母给予我的任何东西发生任何程度的损坏，只觉得自己很对不起爸爸妈妈。我还清楚记得，爸爸妈妈把箱子交给我的时候告诉我说："这个行李箱挺贵的，卖箱子的人说质量很过硬、很结实，所以你就放心大胆地用吧。"

可行李箱我也只用了一次而已，这才第二次，就发生了如此严重的损坏，我不仅痛恨自己，更极其痛恨那些个商人的嘴脸和骗人的伎俩，一气之下，便没有去追回那个裂掉的轱辘。而第二个轱辘，也已经严重脱扣了，照这个拖拽方式继续拉下去的话，用不了半个小时，我会面对被第二个轱辘抛弃的结局。

当时的我暗暗发誓，以后无论再去多远的地方，宁可一个月不换衣服，也绝对不会再拖拉着行李箱了。于是，我狠狠地抱起了这个历经沧桑又残缺的行李箱，朝着火车站继续费力走去。而事实上，也就是从那次开始，我再也没有使用过任何行李箱。

步行的速度总会是很慢很慢的，我的力气和耐心又都是有限的，正当我无比烦躁时，忽然发现我的右前方出现了一个橙色的大垃圾桶，当时，我只想让自己轻松点儿，不想再抱着这么沉的箱子了，于是冒出了一个"败家"的想法，那就是将行李箱内所有不想要的或重量较沉的东西，筛选出来全部扔掉！

而当我走到橙色大垃圾桶旁边，用左腿托顶着行李箱，准备筛选要扔的东西时，却在行李箱的夹层内发现了 500 块钱！我快速进行了一系列回想，最终确定，这是李杭塞进来的钱。

在李杭家待的这一个月时间，因为没有用到钱，所以我已经忘记自己身上的钱其实连一张回程的车票都买不起。于是我冒着冷汗连忙将钱包掏了出来，并认认真真地数了两遍，果然，只剩下 47 块钱。我忍不住使劲儿拍了拍自己的额头，又点上了一根儿烟，五味杂陈地几大口便抽完了它。那种劫后余生的感觉，我永远都忘不掉，且由衷地在心里感谢着李杭的这份儿温情。

而我也突然发现，若不是行李箱发生了损坏、若不是行李箱内的东西使我感觉到了明显沉重的话，我也就不可能发现这 500 块回程车票钱了。于是我再没想过将行李箱内的任何东西扔在重庆，反而决定要完完整整地带它们回家，跟了我一路的它们，同样奔波，受尽了劳累，我又怎么能够将它们遗弃呢。我快速将行李箱拉上并恢复了原样儿，又看了看那个已经损坏了的轱辘，本想找个绳子将其绑起来以防止丢失，但碍于周围实在找不到任何可以固定的东西，于是我决定还是抱着行李箱继续赶路。

黄牛大叔

看着身旁一辆又一辆的出租车和三轮车急驶而过，我不免心中黯然。这个陌生的城市没有一处可以容纳我的地方，每个人的脸上，都呈现出那种惯有的麻木和现实。我觉得，再强大的人，也许都无法逃离那份儿世俗吧，但是，我一直坚信，世俗也一定要有一个度，真正强大的智者，一定不会是过于世俗之人。

此时的我，固然还是不能选择去打车，就连普通的三轮车，我也不敢坐，因为这 547 块钱，是我此时的全部家底儿。于是，我紧紧抱着我的箱子，继续朝着火车站的方向走去。因为不熟悉当地的路线，所以每走一段路，我都会询问当地人，该如何走到火车站，但每一个当地人在听了我问的问题后，都会十分惊讶地对我说："小伙子！火车站离这里还远着呢！哪能走路去撒?！很远的呐！你得坐车，这样走路过去，怕是要走上两个多小时撒！"我则微笑着回答道："哦，没事儿，我正好当锻炼身体了，谢谢您！谢谢您！"

我早已经习惯了这种见惯不惯的"苦"了，我不觉得有多苦，不就是走路嘛，要腿干吗的？不就是用来走路的嘛！于是，一个孤独的身影、曾经的那个不知天高地厚的少年，边哼着小曲调儿、边继续朝着火车站的方向快速走去。

走了大概有一个半小时左右的时间，突然觉得有些饿了，可一想到吃饭又要花钱，于是又继续朝前走去。但没走多远，我猛然想到，火车站的东西一般都会很贵，莫不如就在距离车站较远的地方，提前把饭吃了，这样还可以省下一点儿钱。于是我就近找了一间小饭馆，点了一个菜、一碗米饭。具体吃的什么菜，早已记不住了，但可以肯定的是，一定是一个非常非常便宜的小菜，不为别的，只因为要省钱。

饭饱后，我重新抱起了行李箱，继续朝着火车站的方向走去。在步行了足足两个半小时后，终于到达了重庆站。我抱着沉重的行李箱，挤在蜂窝般的人群中，麻木地排着纵队，等待购票。排了大概20分钟后，终于轮到我了，而正当我准备买票时却被告知，最近三天内都已经没有票了，我难以置信地又问了一遍，结果依旧还是被告知，最近的三天内，确实已经没有票了。我只好无奈地离开了售票窗口，向着后方人群较少的空地儿走去。

站在重庆火车站的广场上，我一股脑儿想了很多种解决办法。比如回李杭家，或者找地方睡觉，或者去候车室待三天，再或者坐汽车，再或者想办法挤进火车，等等。但是我知道，以我的个性特点，哪个办法都可以采用，但唯独不能采用第一种办法，也就是绝对绝对不能再回李杭家。向人家告别都告完了，然后再没出息地回去？再来个第二次告别？这绝对不可能。

正在我冥思苦想究竟应该选择哪一种办法时，从我的左前方走过来一个大叔。这是个年纪不算太大的大叔，姑且就叫他“年轻大叔”吧，这位年轻大叔火急火燎地问我：“小兄弟，你要去哪撒？我这儿有张去菏泽的卧铺票你需要吗？”我回答道：“谢谢，我不需要，因为我要去威海。”年轻大叔继续说道：“去威海的火车，这里是没有直达的，你只能从济南换车，再去威海。但是去往济南方向的车票，几天内都很难再有了。”我回道：“那我也不能去菏泽啊！”年轻大叔激动地劝道：“哎呀！不是让你去菏泽！你先上了火车，然后再补票到济南就可以了，然后到济南下车再去威海，这样是唯一的办法了，你再不走的话，起码三天内，你很难走得了。”

我仔细想了想，年轻大叔说的确实有道理，于是我问道：“那您这个票多少钱卖？”年轻大叔便装模作样地小声儿告诉了我一个价格。具体价格，现如今我已完全记不住了，但是年轻大叔当时给出的价格，大大高于票面上所显示的正常价格，多加了大概 180 元左右。

那一刻我明白了，这是位地地道道的黄牛大叔。于是我便和黄牛大叔不停地讲价，黄牛大叔也在不停地说自己有多么不容易，诸如家里有老婆孩子要养之类的话等等。我当时真的特别想牵着黄牛大叔的手，让他也抱着行李箱，跟我走上两个半小时，体验一把真正玩音乐的艺术家，该是有多么惨烈。当然，这只能是开玩笑地想想罢了。不过最终黄牛大叔选择了让步，只加了我 120 元左右的坑爹费。

我把钱给了这位年轻的黄牛大叔，黄牛大叔也将票递给了我，并善意地提醒我说：“小兄弟，票拿好了，可别丢了，这里小偷很多，你要注意，别丢东西。”我对黄牛大叔调侃道：“放心吧！活够了的人才会选择来偷我的东西。您这是要回家抱老婆孩儿睡觉了吧？”黄牛大叔忍不住嘿嘿说道：“对撒！今天下雨，我也不卖了，回家抱婆娘多安逸呦！”说完这番话，年轻的黄牛大叔，揣着我的车票钱，一溜烟儿便消失在了如蜂窝般拥挤的人潮中。

如果从另一个角度来审视的话，这位黄牛大叔通过将车票漫天加价的方式来获取金钱，职业虽不光彩，但他也在尽自己的最大努力，去使自己的妻儿可以过得尽可能地舒坦。

所以，这位黄牛大叔也不算什么大恶人吧，况且还“入了党”，虽然是个不太光彩的黄牛党。

候车室内的一幕

我一个人，孤独地站在人群零落的车站广场，想了很多在重庆的这一个月里所发生的各种事情，脑海里随机映射出不同的画面和场景，一片混沌。这场冬雨，越下越大，每一粒冰凉的雨滴，都准确无误地拍打在我的脸上，有时还会偷偷地钻进我的脖子里，似乎想要洗刷掉我曾犯下的所有过失。望向天空，凝视着那一片片行走的乌云，心里陡然变得不舍，变得不太情愿在此时，离开这座陌生而又神秘的城市。只是，时日已到，已然无法再停留，到了不得不和这座特别的城市说再见的时候了。

候车厅内零零散散地分布着去往不同城市的旅客，我找了一个周围人较少的位置坐了下来，从行李箱里翻出了那张陈建平送给我的乐谱。我仔细打量着上面的字迹和所标记出的备注，希望通过这些小的细节，去猜测及感受制谱人当时的思维和心理。整张乐谱上，布满了密密麻麻的音符和字体极小的歌词，那通常并不占地儿的和声进行级数，被挤得似乎已大幅度地变了形。我想，这个制谱人应该是心思较为缜密的吧，至少个性里会有很多细腻的东西存在着。

正当我全神贯注思考时，只听到前面有人在大声喊叫着什么，我下意识地抬起头朝前望去，只见一个候车厅内的保洁阿姨正在拍打着一个似乎已睡着了的中年大叔。保洁阿姨一边喊一边拍打，再到向后使劲儿推，坚持着想要把这个中年大叔叫醒。随着拍打推搡的加剧，保洁阿姨的推叫声儿，明显变得越来越大，已然都快接近呼喊声儿了，而此时，周围已经开始围起了一圈儿人。围观的人们都在猜测这个人究竟是为什么起不来，闲言碎语中，便有少许围观人轻声地议论道：“这个人不会已经是死了吧？从来也没有见过睡觉这么沉的人，都叫了这么久了，竟然连动都不动一下。”保洁阿姨一听，吓得赶忙说道：“这是真的假的啊？这个人都在这里躺了两天了，就没见到他动过。”听到保洁阿姨的话后，我紧张且好奇地走了过去。

的确是一个动都不动的人，歪歪扭扭地坐在地上，靠在椅子下面。一个胆子较大的年轻人，小心地将手指放在了这个躺着的中年大叔的鼻孔下面，只听见年轻人十分慌张地喊道“他、他、他没有呼吸！一点儿热气儿都没有”，并连忙向人群中退去。而周围的人们都开始骚动了起来，有的建议打 120，有的建议翻出他身上装着的亲属联系方式，还有的人则建议最好不要触碰，等待车站负责人员过来处理。

当时我只觉得，无论是死是活，总要尽快采取一个有效措施，万一错过了急救时间，那可是一条活生生的人命啊！也许他的家人还在盼着他回家团聚，可如果他的亲人知道他客死他乡、又无人问津的话……那可真的不敢想啊。

于是，我赶忙快步走到中年大叔前面，用力重重推了他一下，试图让他能有所反应，但他依旧还是毫无任何动静儿。我又再次用脚，使劲儿地扒拉了几下中年大叔的腿，并大声地喊道："喂！嘿！起来了起来了！"中年大叔仍旧还是歪着头，没有任何反应地靠在椅子前。我下意识地将自己的耳朵，极近地贴在了中年大叔的鼻子前，凭借着音乐人极敏锐的听力本领，我忽然听到了连续的微弱呼吸声，我心里咯噔一下，继而整个人便已放松了一半儿。因为距离中年大叔极近的缘故，我从他的呼吸和他的嘴周围，嗅到了一股浓浓的白酒味儿。我再低头仔细一看，在中年大叔的身后，椅子下面的角落处，躺着两个已被喝得干干净净的空白酒瓶。为了再次确认这个中年大叔无生命危险，我又再一次地将耳朵极近地贴在了他的鼻子前，而当我又再一次听到那一下下微弱的呼吸声时，这才放心地站了起来。

身后的围观人群，不停地发出各式各样的议论声儿，甚至还有好心群众极力劝告我，让我不要触碰中年大叔的身体，以防止被讹诈。而此时，我耳边儿的声音在我看来，全部都是各种不能解决实际问题的废话。

于是，我失去耐心地大声对着围观人群说道："都散了吧，都散了吧啊！这个大叔没事儿，喝了整整两大瓶儿白酒，醉得快连呼吸都用不着了，醉酒太严重的话，呼吸有时确实会偏弱，所以等他自然睡醒了就没事儿了，大伙儿都散了吧！"说完后，我便自顾自地朝着我的座位处走去，身后的人群，依旧还在叽叽喳喳地议论着什么，而我，头也没回地坐在了自己的位置上。

过了一会儿，围观人群已逐渐散去，中年大叔的椅子下面那两个空白酒瓶儿，也被保洁阿姨给扫走了，候车厅内又再一次恢复了正常。这时，检票的广播已经响起，通知人们检票进站了，当然，还是那段儿麻木无奈且又兴奋熟悉的书面通语：“开往济南方向的列车已经开始检票，请××检票员提前做好准备工作。旅客们，开往济南方向的列车、K××次列车，已经开始检票……”我将那张乐谱，重新放回了行李箱内，又抬起头，再次看了一眼已被酒精深度麻醉了的中年大叔后，便伴随着熟悉的检票广播，走向了检票口。

多年后，有一次在通州北苑，当我亲眼看到一位老人走路不小心摔倒在了小区门口的地上时，我条件反射般地想要跑过去将老人扶起，可刚迈出一条腿，就下意识地停住了，我焦虑地反复纠结着，究竟是应该扶，还是不应该管？可就在我犹豫的时候，一个好心的大姐，连想都没想，就赶忙将老人从地上给扶了起来，又给老大爷拍了拍衣裤上的灰土，还不忘问道：“大爷，您没事吧？您知道您儿女的电话号码吗？让她们来接您回去吧，您这岁数可不能再摔了呀！”

那一瞬间，我低着头快速离开了小区门口。我无法准确评估自己的惭愧究竟有多少，我也不理解自己究竟是怎么了。我努力地想给自己找一个可以开脱的理由，比如我属实要赶时间、着急上班，等等。可本清醒的我，自知这些并不能算是合格借口，同时脑海里完全不受控地持续呈现出刚刚发生的那一幕，无论如何都抹之不去。我也分不清这究竟是谁的过错，究竟是什么能将我的善良一点一点吞噬，我不由地扮演了一次围观群众的角色，我也一直因我的围观和冷漠而自卑地唾弃着自己。

迷茫中的力量

上了火车后，我定睛一看，去往济南方向的乘客，还真是像黄牛大叔说的那样，人多得已经完全都拥堵在了车厢的过道内，很多人连自己的行李都无法放到自己铺位顶的行李架上。我站在车门口有好一会儿，才慢慢地能进到车厢内。我的铺位是个上铺，还得靠爬着小梯子上上下下，懒于来回上下的缘故，我便干脆坐在了车厢过道一侧的小弹簧椅子上。

没一会儿，火车便开了，我托着下巴一动不动地坐在弹簧椅上，身体时不时地被列车快速行驶时的晃动而带动得自然晃动着。望着疾驶而过的城市和铁轨，看着那一片片转瞬即逝的高楼和树木，那一刻的心情是无比复杂和忧虑，思考着自己的未来，惦念着爸妈的一切，审视着曾经的选择，又反省着自我的过失等等。

但是我明白，不管未来会怎样，我至少都会以自己最真实的一面去活着，也接受不了世俗的虚伪和过于市井化的自己及生活。我总在想，人生苦短，为何会有那么那么多的人，依旧愿意从众地喘息着，宁愿让自己麻木地跟随这个社会中的多数人去苟且着，也没有魄力和勇气去追寻属于自己的那个梦。我们同样都是独立的生命体，我命由我不由天，为何还要如此严重地世俗着呢？为何就不能甩开一切障碍，为实现真实的自我而纯粹地存在着呢？也许吧，也许就像我说过的那样，我毕竟不是他们，也无法深度了解他们的生活及价值观，也许，每个人都有自己的苦衷吧。

不知过去了几个小时，只是觉得有些困了，眼睛明显已经开始犯懒，整个车厢内，早已无人在小弹簧椅上坐着了，车窗外的景色已不再能辨别得清楚。于是，我起身到车厢间的连接处抽了两根烟，抽完后，便径直爬上了上铺，躺下没多久，便迷迷糊糊地睡着了。

补票问题

睡得正香时，很明显地感觉到似乎有人在使劲儿扒拉我的脚。当时我真是一百个不想动，可却奈何不了总被持续地扒拉脚，于是我不情愿地爬了起来并望向自己脚的下方。这时，只听到一个女人操着麻木的声音道：“起来了起来了！菏泽快到了，检查好行李，别落下东西。”我回道：“喔！好！谢谢您。”说完后，我便像被胶水儿粘住了一样，实在是乏得爬不起来，于是又再次躺了下去。我也很费解自己为什么总是在不得不起床的时候如此地困乏，可平时没事儿的时候，为什么就反而睡不着了呢？躺了没几分钟，我便努力地重新爬了起来，整理好衣服后，为了防止打扰到中下铺正在睡觉的人，我轻声地从上铺位置缓缓地爬了下来，并一点儿一点儿地将行李箱轻轻地从下铺的床位下面拉出。

正当我完全拉出了行李箱准备起身离开时，在站起来的瞬间，一个不小心，后脑勺“咣”的一声，重重地磕在了下铺铺角的金属上。可奇怪的是，睡在下铺的人没有被我撞醒，反而是中铺的人被撞醒了。中铺的一个大哥，伸着头很纳闷儿地看了看我，而他对面中铺上的另外一个大哥，也将头伸了出来，也同样很费解地看着我。我当时尴尬地连忙小声儿对他俩说道："真不好意思，我刚才在拉我自己的行李箱，结果一抬头，就把你们俩都撞醒了，真是不好意思。"在我的铺位这一侧，也就是右边中铺的大哥，微笑着对我说："没事没事，我还以为什么东西掉下来了呢，想着可别砸到人。"而左边中铺的大哥对我说道："小兄弟，你这头可真够硬的！哈哈。"听完这番话，我嘿嘿嘿地笑了，又不好意思地揉了揉脑袋。

左侧中铺的大哥接着说道："要下车了吧？在哪儿下？下一站到哪了？"我回道："一会儿就到菏泽了，不过我是到济南下，只是票上是到菏泽。"右侧中铺的大哥奇怪地问我说："你去济南的话，怎么还买了个菏泽的车票？"我回道："之前因为是买不到车票了，从别人手里加价买的车票，所以只能是先到菏泽再补票到济南了。"左侧中铺的大哥连忙说道："那你最好现在赶紧去补票，要不晚了的话，卧铺可能就被别人买走了，我遇到过这样的情况。"我听完正准备去找列车员的时候，恰巧列车员刚好走到了我的铺位下，于是我连忙将补票的问题说给了列车员，但却被告知已经都卖出去了，卧铺票全无，说让我只能去硬座车厢自己找地方待着了。列车员说完这番话后，便拿着一个小本夹自顾自地离开了。

我转头朝着左右中铺上的两位大哥，无奈地耸了耸肩，并说道："这回没辙了，我还是踏踏实实地去硬座车厢找地儿待着吧。"左侧中铺的大哥啧啧说道："中国呀！哪儿都好，就是人太多，连一张归乡的车票都买不到。唉！这世道。"我感叹道："嗯，是啊，确实。火车票是出行的一个最基本的东西，可谁成想竟然这么难买！不过没有也好，我正好去硬座车厢待着，也还能省点儿钱，正愁钱不够呢。”右侧中铺的大哥感叹地对我说道：“唉，小兄弟，出门在外，本身就已经很不容易了，你也别太苦了自己，钱挣来不就是用来花的嘛。”我苦笑着摇了摇头说：“嗨！我倒不是抠门，而是确实真没辙了，现在就算是有卧铺，我也不能补卧铺，我如果补了卧铺，那就真没钱捱到家了。”

话音刚落，我猛地意识到我还要再买一张济南至威海的火车票才行，而现在补也只是补菏泽到济南的车票而已，于是我急忙问向中铺上的两位大哥：“麻烦问下你们，从济南到威海的火车票多少钱？”左侧中铺的大哥摇了摇头说道：“威海那边儿我还真没去过，还真不知道车票的价格，要不你问问他。”于是，右侧中铺上的大哥在想了想后对我说道：“具体价格我也记不清了，但是如果没记错的话，应该好像是在 105 块钱左右。”

听到他的话后，我下意识地掏出了自己的钱包，仔细数了数后发现，钱包里竟然只剩下了 30 多块钱。我拼命地回忆每一个花了钱的场景，想到底是买了哪些东西，竟然把 500 块钱的路费全都给花干净了。最后想到，上车前在重庆站广场，我曾加价买了那位黄牛大叔的卧铺票，所以这才发生了超支的现象。

凑钱给我的山东大汉

当时的我并没有太多的担心，更没有一丝丝的害怕，反而觉得无所谓了。其实连我自己都不知道，为什么自己会有这样一种心态，也许是我不在乎的东西太多了吧。而此时的我，已经开始构思各种各样的解决办法，最终我决定，等到了济南后，我定要靠自己的脑袋和双手去把车票钱给凑齐。

中铺上的两个大哥也许是看出了我的心思，左侧中铺上的大哥问我道："小兄弟，是不是没钱买车票了？"我回过神儿来并尽可能装得很自然地赶紧回答道："有！有！买车票哪还能没钱呐！"左侧中铺上的大哥又继续说道："那你还慌慌张张地数钱，不介意的话，就给我俩看看你钱包里到底还剩了多少票子。"此时，右侧中铺的大哥也在跟着起哄，要看我钱包里的钱。而我当时觉得，即便是给他们看，他们碍于隐私也绝对不会认真地看我的钱包吧。可不给看的话，我又不好意思，也过不去自己脸儿小这一关。

于是，我打脸充胖子地将钱包展示到了两位中铺大哥的面前。可谁成想，左侧中铺的大哥竟然将钱包一把接了过去，并仔细将钱包内剩下的钱给来了个彻底的大翻身，又数了个底儿朝天，我忍不住惊呼道:“你俩这怎么还真数啊?!”在听到我的惊呼声后，左侧中铺的大哥便立刻将我的钱包递还了我，并反问我说:“这些钱哪可能够买去威海的车票呀？你怎么把车票钱都给花了呀？”而此时，右侧中铺的大哥朝着左侧中铺的大哥说道:“你刚才没听他说嘛，他之前买不到票，所以是加价买的这张卧铺票，他肯定是自己都忘了那份儿加价花出去的钱了。”我对两个中铺大哥回道:“嘿嘿！确实是这样。但是这谁都不怪，只怪我自己太没数儿了，也确实太不当回事儿了。没事儿，等我到了济南的时候，我自己再想办法。”

说完这些话后，我正准备抱起行李箱跟两位中铺大哥道别时，右侧中铺的大哥却把我叫住了说:“小兄弟，你剩的钱，确实是不够买车票的，我不骗你，所以你看这样行不行，我给你拿100块钱，你拿这钱去买票，然后你……”还没等右侧中铺的大哥说完，我便将他的话打断且说道:“那不可能！我们素不相识，我哪能用您的钱。再说这也和您没任何关系，这就是我自己一时的失误而已，况且我都这么大的人了，随便想点儿办法也就解决了，怎么能要您的钱?!但是我非常非常地谢谢您，您的这一份儿心意我领下了！真的很感谢！”

说完后，我便准备再一次抱起行李箱离开，右侧中铺的大哥却起身一把抓住了我的衣服，焦急地对着我说道:“哎呀！小兄弟！你总得听我把话说完吧？你看，现在的情况是这样，如果你在下车后自己去解决这个车票钱问题的话，那你就会很麻烦。我并不是说你解决不了，我也很相信你可以十分轻松地将这点儿车票钱搞定，可你没必要耽误回家的时间啊，有这时间用来陪伴你的父母该有多开心啊！而且通过刚才的聊天，我也能感觉到你是一个很独立好强的爷们儿，但是确实没必要因为这点儿钱而耽误了回家的时间呀！所以你听我的，拿着这 100 块钱，又不多，然后早点儿到家，早点儿看到家人。”我依旧倔强地回答道：“不管怎么说，我还是不能要您的钱，谁的钱都不是大风刮来的，都是自己辛辛苦苦挣来的。您也有家，也有父母，甚至还有老婆孩子，我一个大小伙子，哪可能觍着厚脸皮跟人家要钱啊？！”

这时，左侧中铺的大哥起身拍了拍我的肩膀说道：“小兄弟！在家靠父母，出门靠朋友。从现在起，如果你当我们俩是朋友的话，那你就把钱收下，拿着去买车票，好早点儿回家。”我为难地回道：“您这话说的，我当然是非常愿意有你们这么两个仗义的朋友了，可我真的很为难，我也真的不能要你们的钱。”左侧中铺的大哥又继续说道：“小兄弟，我理解你的意思。那干脆咱们这样吧，为了公平起见，我俩一起给你凑张车票钱吧，也算是交下你这个朋友了。如果你再拒绝，那就真的是没有把我们当成你的朋友了。”左侧中铺的大哥还没等我开口说话，便直接对右侧中铺的大哥说道：“大兄弟！你也别自己一人拿了，咱哥俩儿一起给这位小兄弟凑张回家的车票钱吧！”

话说完后，两位中铺大哥便开始各自翻着自己的衣服，没过一分钟，左侧中铺大哥便先翻了 60 块钱出来，并对右侧中铺大哥说道：“来，你再凑 40！我正好零钱儿 60 块钱。”右侧中铺大哥果然翻出了 40 块钱出来，俩人趁着我愣神儿的功夫，没等我反应过来便同时将这些钱使劲儿深深塞进了我的外套口袋里。我慌忙从愣神儿中醒了过来，哑口无言般地说道：“这……我……

啧……唉！我都不知道该怎么办了，你俩这不是逼我骗钱呢吗?！哎呀！”右侧中铺大哥平静地对我说道:“没事没事，千万别在意，应该的、应该的。”

那一刻，我只觉得我做什么都已经无济于事了，于是我只好再次问向两位中铺大哥:“好吧！这钱我拿着了，但是你们必须得告诉我地址和电话，我到家后第一时间把钱还给你们。”左侧中铺的大哥对我说道:“这点儿钱还还啥还，你就别总想着这钱的事儿了。”我激动地回道:“如果我不还这钱，您以后岂不是会寒心，甚至都不会再帮助那些真正遇到困难的人了？所以，地址和电话必须给我，要不这钱我绝对不能要！”听了我说的话后，右侧中铺的大哥打趣儿地说道:“如果每个有困难的人都找他帮忙的话，用不上三天，他就得去要饭，估计到时连我也跑不掉了，哈哈哈！”

我将口袋里被塞进的钱又重新掏了出来，再一次向两个中铺大哥道:“如果不给我地址和电话，那这钱我不能要，这是我的底线。但就算你们不给我地址和电话，我也永远都认你们这两个仗义的朋友。”右侧中铺大哥无奈地对我说:“小兄弟，我家太远了，在即墨呢，就因为这点儿钱，多折腾啊！”听完这番话后，我忽然很想知道他们是哪里人，于是我好奇地问向左侧中铺大哥道:“那您是哪里人呢？”左侧中铺大哥便告诉了我一个城市名，可惜的是，我如今已实在记不起了，他也同样是山东省内的人，这点我一直记得很清楚。

冷漠的列车员

就在我准备再次去问两位中铺大哥的地址和电话时，列车员不知什么时候已经出现在了我的身后，她严肃地对我说道："怎么还在这儿?！你得去硬座车厢才行！这里不允许无票停留！"我厌烦地说道："我知道了！打完招呼我立马就走！"也就是在我和列车员对话的时候，趁我不备，两位中铺大哥又再一次把钱重新使劲儿地深深塞回了我的外套口袋里。

我于是赶紧回头想要进行反抗和拒绝，但此时这位冷漠的列车员又再一次不耐烦地对我说道："你赶紧收拾好东西，抓紧去硬座车厢！这里一会儿还有别的乘客要来，如果你再不走的话，我只能叫乘警了！"我的怒火瞬间不受控制地涌了上来，我朝着列车员喊道："我说过打完招呼就走，那我就一定会走，你要是这种态度说话，那你立马给老子把乘警叫过来！立刻！你只要确定要找乘警过来的话，那我就原地站这儿等着你和乘警，你觉得呢?！"因为是女列车员的缘故，我已经在尽力克制自己的语言，尽量没有冒摇滚范儿的脏话。

女列车员听到我的话后，气得一句话都没说，转身准备离开。看到她没再咄咄逼人，我转过身来，准备继续和两个中铺大哥讲话。但就在转身的过程中，我眼睛的余光隐约看到周围几个卧铺上的旅客已经全部都被我给吵醒了，我这才发现，自己的嗓门儿确实是有点儿大了。

这时，左侧中铺的大哥对我说道："别理这些个人，她们说话确实很不中听，你也赶紧走吧，要不一会儿她还得来叫你。"我回道："其实我也能理解她，也不容易，每天周而复始重复着单调的工作。但是说话确实太差劲儿了，但凡是一个正常人，都根本接受不了这样的服务态度。"此时，右侧中铺的大哥起了起身对我说道："小兄弟，别生气了，快走吧，听大哥一句。"于是，我转而又对着两个中铺大哥说道："可是你们俩到现在都没给我地址和电话或者银行卡号！我也不能就这么走了啊！"左侧中铺的大哥回道："你要不当我俩是朋友的话，那我俩立刻给你地址和电话，但我们就不再是朋友了。"右侧中铺的大哥紧接着说道："小兄弟，我们一定还会再见到，我很相信这冥冥中的缘分，我坚信我们三个人，依旧还会在未来某一刻再次聚到一起。所以，你就快过去吧，别总想着这点儿钱了，钱不是最重要的，而最重要的，却是钱把我们三个人给促成了朋友，对吗？"

我由衷地点了点头，又深深叹了一口气，朝着两位中铺大哥说道："好吧……我明白了，那我这就走了，你们对我的热心帮助，我会一直记在心里，等我遇到真正需要帮助的人时，我也会一样义无反顾去帮助他，把这份儿情义长久接力下去。那，你们两位大哥，多保重了！"说完这番话，我重新将行李箱抱了起来，再次对着中铺上的两个大哥使劲儿点了点头后，便离开了这节卧铺车厢。

我的她？

连续走了几节硬座车厢后，我终于找到了一个空位置坐了下来，并将车票补到了济南。硬座车厢里的人也同样很多，大家基本都还处在一个半睡却没睡的状态。也不知过了多久，当我迷迷糊糊醒来时，发现车窗外的天早已经亮了，一看时间，都已经快中午了。外面似乎还有一点点阴，这样的天气很容易给人带来或多或少的忧伤。

火车停靠在了河北省某市，我望向窗外，看到距离车窗不远的站台上，站着一个当地的女孩。从女孩儿那较朴实的衣装和较年轻的面容上看，也许会是一个很踏实的女孩儿吧？河北的女孩儿，会不会大多数都很贤惠呢？如果以后我娶了这么一个女孩儿当媳妇儿的话，我的生活会不会很幸福、很温暖呢？当然，答案是不确定的，也是未知的，只因识人并不可完全取其相貌。我又再次望向窗外，却发现女孩儿已跟着自己的男朋友跑去了后方的车厢，彻底消失在了我的视野里。

那一瞬间，我很希望自己也能有一个这样的女朋友，每天都彼此陪伴着，每天都可以相见，无论我去哪里，我都要带着她一同前行。即使我老去，我也仍要每天都抱着她的脸颊，温柔地贴在自己火热的胸膛。想到这里，无奈、悲伤和绝望，轻而易举地渗透了我整个疲惫的身体，但却无法禁锢我的灵魂。

济南站

就这样浑浑噩噩地胡乱想着，也不知道又过了多少个小时，火车最终到达了济南站。

下了火车从出站口出来后，我径直走向了售票厅。而当我站在售票窗口前焦急地问询去威海的车票及票价时，被告知的价格，几乎刚好是我钱包内的钱与外套口袋里的钱的总和。在买过车票后，我买了一块不大的、且价格最最便宜的面包和一瓶矿泉水，充当我的晚饭。之后，任我努力翻遍全身大大小小的口袋，最终，只剩下了一张唯一的一块钱纸币。

我一个人孤独地站在济南站的中央广场上，抬起头，望着正前方的“济南站”三个大大的红字，一股无比陌生和神秘的感觉瞬间冲涌上来。望向整个广场，在人来人往的缝隙里，我依旧无法寻找到我的未来和方向。广场上每一个人的目光，都不同程度地充斥着迷茫，似乎在寻找什么，又似乎在等待着什么。而我，盯着手里那紧紧攥着的一块钱纸币，它将我拉回了在卧铺车厢中发生的事情的场景里。

除了难以言表的感动，就是流淌在全身的暖意。甚至就在那时，我都依旧还不太敢相信发生的这一切，我还没能从呆滞的状态中完全缓过神儿来。仔细回忆这一路所发生的事情，再回想刚才在售票窗口买票时的票价和自己口袋内的钱，我整个身体明显开始变得强而有力，似乎有无限的正能量在来回循环着。此时就连广场上的人们在我眼中都好像和我一样变得极具正能量。那一瞬间，我突然有种感觉，在广场上的任何一个陌生人，不管是谁，只要我过去求助，对方一定会无比热情且充满无限暖意地帮助我。而即便对方没有帮助我，但如果对方来向我求助的话，我仍然会伸出援助之手并尽自己的最大努力去帮助他。

只是，唯一遗憾的，是没能留下那两位中铺大哥的联系方式，更没机会将这张无比温暖的车票钱返还给他们。直至今日，我也再没能遇上他们。

我一直在济南火车站的广场上等着火车出发，等了很久，记得应该是已经到了后半夜时分，我饥寒交迫地裹着一件并不暖和的外套，就那样一个人傻站着。现如今的我，在每一个不眠的夜里，经常都会反问自己，如果再回到当年去重新走一遭的话，是否还能坚持得下来？答案——不是否定。

再后来，过了安检、听着通知广播、检了票、上了车，继而才抱着疲惫、饥饿、寒冷，温暖地倒头睡去了。

归家

从火车上下来，一呼吸到威海的空气，我瞬间感受到了那股熟悉的味道，站在站台上，我贪婪地吸着鼻子，像是生怕这味道会跑掉一样。当我觉得已吸得足够时，才满足地抱着我的行李箱，悠闲地走出了出站口。

出来后，我忽然非常愉悦地想通过步行的方式慢慢地走路回家，以此来仔细体会并感受这一路的熟悉和变化，再加上家距离火车站并不太远，于是我便径直走了起来。一路上看到的人们似乎和其他城市的不大相同，可我又说不出究竟是哪里不同。我想，或许是因为到了熟悉的地方的缘故吧。

步行了大约 20 分钟，到家门口了，难以掩盖的兴奋早已写在了我的全部身体上。轻轻地敲了敲门，听到老妈闻声走来，打开门后一见到是我，老妈惊讶又高兴："哎呀？你什么时候回来的？怎么回家也不提前说一声儿呢？我和你爸好去车站接你去，这孩子！"

进屋后，我一边儿听着老妈开心地唠叨着、一边儿朝着老爸的房间走去，还都没看到老爸，便听到了那个熟悉的声音：“高凯回来了啊？哎呀，还真是！你怎么回来了？不是说要在重庆待一些日子呢吗？怎么这么快就回来了。”我回道：“啊，我重庆的那个朋友，临时出了点儿问题，所以我就先回来了。”老爸接着又问：“那你还去重庆吗？或者还准备去哪儿不了？”我回答道：“不去重庆了，没有极特殊的情况我就哪都不去了，暂时先在家闭关修炼，明年直接去北京。”

老爸无奈地挖苦我道：“去北京？为什么非得去北京呢？你实在不行的话，就在家得了，我给你找个工作多好，现在工作也很好找，遍地都是，任你挑。”我有点儿不耐烦地回道：“哎呀您不懂！去北京当然是要做我想做的事儿了。而且我不是不工作，我有我自己的计划和打算，我得把自己都彻彻底底地准备好了以后，最后一步才能是去北京，北京是我实现计划的最后一站。”老爸听完我的话后，看了看我，含着对儿子的那种疼爱式的微笑对我说：“行啊！你也大了，爱去哪儿就去哪儿吧！我和你妈也不能总拴着你，也不能管你一辈子，你想去哪儿、做什么等等，都随你自己的心意来吧。只要不犯法、不吸毒，开开心心的、健健康康的就行，我和你妈就这么点儿要求，你记在心里就可以。行了，坐火车累了吧？快回屋休息去吧。”

低着头认真听完老爸的话后，我便回了句：“我一点儿都不累，火车上都睡过了。”说完，便起身朝着自己的房间走去。只听老妈在身后说道：“不累什么不累，不累也去躺一会儿！”躺在自己房间的床上，我东瞧西看地打量着房间四处，一时间觉得无比迷茫，自己究竟应该何去何从呢？接下来的我到底应该怎么办呢？我总不能一直在家里这样无所事事地闲着吧？！于是我开始盘算不同的计划……

不经意间，看到了那个黑色的、干净的、老爸曾经买给我的电子琴，它安静地铺坐在一个纸箱儿上，好像是在等待我去看望它一样，于是，我一个鲤鱼打挺从床上翻了起来，走到它的面前。当我敲下每一个黑白色的琴键时，指尖流出的每一个音符，都无比吸引我。我即兴弹奏着许多不同的音乐片段，它们带给我的情绪感受以及内心的触动不尽相同，那一刻我再次明晰，音乐，早已是我不可分割的灵魂。

就这样，我每天慵懒闲散地在家里晃荡着，练琴、学习、记笔记和看书，之外剩余的时间，基本都是在楼下的网吧里度过。好在令人阿弥陀佛的事情是，网吧里的我，除了登录国外的网站去寻找所需乐谱外，再就是浏览并找寻不同风格的音乐及与音乐相关的资料，以更好地让自己对音乐进行深度剖析和研习。所以，那时网吧里时常会有一个总去问老板要纸和笔记录乐谱及音乐知识的奇怪少年。当时点点滴滴积攒下来的知识和经验，令如今的我，一直都很感谢那个曾经伏案疾书的少年。

被鬼上身的我

除了网吧外，还有一个我时常爱去的地方，那就是书店。为什么呢？其实原因也很简单，因为书店里面不但有我想要的吉他书和音乐书，还会有很多在其他方面不同程度吸引着我的书籍。

清楚地记得，有一次，在一家并不算大的私人书店里，我在翻阅书架上的吉他书和音乐书时，偶然发现了一个曾经一直想要得到的乐谱。当时的我无比兴奋和激动，赶忙将书翻过来查看价格，上面清晰地标注着 18 元，可这时我才突然想起来此时身上就只有 5 块钱。以我的购书经验，我知道，5 块钱肯定带不走这本书。

可我自恃绝对不能放过这个来之不易的机缘，脑袋在快速运转后决定，厚着大脸皮去谄媚地向书店老板娘借用一下她的纸和笔吧，反正是为了音乐，丢点儿脸就丢吧，我觉得值！于是，一个扭扭捏捏的少年，朝着老板娘所在的位置走去。在努力表达了我的情况后，老板娘倒是挺干脆地对我说道：“行，没事儿，那我给你找找笔和纸。”

我很感激地说："真是太不好意思了！您是开店卖书，结果我还又借笔是又借纸的，而且还是抄您的书，我还不买，我自己都惭愧，唉！""没事儿没事儿。"老板娘随口回应着的同时，蹲在地上来回翻着小柜子，没几下便翻出来了一支笔，并将笔递了给我说："来，给你笔。但是纸我这儿真没有，我翻也没翻到，要不你出去随便找一个本子或纸之类的？"我无奈地回答道："呃……那好吧，那我就自己想办法吧！也别再麻烦您了，等一会儿笔用完了，我再给您送过来，多谢您！"说完后，我便拿着笔快速地回到了书架前。

站在书架前，我仔细想了又想，如果我现在出去买一个本子的话，那万一书被卖掉了怎么办？况且我一直都坚信自己是挺倒霉的，若真卖出去了，那我非被活活气死不可。而我即便是借张纸的话，我也还得是出去才有可能借到，那么书还是有可能会被卖掉。所以琢磨来琢磨去，我最终想到了一个极其变态的办法，那就是把乐谱全部都写在手上和胳膊上。

我不禁感叹着自己那极度变态的想法，但，只要是为了吉他和音乐，就是再变态，我也愿意去试试。可问题来了，面对着这么一大张乐谱，如此多的音符和备注标识，怕是连三条胳膊也不够写。但，办法总是人想出来的，光想不做，又怎么能成功呢？于是我说干就干，拿起笔来，开始仔细认真地将整个一大张乐谱不停校对地、极为精密地、密密麻麻地抄在了自己的手背及整个胳膊上，且肩膀至胸脯的连接部位，也同样密密麻麻地被写上了各式各样的音符。

过了将近一个小时，我终于完成了这幅令人作呕的人体画。我欣赏地看着自己的双手和那两条面目全非的胳膊，长叹了一声儿后，走过去将笔还给书店老板娘。当老板娘看到我的双手及胳膊时，她发愣地瞪着双眼并有些结巴地问道："你……你这……你……这、这胳膊上还能洗掉吗这？！我的天呀！你可真是个疯子呀你！"我回道："没事儿！能洗掉。哎呀无所谓呀。您把笔借给我，我已经很感谢了，您放心吧，下次买书，我一定直接来您店里买。这笔也还给您，多谢多谢。"

说完后，我又突然想到，我必须得立刻赶回家，将手上和胳膊上的谱子，再重新抄到笔记本上去才行，因为我一旦身体出汗了，汗水就会把我手上及胳膊上的谱子全部洇掉，那我可就得不偿失了，辛辛苦苦抄下来的乐谱，如果就这么被出汗的问题给毁于一旦了，这可绝对是我不能接受的。于是我连忙又向书店老板娘说了声谢谢便冲出了书店。只记得那一瞬间，我的余光看到书店内的几位顾客都不约而同地瞪着大眼、张大了嘴，盯着我整个人，也许，他们会真的认为我是一个疯子吧。

飞奔出了书店后，我忽然意识到自己不能跑，因为跑起来就容易出汗，一出汗，我的谱子可能就会灰飞烟灭了。于是，我立马停了下来，小心地慢慢走了起来。那一瞬间，连我自己都能很明显地感觉到自己就像是机械木偶一样在呆滞地行走着。好不容易走到了公交车站，还要继续坚持着，耐心等待公交车的到来。过了大约有 15 分钟左右，公交车终于来了，上了公交车，我便找了一个位置动也不动地安静站着。

每当我的衣服袖子摩擦到我的胳膊，我都会立刻轻轻将衣袖挽起，以保证它不会将我胳膊上的乐谱摩擦掉。只是，因为露出了胳膊上的乐谱，我看到周围的一些乘客都很奇怪和惊讶地盯着我的手和胳膊。不用想，肯定也是以为我脑子有问题，以为我受刺激了，要不就是脑袋被门弓子给抽了，再不就是觉得我中邪了、鬼上身了，胳膊和手上还有半边儿拉肩膀上都被大师给写满了经文，正在给我使劲儿驱鬼呢。

也就是在这时，我明显看到右前方的一个女乘客，小心地向座位里挪了又挪，以尽可能离我远点儿。她也许觉得我这写了一身符文的身体，指不定什么时候就压不住鬼了，或者说不定啥时候符文就爆炸了，“咣！！”我都快郁闷了，不就写了点儿乐谱在身上吗？！就不能浪漫点儿？就不能有点儿魄力？就不能有点儿胆识？就不能不那么世俗吗？就不能相信点儿奇迹？就不能别把我身上的乐谱当成经文吗？就不能别把我看成是千年古尸吗？！

终于扛到要下车了，可算不用再带着这些经文被当成千年古尸了。下了车，我依旧还像个机械木偶一样，慢慢地晃回了家。回到家里，幸亏家里当时没人，否则老妈可能也会以为她的倒霉儿子中邪了。万一再碰上了急躁的老爸，再给我来上一顿胖揍，那可真就得找个大师，再拿个小锤儿来超度超度我了……

这样周而复始的日子过了有将近一个月的时间，突然有一天，我正在练琴的时候，老妈走过来叫我，说是有人打电话找我，于是我放下吉他过去接电话。拿起听筒后，只听电话里一个得意的声音叫道："兄弟！干吗呐？兄弟！我是卖鱼强！"我控制不住兴奋道："啊哈哈哈！怎么是你啊？！你怎么知道我家电话呐？"卖鱼强啧啧地说道："你看你这记性，之前明明是你告诉我的，还说让我常联系，兄弟！你是不是老了？"我不好意思地说道："我当然还没老，理想还都没实现，我怎能老去？！"卖鱼强又问道："兄弟！你现在在做什么呐？我开了个琴行，在荣成，我这边儿刚开，就想找个厉害的吉他专家过来帮我上课和参谋，我想来想去，只有你一个人是最合适的人选！"我回答道："行，没问题，我主要就是想和你聊聊天，别的没想过，挺想你的，你在什么位置我都还不知道。"卖鱼强激动地说道："××！兄弟！你只要来了，那我就啥也不怕了！我明天中午去接你，你一会儿给我往这个手机号码上发条短信，写上你的地址，明天我接你直接来我这儿！吃、喝、琴、音乐，啥都有！”我仗义地说道：“没问题！你等着！不过明天你可得给我买两瓶可乐啊！”卖鱼强鄙视地说：“还两瓶儿可乐?！我直接给你搬一箱！速度！兄弟！”我和卖鱼强又简单说了几句后，我们俩便同时挂了电话。

老妈看我们挂了电话便问道：“这是你朋友啊？我听你说明天要过去找他去，离得远不远？他在哪个地方？”我回答说：“虫哥儿(我对老妈的昵称)，不远，距离咱家42公里，坐个汽车就过去了。明天他过来找我，我们俩一起去他那儿。”老妈答应着并点了点头，然后从包里拿出了1000块钱递了给我：“给，钱你拿去花吧，一个人在外边儿用钱的地方多。我知道你身上没有钱了，今天早上你赖床睡觉时，我都看你钱包了，穷得就剩下5块钱了，还跟你妈我装！”我不好意思地哈哈大笑，并哄着老妈说：“虫哥儿太帅了！知道儿子是个穷光蛋，虫哥儿给我送粮草支援了呗？”老妈笑着对我说：“嗯！对啊！给我儿子送粮草来支援来了。”我大义凛然地对老妈说：“妥了！我拿100块钱当路费，再拿100块钱吃饭，剩下的粮草，虫哥儿收回去吧！我这就够了，我得靠我自己活着，我总不能天天吸虫哥儿的血啊。”

老妈又劝了我很多次，让我把钱装着，我依旧没有拿，不为别的，只因为已经长大了的我，不但不能再靠着父母过活，反而应该开始对父母尽一份最最基本的孝意了。既然我不能立刻尽到孝意，那我至少也不能再花父母的钱了，何况都已经厚颜无耻地吸走了200块，所以无论怎么说，那些钱我是一定不会再多拿了。

我回到自己的房间整理东西，老妈走了过来问我道：“那你去了那边儿，什么时候回来？”我故意撩老妈道：“半个月或一个月回来一次吧，回来看虫哥儿，看看虫哥儿能不能给儿子找个媳妇儿。”老妈瞪了我一眼说道：“没媳妇儿！男人得靠自己的本事去找媳妇儿，你跟你妈要媳妇儿，你就得打光棍儿！”我又继续故意撩老妈：“别啊虫哥儿！您不能看着儿子打光棍儿啊！我得有个媳妇儿啊！虫哥帮我解决下娶媳妇儿的困难呗。”老妈假装反感地说道：“行！帮你解决！你去大街上，看看谁家姑娘漂亮，看好了你就把她使劲儿往家拽，拽回来就是你媳妇儿了。”我听到这便哈哈哈大笑了起来。“你就打光棍儿吧以后，也给你妈我省点儿钱！”虫哥儿说完便自顾自地下楼去了。

晚上，我们一家三口儿坐在桌子旁开心畅聊地吃完了这顿晚饭。老爸收拾了碗筷便下楼锻炼去了，老妈则倚靠在床上，静静地看着电视。而我，依旧还是那副臭样子，抱着个“烧火棍儿”，并对其进行无休止的蹂躏，直到后半夜才肯放下，昏沉沉地倒头睡去。

那时在家待着的每一天，即使很无聊，甚至很迷茫，可终归是和爸妈共同在一起生活着，我感受着他们对我的那份儿疼爱和宠溺，只恨自己当时没有再用心点儿、再仔细点儿去体会并感受一家人团团圆圆生活在一起的那种人间极乐。

当时的我，为什么就一定要去想很多问题、一定要去做很多事情呢？为什么就不能和爸妈每天都团聚在一起呢？我的理想和现实生活究竟是否在彼此排斥着呢？而那时的我，无论如何都没能料到，从那次离家直至今日，我再也没能像当初那样，和爸妈一起每天都团团圆圆地简单生活着。且现在的我，已经会时不时地质疑着自己的理想和信念了，我需要想清楚的是，理想，真的大于这一切吗？

强哥

第二天中午，当我迷迷糊糊醒来时忽然意识到，我可能又一次睡过头儿了，猛地一看时间，果不其然，真的就睡过头儿了，于是我迅速翻起来，快速洗漱完后，便飞奔着朝着楼下的约定位置跑去了。我还没跑到和卖鱼强约定的位置，离很远便看到了一个粗糙又熟悉的身影，没错，正是强哥！于是我赶忙加快速度朝着强哥使劲儿地跑了过去。

强哥看到我风风火火地跑来，无奈早已写在了他那张粗糙又年轻的大脸上。“你怎么才来啊?！兄弟！这太阳都快下山了，等你等得我心脏都疼，心嘣嘣地！”强哥一脸委屈地说着。我安慰他说：“没事没事！我这不来了嘛。昨晚儿练琴练得太晚了，今天早上就没起来，我错了、我错了。”强哥把怀里抱着的一瓶可乐递了给我并说道：“走！吃点儿饭去吧，要不一会儿上了车肯定会饿，车上也买不到吃的。”于是我和强哥便在附近找了一家饭馆并坐了下来。

强哥点了点儿吃的，又要了两瓶啤酒，便开口道：“兄弟，我买了把贝斯，比我之前那把好太多了，音色也能完全出得来，下午到我那儿你看看，这一下干进去我好几千，心脏嘣嘣地！”我忍不住笑着回道：“你那心脏得多锻炼锻炼，多经受点儿低频就好了。再说你又是贝斯手，不就更得多去感受感受贝斯的低频嘛，和我这玩儿旋律系的吉他手可不一样，乐队里可以没我，但可少不了你站那儿呼呼地嘣根音啊！”强哥抱怨地说道：“××！兄弟！你可别再让我嘣根音了，我弹那破玩意儿弹得都恶心了，直想吐！你倒好，自己整了个大师的曲子自己弹着爽，还让我给你嘣根音，你们这帮吉他手太自私！”听着强哥的话，又看着他一脸嫌弃的表情，我忍不住失控地哈哈大笑了起来。

我一边儿哈哈大笑着，一边儿捂着肚子，还来回揉着自己的眼睛，希望自己可以尽快恢复到正常状态。而强哥，无视我并呆呆地望着饭馆墙上挂着的一个祝福牌匾，牌匾上镶了一个小小的钟表，而钟表的左上方，则大大地写着“招财进宝”四个字。

强哥大口喝了一杯啤酒，重新对我说道：“说点儿正经的你！过几天，我就打算开始接活儿了，去做做商演、歌舞厅、婚庆之类的事。”我诧异地反问他：“什么？！你没事儿吧你？怎么能去做那些个破玩意儿呢？！辛辛苦苦、起早贪黑地练了这么多年技术，学了这一身本领，最后你却要去干那些个东西？！就为了点儿钱？你可真行！”强哥咬了一口大蒜后反问我道：“兄弟，你怎么就转不过来弯儿呢？！不做那些个破玩意儿的话，我们能怎么办？我们总得吃饭，总得买设备，以后还会有老婆孩子！爹妈怎么办？以后咱们自己又怎么办？就连你要瓶可乐都得花我3块钱！你不还要买琴吗？不还要去北京实现你的理想吗？来，你告诉我怎么办？！”

我呆滞地望着强哥手里的那头已被咬了一半儿的大蒜，没能说出任何可以反驳强哥观点的话，我感叹道：“唉！或许咱们这帮人，喜欢音乐并贡献于音乐的这个选择，本身就是个错误吧。可我实在是没有其他爱的东西了，这从很小就特别喜欢的，我是真不想放弃，何况我又不是那些音乐能力很烂的音乐混混！唉！迷茫啊！”强哥透着饭馆大门旁的玻璃向外望着，对我感慨道：“我从小一起玩儿的一个发小儿，现在在广州，他自己当年去广州的时候也是一无所有，这几年开始好起来了，开着小车，住着洋房，自己开了个厂子，手底下200多个工人，又找了个老婆，孩子明年就生了。你再看看咱们，死不死活不活的德行，现在连我妈都烦我，我出来开这个琴行，连钱都是借来的，我不想在家待着每天被她骂。”

强哥一口气儿喝了一整杯啤酒又继续说道：“兄弟，但是我知道，你以后肯定能很好，先不说你是否最终能实现你自己的理想，但是我能确定的是，你肯定能混出来，你比我们都强很多，所以不管到啥时候，你都得继续咬牙坚持着。只是眼下，你听我一句劝，人该低头的时候必须得低头，你就全当是赚钱为了以后去北京用，这样想就能想开了。否则你再是艺术家，别人可能连理都不会理你，这个社会现在就是这么恶心地现实着。”我低着头，异常沉重地回道：“嗯，我知道，你说的确实都很在理，现在也确实是这样，我再想想吧。”

我和强哥就这样无比沉重地吃完了这顿午饭，之后便直接赶往了汽车站。上了汽车我好奇地问强哥：“现在都谁在你店里呢？几个人？”强哥回道：“该来的都来了，就差你了。我哥还等着你去呢。”我不耐烦地继续追问道：“你倒是快点儿说啊你！

到底都谁在你店里现在？几个人？”强哥无语地回道：“我哥、骇平、阿格、王主任、萧磊。”听完强哥的话后，我难以抑制兴奋，叫道：“××！这下可热闹了！该来的真都来了这回，这太爽了！”

我和强哥继续天南海北地闲扯，强哥时不时讲起漂亮女孩儿们身上发生的各种事情，无非就是哪个女孩特别漂亮，身材又特别好，再不就是哪个女孩在学校里怀孕了等等之类的八卦信息。不过，这样的强哥，我倒是也能接受，毕竟玩摇滚的不就都喜欢漂亮姑娘嘛。

坐了有差不多一个小时，我和强哥下了车，下车之后，我却被告知，需要继续步行 15 分钟才可以到达强哥的琴行，而急于热闹的我，已经迫不及待地想立刻飞到那帮穷哥们儿的身边儿去，于是我抱怨着地说：“哎呀我去！还得走路啊！愁死我了！”强哥鄙视地看了我一眼回道：“这点儿苦你都吃不了，还去北京干吗去?！挨饿去啊?！”“我不是怕吃苦！我是想赶紧去看看这帮人都变成什么样儿了到底，你懂个屁！”我朝着强哥大声吼着。强哥自知冤枉了我，便立刻拦下了一辆小三轮车、且礼让着并伸着手对我说道：“来！兄弟，请！”于是我俩迅速钻进了三轮车，朝着前方缓缓地颠簸驶去。

强哥的性格，其实至今我也依旧还是无法了解很多，对我而言，这里面包括了太多复杂的东西。每个人成长在不同的家庭环境下，势必就会受到不同家庭观念的影响，再加上个人在社会中所经受的事情和所感受到的情感与之作用，会使个体呈现出不同的表象。但有一点我很清楚，那就是我和强哥在一起的大部分时间里，基本都是强哥在忍让着我的个性和脾气，而如果没有了强哥对我的那份忍耐，也许我们之间将会面临友情的崩盘吧。即便在多年后的今天，我也依旧很感激强哥对我一直以来的忍受，大概，这就是好哥们儿吧。

乐队的摇滚哥们儿们

三轮车颠颠晃晃有 10 分钟左右便到了强哥的“爵艺琴行”。这是一个有着一层小二楼的乐器店，不大的一楼，密密麻麻地挂着各式各样的木吉他和电吉他，还有很多音乐教材和书籍、琴弦等音乐周边用品被摆放在了一个咖啡色的桌柜上。而一进门的左侧，横放着一个长长的、被镶上了玻璃的铝合金柜台，里面摆放着很多种西洋乐器及民族乐器的配件。门的右侧则是一间很小很小的小屋子，里面摆放着一些简单的生活用品，并有一个窄小的水池位于中央。一楼尽头靠左边的角落里，挤放着一套红色的架子鼓，而右边则是通往二楼的一个小楼梯。

二楼上面显得十分空荡和杂乱，地上四处扔着不同食物的残渣及包装袋，绝大部分面积都没有被合理利用起来。仅有的一个旧窗户旁，架着一台黑色的电子琴，窗户的对面，也就是靠着另一侧墙的位置，看来是晚上睡觉的地方，所以横七竖八地乱堆着些凌乱的、很旧的、极脏的、非常摇滚的破铺盖。

几个摇滚穷哥们儿见我来了，都非常高兴地拍着我的肩膀和我打招呼："你可算来了！可算把你盼来了！你没来的时候，我们基本都没法排练，这回可就不用再担心 solo 跟和声了。"我疑惑地问道："排不了练？这怎么可能呢？我没来你们也有足够的人啊！吉他有萧磊，鼓有王主任，键盘有骇平，贝斯有卖鱼强，主唱有阿格，哪儿可能会排不了练呢？"

当我问出这个问题时，大家明显不好意思地相互看了看，紧接着便像嗓子里塞了一大把鸡毛一样地把头都低下了。尴尬了 3 秒钟后，强哥小声儿对我说道："萧磊技术不行，唉！这里都是成手儿，就他是个二半吊子，每次排练都弹错，而且还经常性地不跟节奏，根本没法儿排！平时让他多练点儿琴，他也不好好练，和声走向也根本听不出来，每天就知道去网吧跟小姑娘上网聊天，都快愁死了！"

我点了点头，紧接着又问道："萧磊呢？怎么没见到他人呢？"乐队的主唱，也就是来自云南西双版纳的阿格，用那蹩脚的机器人式的普通话对我无奈地说道："唉！你说呢？！肯定又去网吧里找女孩子聊天去了！昨天他没有钱上网了，还跟我借了 30 块钱去上网，唉！"我安慰着阿格说："别难过了兄弟，他也许有他的理由，每个人毕竟都有自己的想法，他不也一样嘛！"阿格顿时生气地抱怨道："他有个狗屁理由！狗屁想法都没有！每天去上网就是为了和一个女人聊天，那个女的又不认识他，我都劝他好几次了，让他好好练琴，我们大家好一起做音乐，可他这家伙真的很没有出息！唉！算了算了，不提他了！"我继续安慰着阿格并问他："好了好了，别难过了，顺其自然吧，咱不提他了。对了，阿格，你全名叫什么来着？""奥吉阿格。"回答完后，阿格便抓起了衣服朝着外面快速跑了出去。

我正纳闷儿地盯着阿格的背影时，来自四川万源的小个子键盘手，也就是骇平，对我说道："别看啦兄弟，阿格出去买菜去了，今天轮到他买菜做饭了，要不是你今儿个来，我们早就吃上了，都等着你来一起买菜做饭呢！"我转向骇平，好奇地问他："你现在还唱歌不了？怎么感觉没什么精神头儿似的。"骇平郁闷地对我说："你也不来，没人帮我弹吉他，我就很少唱了。你能看出来我休息不好？显得没精神是吧？等晚上你就知道了兄弟，晚上王主任打起呼噜就跟杀猪差不多了，有时候阿格也跟着打，他俩龟儿子凑一起打呼噜的时候，感觉就像是开一场有助失眠的交响音乐会一样，老子啥子都没得睡喽！"

骇平的话音刚落下，就听到这位黑黑胖胖的东北鼓手，也就是王主任，大声儿对我解释道："高凯，你别听这个小撮把子在那儿胡咧咧！我晚上睡觉根本就没像他说的那样，我那天是因为感冒了，俩鼻孔儿都堵上了，才可能打呼噜了，哪儿像他说的那么严重，就故意埋汰我！"我哈哈笑着问王主任："对了，你现在每天都在这儿干吗？以后有啥打算没有？"王主任若有所思地回道："肯定得有打算，现在暂时先这样，就当个过渡，走一步看一步。每天在这儿也没什么事儿可做，就白天练练鼓，晚上看看书，然后睡觉呗。白天练鼓也练不消停，这周围有居民，成天他奶奶地报警！警察都认识我了！上次我练鼓，不知道是哪个孙子又猥琐地偷偷报警，结果警察来了问我：'这架子鼓好学不？我女儿7岁能学吗？'所以一来二去，就都认识了，我也就更不好意思练了，但是我怀疑，一直都是同一个傻子每天在报警！"我点了点头笑着说道："不喜欢音乐的人看来还真有。其实根本犯不着报警，这个人也是真差劲儿，大白天的还报警，又不是中午和晚上的睡觉时间，确实是个脑子有问题的神经病！”

我的话刚说完，就听到二楼的楼梯附近传来了一个惊讶的叫声：“高凯！你小子！你不想你哥我是吧?！你也不来看看我来！”我回头一看，果不其然，正是卖鱼强的哥哥，也就是每天被我叫成“骚信息”的这位最年长的大哥，正朝着我边说着边走了过来。而我之所以会给他起了这个“骚信息”的绰号，是因为有一阵儿他的手机无故接到了很多不干净的黄色短信，且每天都有，于是他气得直接就找上了移动公司，到了移动公司的柜台前，他激动又生气地对着一位漂亮的女柜员说道：“你们到底是哪儿出了问题?！怎么我这手机上每天都能接到你们发的这些个骚信息！都是些什么破玩意儿！赶紧给我把这些骚信息都删了！别再让我看到这些个骚信息！！”

我无法想象，当时那个漂亮的女柜员会是一种怎样的反应和心理……但是从那次过后，骚信息的手机就再也没有收到过任何骚信息了。于是，也就是因为这个，我才应景儿地给卖鱼强的哥哥起了个“骚信息”的绰号，且我这一叫，所有人便都跟着每天不断地喊着了，且这一叫，恐怕就是一辈子的称呼了。或许当“骚信息”老去，不经意回想起这个我起给他的绰号，还会瞬间老泪纵横地重温起这段美好记忆……

这时，骚信息走到了我的身旁，使劲儿拍了拍我的肩膀，对我说道：“你是没事儿也不来看看你哥我啊！每天都在干什么呐你？说，想吃什么，哥给你买去！”我笑着说：“不是不来看你，我没有你们的电话号码了，也找不到联系方式了，幸亏和卖鱼强联系上了，要不还真挺危险的。”骚信息递了根儿烟给我，继续说：“这回你哪儿也别去了！以后每天就在这儿，没事儿也别走了，咱们一帮人也好好儿热闹热闹！”

骚信息的话音刚落，我便听到从门外愈来愈近地传来阿格的叫骂声，片刻工夫，阿格便一手提着菜，一手拽着萧磊走了进来，边走还边嘟囔道：“你看看你，每天就知道去网吧！也不好好练琴，还排不排练了！天天脑子里就知道想女人，唉！”萧磊不语地听着阿格的嘟囔，一抬起头，见到是我，惊讶地说道：“哎呀？大师来了！什么时候到的？怎么也没说一声儿呀？”我笑着回答：“刚进来没一会儿，所有人都见到了，唯独没看到你，大忙人啊！听说你在网吧，这不就在等着你回来呢嘛！”

萧磊挠了挠头有些不好意思地说：“嗨！这不我妈在河南老家给介绍了个对象嘛，也没见过长啥样儿，就在网吧视频聊天来着。”我笑着回道：“行啊你！都混上媳妇儿了！我们这帮穷哥们儿还可都打着光棍儿呐！赶紧让你家也给我们哥几个介绍点儿姑娘！”萧磊叹口气说道：“大师你快别逗我了，你要是能缺妞儿的话，那我们还活不活了？！我还等着让你给我找个漂亮的呢！”

听完萧磊的话后，所有人都哈哈大笑，整个儿一楼顿时充满了那股年轻而又摇滚的糙声脆语。我又对着萧磊调侃道：“你是艺术家，怎么能要女人呢？！你需要的是一把得力的上品好吉他，而不是女人，再说你要女人也根本没用。”萧磊听了我的话后，瞪着两个圆圆的大眼睛且认真地回道：“谁说我要女人没用？！咋可能会没用呢？有老婆舒服着呢！每天早上起来给我做点儿饭吃，收拾收拾家里，还得给我生个娃儿呢！没有女人哪可能有孩子？！再说了，关键我还得每天晚上搂着媳妇儿在热炕头睡觉呢！”众人听了萧磊的话后，除了捧腹大笑外，还加上了喷口水式爆笑。

于是就这样，大家你一句我一句地随意聊着天，每个人都呈现出了不同程度的兴奋和开心。过了一会儿，阿格便拉着萧磊去门右侧的小屋子做饭去了。键盘手骇平则抱着一把黑条纹儿的白色木吉他，倚靠在柜台内的沙发上忧郁地唱起那首《每一天每一夜》。骇平曾淡然地告诉过我，说他自己很喜欢这首歌的创作旋律线，我想，也许对他来讲，这首歌有着些不为人知的故事吧。而至今，我也还都记得当时骇平和我说话时的表情和眼神。

骚信息和王主任在柜台的另一侧站着，时不时地在谈论着什么，强哥则站在乐器店的门外，小声儿地接打着电话，似乎有着许多不可告人的小秘密。而我，手里捏着一根儿未抽完的白将军香烟，慵懒地歪在了骇平右侧的沙发上。

猥琐的强哥

阿格从小屋子里开门走了出来，手上粘着许多湿湿的鱼鳞，对强哥喊道："要不你再去买点儿凉菜吧，我怕万一菜不够吃。可以稍微多买一些。"强哥一边儿接听着电话，一边儿对着阿格使劲儿点了点头，表示领会。阿格又转而对我说："高凯，你别着急啊，我做饭比较仔细，多等我一会儿，我给你们做鱼吃！"我摆着手说道："阿格，你快别麻烦了，我也不是外人，我对吃也没什么兴趣本身，你就随便一炒巴炒巴就完事儿了！"阿格摇着头说："那哪儿行！今天你刚来，必须得做点儿好吃的才行！"说完阿格又重新迈回了小屋并关上了门。

其实，我当时很想告诉阿格事实上我从小就不吃鱼，无论是河里还是海里的东西，我统统都不吃，总觉得有一股极其恶心的腥臭味儿，可碍于阿格和大伙儿的一片心意，我便也没好意思提及。正在这时，强哥拿着手机走了进来并朝着我勾了勾手，我看到后，一边儿走了过去一边儿问道："啊？怎么了？什么事儿这么神秘？""走！兄弟！陪我买凉菜去！"强哥说着便将手机揣了起来。我无语地对强哥说：“我还以为你有什么重要的事儿呢，搞了半天就让我陪你买凉菜啊！你可真行。”强哥坏笑着说：“哎呀兄弟，走吧走吧！聊会儿天！聊会儿天！”我回道：“就你这样的，跟你能聊出来个什么新鲜事儿，总骗我。”强哥一本正经地说：“××！兄弟！你可别这么说，我还真跟你说个秘密，你可别跟任何人说，连我哥都不行！”

我诧异地问道：“你还真有秘密啊？而且还不能和你哥说？兄弟，你这是要作死啊你！”强哥小心翼翼地对我又说道：“真的，先别和我哥说，我告诉你，是这么个事儿。你看到我店右侧的那个饭店了没？”我似懂非懂地点了点头。强哥继续说道：“那个饭店里，有个女孩儿，四川的，是饭店里的服务员，平时就在那儿上班。然后前几天晚上，突然跑到我店里跟我聊天来了，那天刚好就我一个人在，他们都去网吧上网去了，也没人知道。这女孩儿竟然跟我说想学学贝斯！兄弟，看见了吧，别总以为就你们玩吉他的牛，这回连人家女孩儿都开始准备学贝斯了！”

我惊讶地说：“啊？真的假的？她还真学啊？！要学也应该学点儿旋律性跟和声性强大点儿的乐器吧！怎么那么低调地要学贝斯啊？”强哥有些骄傲地说道：“××！兄弟！音乐里可以没有你们吉他，但是绝对不能没有贝斯！少了贝斯就等于人没有了骨架！”我鄙视地回道：“废话！我当然知道！我只是想不通那个女孩儿为什么会选择学贝斯。”强哥得意地问我：“兄弟，你说她会不会是看上我了，因为我的美色才学的贝斯？”听到强哥竟然如此厚颜无耻地说出这样的话后，我鄙视地朝着脚的下方，重重地吐了一大口口水，并对强哥说：“你快得了吧你！你正常点儿吧行不行？人家每周来学点儿东西很正常，又不是天天来，你想得还挺美！”

强哥激动地回道：“××！兄弟！还真被你给说中了！这个女孩儿，每天都来，而且多数都是晚上来，来了就一直练，一边儿练还一边儿和我聊天，最近你们都来了，她就没怎么来。”我想了想后对强哥说：“嗯，因为人家每天晚上下班后，正好在回家之前，顺道儿来你店里学东西，学到接近睡觉时间，人家也就回家睡觉去了，你想多了。”强哥听了我的话后，并没有立刻说什么，只是一个人静静地边走边想。

到了傍晚，二楼的一张小小的方桌旁围满了一圈儿来自天南海北、不同省份和城市的摇滚穷哥们。由于可以坐人的小椅子只有三把，其余的穷哥们，要么垫着硬纸壳，要么就是找了一个脏旧的榻榻米，直接铺坐在了水泥地上。贝斯手强哥、骚信息和我，我们三人坐在了小椅子上，而主唱阿格、键盘手骇平、吉他手萧磊以及鼓手王主任，便坐在了硬纸壳及榻榻米上。桌子上摆着一盘儿鱼、一个炒土豆片、一个西红柿炒鸡蛋，还有四种用小塑料袋装着的凉菜，这便是七个人全部的晚餐。当然，每人还有一瓶啤酒及一包烟，除了阿格不抽烟以外。而实际上，我对酒根本没有任何兴趣，纯粹只是因为开心，所以破例举起啤酒瓶大口大口地喝起来。

三个热菜加四个小凉菜，对于一帮正值青春的大小伙子们来说，基本处于一个不够吃的状态，再加上我自身严重挑食，所以在爵艺琴行每顿晚饭后，我基本都会再出去买一块面包，以防止半夜饿醒。虽然桌子上并没什么好菜，甚至连吃饱都很费劲儿，但是这一大帮在当时有着共同梦想的摇滚穷哥们儿，竟然是那么开心和憧憬，连每一口喝进嘴里的啤酒都觉得是那么地香甜。

边吃着边弹着，这是音乐人，也是摇滚人一直以来的规矩。我抱着一把破木吉他，有意无意弹着，时而轻声唱着，时而又大篇章地弹奏，每当我轻声吟唱，骇平总轻声地和着音。我抱着那把破木吉他，心里感受到的除了音乐带给我的激情以外，再就是现实生活中的种种烦恼和极为强烈的压迫感。我依旧还是不知道自己应该何去何从，也无法预料自己的未来究竟会是个什么样子。但此时此刻，我唯一能做的，就是继续坚持下去，不为别的，只因我们每一个音乐人的生活，从开始到现在，一直都被一句最最经典的如谚语般的话所形容着："每天的生活就像是在战斗一样。"

强哥坐在我旁边，抱着他那把深蓝色的电贝斯，悻然地玩着各种高难度技巧。萧磊也抱了把电吉他沉默无声地弹着。王主任则拿着一双筷子，有规律地敲打在桌子和酒瓶子上。而阿格不知从哪儿也拽了把吉他过来，轻轻地拨弄着。于是就这样，我随性地即兴着不同的和声伴奏进行，强哥跟着我的和声走向将贝斯的织体和线条做到尽可能地舒服；萧磊则听着伴奏整体做合理的即兴 solo 及填充；王主任则条件反射般地用筷子打起了不同感觉的鼓节奏型，只是将饭桌、碗、餐盘，还有酒瓶子，替代成一套完整的架子鼓；坐在我对面的骇平，则仰望着屋顶忧郁地即兴唱着；阿格则抱着一把吉他，时而轻声拨弄，时而开口跟着合唱；而骚信息，坐在强哥的身旁，静静地聆听着，已喝红了的双眼呈现出同样的沉重和沧桑。虽然骚信息完全不是做音乐职业的人，也听不太懂音乐，但他却也同样有着那份属于自己的忧愁。

就这样，几个人甚至连音箱设备都没有连接，只是如此一味地干弹着、清唱着。可即便是这样，每个人的脸上都时不时地呈现出了强烈的兴奋感和极具激情的面部表情。那一刻和音乐融为一体时的身心所感，是永远也无法被精确表达出的。我们就那样地坐在地上，就那样地一直在琴弦上舞动着，我们那不朽的青春，也随着每一个迸发出的音符而变得更加闪亮，又渐行渐远。

地上的空酒瓶儿被踢得到处乱滚着，桌子上的菜盘子也已见了空，只是，没有变化的是依旧还可以听到响亮的琴声。几个人从二楼的饭桌旁一直弹到了一楼的沙发上，而我兴奋地夹着吉他，边弹奏，边在一楼来回地不停晃悠着，我的嘴上叼了根儿烟，眯眯着眼睛，专注地将怀里的吉他拨出能够使自己和大家更加兴奋的音乐片段。我甚至连吉他背带都早已忘记背上，而只是靠着胳膊和手腕的力量，硬生生地将怀里的吉他给夹住。也因为我玩儿吉他时的专注和认真，所以大量被忘记弹掉的烟灰，不可避免地掉落在了我的吉他和那件老妈买给我的新衣服上。

愚昧的小丑

多年以来，我总会听到身边的很多很多人都极羡慕地对我说："唉！我要是也能像你这样，每天都可以和音乐在一起，那该有多好！每天想弹就弹，想唱就唱。只可惜，没那个缘分，也没那个能力和天赋，更没有机遇，真是羡慕你！"

每当我听到这样的话时，都忍不住很想告诉对方：真的没有任何值得你羡慕的，你所看到的一面，虽然也许在你看来会是很好或很闪亮的一面，可你是否想到过其他另外的一些层面呢？我们的血与泪、汗与伤、我们背后的努力、我们孤独的坚持、音乐的重复所带来的折磨、我们练琴时的痛苦和迷茫……我们被世人远离着，甚至连我们自己的家人和亲人都在质疑着我们，甚至有时连我们自己都在不停地反复质疑着我们自己，那么这些问题，你是否有想到过呢？你上班便等于我们练琴，其实道理都是一样的，只是大家工作性质不同而已。

其实从现实角度考虑，我们反倒更难，因为在我们这个社会中，没有出名的音乐人和艺术家，更多时候在忙碌地扮演着一个现代化的小丑，穿梭在不同的场合，就只为了那可怜的一点点钱、为了谋生。

真正的艺术家可以完全不在乎这个国度及社会给予的任何补贴和资助，只求可以让真正有价值的东西存在，只求人们用进步及欣赏的心态去聆听、感受和尊重其心血，可又有几个人能做到呢？

但，没关系，我们可以凭借自身的力量，慢慢地、一点点地去普及和影响人们，可现在为了过活，就连在酒吧唱个歌儿、在餐吧弹个琴，都被要求出示歌手证、乐手证等，那么那些个讨要证件的，又是否有讨要证或相关的狗屁证件呢？！

血淋淋的梦想

到了晚上，骚信息将琴行的门锁好以后，这一帮穷哥们儿便在店里各自忙起各自的事儿。强哥和萧磊，坐在柜台后的沙发上继续练着琴，骚信息和王主任，早早地就在二楼的墙根儿前躺下了，骇平独自坐在二楼的窗前弹着键盘，我和阿格则站在书架前翻阅着不同的音乐书籍。有时，大家也会聚在一起谈论有关音乐的各种技术问题。还有时，两三个人会坐在一楼的沙发上畅想未来，计划理想，谈论那些和吉他、音乐及青春有关的摇滚物语，或叛逆，或追寻，或努力，或离开，或坚持，或归乡，或自我，或从众，或清醒，或死去。

我始终信奉：任何一个人，但凡自我退化或被退化成一个世俗、市侩及从众的躯体后，那他一定是在很久前就已经死去了。而往往这样的活死人，却尴尬地占据了绝大多数。

那段艰难的摇滚日子，确实苦不堪言，一帮摇滚穷哥们吃了上顿没下顿，整天穿着双破拖鞋，给人以无所事事的病态模样。那时候每天的日子除了练琴、学习外，就只剩下聊天或去网吧消遣了。乐队排练倒是件正事儿，可也终归是耐不住居民们执着的报警行为。虽然乐队都是在白天排练，且都已完全避开了午休时间，可乏味无趣儿的一小撮儿人，总热衷于背后点炮儿，所以排练也是时常不能按时顺利地进行，于是顺理成章地便改成了网吧包夜……

那时让我记忆深刻的事儿，则是晚上睡觉时大家摆出的排场。二楼窗户对面的水泥地上，铺满了整整一大排破旧的被褥，最靠左边的破被褥位置，便是我睡觉的铺位。之所以选择了极左的位置，是因为那个位置贴着墙，不用被两边儿的人夹着，大概是让我觉得安全感较强、自由度更高的缘故吧。不过悲剧的却是，无论我如何选择，整个儿一横排，每一个被褥都是极脏极脏的，不但深深沾满了已泛了黄的多种脏迹，而且几乎每个褥子上都早已被牢牢地刻印着不同面积的大小血迹。

我确定这是自我出生以来所睡过的最脏、最差、最令人作呕的铺位，但结果确实无恙，我每天依旧还是活得好好的。我坚信这是成为一名合格的吉他手所必须要历练的，也更无疑是成为一位优秀的音乐艺术家之前所要去感受和铭记的那些有关于摇滚及青春的味道。

我也曾在当时极度不解地问过强哥，究竟这些脏褥子和破被子是怎么来的？为什么不用新的？上面的血迹又是谁的？为什么会弄到上面？这些东西已经多久没人用过了？对于我提出的这些有关破被褥的历史遗留问题，强哥的回答显得那么地挣扎：“唉！兄弟，这些个烂褥子根本就不是我带来的，而是我租这店面时二楼自带的。我第一次来的时候就看到了这些个破被烂褥，我也不想用，可当时我和我哥租了店面以后，身上基本连买菜的钱都没有了，想着晚上睡觉总是得盖点儿东西，我就用了，这样也还能节约不少钱。兄弟，你就凑合凑合吧，等以后能力强，再带你闯辉煌！”强哥愤愤地说着。

“可这上面的血迹是哪儿来的啊？”我疑惑地问道。“据说这个店面在租给咱们之前，好像是租给过一家做美发的。你想想看，做美发的一般都是女的，所以可能就有血呗……”强哥深思着说道。我无奈地叹了口气，抱怨地对强哥说：“行啊，住吧！都是大老爷们，没啥不能住的！那你明天能不能让我一边儿solo《上帝的爱》，你一边儿给我弹原版的贝斯？”强哥愤慨地叫道：“××！兄弟！你不能这样！你一个人自己solo挺爽的，让我全程给你嘣根音，我心脏难受，那些个低音震得我心脏咚咚地！”我反驳道：“哎呀，这是艺术！音乐需要你奉献！”强哥驳回道：“你要给我找首Billy Sheehan的曲子弹还差不多，我一定给你弹原版的贝斯伴奏！你整个破大师的吉他曲，你自己倒是弹得挺过瘾，可我这贝斯啥都没有可弹的，光给你撸根音了，你们这些吉他手太过分了！”强哥说完这番话后，便郁闷地迅速躺在了那张属于他自己的、带着红黑色血迹的泛黄色脏褥子上。

睡觉的铺位排序从左至右依次是：我在最左侧的靠墙位置，键盘手骇平位于我的旁边，贝斯手强哥紧邻骇平，吉他手萧磊挨着强哥，主唱阿格靠着萧磊，然后是骚信息，最后极右侧的位置、挨着楼梯扶手的则是鼓手王主任。这一顺序，一睡就睡了九个月，直到九个月后的那场分别。

分别与理想

在当时，为了能够养活自己，也为了能顿顿都吃得上饱饭，乐队不得不去参加很多种不同类型的商演，有时会是公司机构的活动，有时是舞厅或迪厅的演出，也有时会是产品宣传类的庆典，甚至有时还会去接一些婚庆现场的活动等，终归也还是为了能够活着。我曾无数次地问过自己，难道这就是音乐人该做的工作吗？耗费了所有的宝贵青春、学了一身本领的自己，难道真的就这样一直忍下去吗？想想爸妈，看看周围的人们，再思索自己的目标，也许除了坚持并熬过以外，也没有更好的办法了。

于是就这样、就这样继续着，每一天每一个人的脸上，都会在不同的时间内挂着不同程度的哀愁。即使不为别的，就只是为了能够和心爱的音乐肩并肩地活下去，竟然也如此坎坷。人最害怕的，便是将自己活成了自己曾经最厌恶的模样，那着实令自己感到恶心。

我们这一帮搞音乐的穷哥们，每天依旧还是练琴、学习、排练、演出、聊天、上网，周而复始。看起来大概也是无聊至极，可如今回想起来，其实更多的还是怀念，怀念那时的好朋友，怀念那时的蓝天。那时的我总会一个人坐在爵艺琴行的小门口儿，抬着头，凝望着远方的高楼。有时，我希望我是天空中的大雁，可以独自飞翔，也可以融入雁群，自然而又不失自我。我知道，只有经历了，才能有过后的话语权。理想和现实，也许，解决这两个难题的核心，在于如何正确摆正，而不是如何彻底避免吧。

乐队中的每一个人几乎都有自我目标，大家也曾不止一次地坐在一起谈论自己的理想和未来，每一个人的实现方式以及最终的定位完全不同。鼓手王主任，力荐去南方城市发展，因为王主任更加相信，实现理想的前提是先去赚足够的钱，也只有这样，才能考虑后面的问题。而主唱阿格，并没有完全讲出一个详细制定过的方案和目标，他只是一味地想要把音乐尽力做好。键盘手骇平则更加倾向于回归自己的四川老家，因为他明白，以他现有的技术能力，回到达州，定然会稳坐当地乐坛的第一把交椅。

吉他手萧磊倒是显得十分洒脱，他只选择放弃。背弃音乐的理由也很简单，他认为自己的技术及能力差得太远了，不想再被现实生活所伤害。并且萧磊饥渴于自己能有个女朋友，然后尽可能快地结婚，也许这样就不用再孤独下去了吧，起码有个妞儿给他抱着睡觉了。骚信息虽不能算乐队内的成员，可也始终都陪伴着我们，且在演出现场很多搬运设备的体力活儿，都是他自己亲力亲为。骚信息的打算则是回家继续上班，安安分分地过日子。而强哥在面对这个问题时则显得无比纠结，因为他也不知道自己应该何去何从，如何抉择。他打算暂时先留在琴行，根据情况发展再做进一步的调整。我的计划和目标，则也显得相对简单些，就一句话，必须去北京，北京是我实现计划的最后一站。

我曾多次劝说过乐队的队友们，希望大家可以共同启程去北京，因为只有北京才有足够的施展空间，且也相对算是音乐文化的发展中心。脑袋一根筋的我，更想就此看看自己究竟是匹好马，还是头普普通通的破毛驴子。当然，劝说的结果其实在未开口之前，就早已被我准确地估算出了，除了我一个人以外，没有任何人愿意去靠近北京这个疯狂的城市。

其实我从内心里也能够客观地理解他们每一个人，也许因为家庭，也许是因为自身种种问题等，甚至还有可能是因为连吃饭钱都没有、连车票钱都掏不出来。这一点点儿都不夸张，那时的日子，每天都在开启极其标准的穷困潦倒模式，我们是真真正正的音乐佃农。每每想到这些，我甚至都会认为自己是个无耻的说客，我不管不顾别人的实际情况和内心所想，一味地邀请他们共同开赴北京，这种行为算不算得上是一种自私呢？可我也确实不希望看到曾经同样努力过的队友，在遇到迷茫和困难时，轻易地选择放弃，从而不断地拉近自己与世俗的距离，终归于平淡。也或许，每一个独立的生命个体，都不曾酝酿过同一个梦。

最后的演出

我们这只乐队，甚至在没有一个正式的名字之前，在经受了九个月的蹂躏后，宣告解散。

乐队解散后，鼓手王主任率先离开了队伍。他的匆忙离开，导致接下来未完成的演出及排练呈现出鼓手缺席的状态。而为了能够将最后这些未完成的演出演完，其余人还是决定将预定的演出全部完成再走，而我，临时担任这最后的鼓手。

在最后的几场演出中，乐队虽然已经不复存在了，但台上的我们，依旧还是默契而又熟悉地配合着。直到今天，我都还会时常想起那段日子，想起那时在演出现场的各种恶搞事件。

记得有一次乐队正在演出时，我因为注意力不够集中，右手上的鼓槌儿不知为何一下子被我打得朝天飞了起来，只记得“嗖”的一声，便朝着脑后的位置迅速飞了出去。于是我只能用左手一只手卡着第二、第四拍子的位置打着军鼓，并尽可能敲出正常双手的感觉，而我的条件反射本能则提醒着我得赶紧拿回那只飞跑了的鼓槌儿。于是我一边儿单手打着鼓，一边儿转头寻找另一只被我打飞的鼓槌儿。正在我转头找寻的时候，突然发觉自己穿的帽衫后面的套头帽子明显变得沉重和异样，于是我拼命地使劲儿用手向后一抓，抓出了那只调皮的鼓槌儿。

演出结束后，强哥一脸纳闷儿地对我说道：“兄弟，你今天这鼓打得怎么那么别扭？我都听不到叮叮和镲片声儿，就听军鼓哒哒的，你能不能用点儿力啊你呀？！”我没敢向强哥坦白鼓槌儿被打飞了的事实，因为我怕强哥的心脏又会咚咚地疼……

乐队解散前有一次，也同样是在某一场演出中，我背着吉他正在演奏属于自己的歌曲位置中的 solo 时，忍不住用余光看了一眼正在忙碌着自己贝斯伴奏的强哥，刹那间，一个缺德而又贱招儿的点子出现在了我的脑海中。于是，我在弹奏自己那些吉他旋律及和声片段的同时，又百分百故意且无耻地将本属于强哥贝斯演奏的旋律片段，给顺手儿用吉他捎带了出来，从而形成了一段儿别扭的高低音八度同步演奏的音乐效果。又巧合的是，那段儿贝斯旋律是强哥平时十分喜欢的旋律线，正在他准备享受那段儿自己贝斯演奏出的美妙旋律时，竟然被我开着失真音色、且采用完全一致的音符和节奏加用吉他，与他的贝斯同步划拉出来。

我只记得当时舞台上的强哥，脸上的颜色从红润瞬间扭曲成了灰黑色，并按捺不住地朝着我大声儿地叫骂了些什么。可当时的音乐声儿正响得起劲儿，他的叫骂声儿瞬间被淹没在了那些刺耳的吉他片段里。但碍于正在演出当中，强哥又不能跳过来骂我，于是，我看到他只能绝望地使着劲儿狠狠地白了我一眼，以表示他对我行为的愤怒和鄙视。

渐行渐远

最后的几场演出彻底完结后，那些该来的总归还是要来。临着分别之际，我们这一帮穷哥们儿出去找了个饭馆儿，搓了那最后的一顿晚饭。大伙儿并没有在晚饭时像平时一样肆无忌惮地聊天，更多的还是彼此相互安慰着，也有人在不停地拍打着另一个人的肩膀。未来虽无法估量，但大家却可以努力去改变，只愿这份儿友情不会随着年龄和时间的推移而变得疏远。

接下来的两三天时间里我都在不停地面对着分别，送走了主唱阿格和吉他手萧磊，又送走了键盘手骇平。这种分别虽然早已注定，可等真的到了的时候，我的心里却变得无比难受。那种感觉，就好似缺了某一个重要的精神寄托一样，整个人开始变得消沉。但强哥倒是显得极为正常，并没有多出一丝丝的别扭及难过，大概是觉得无法改变吧。可我却实在做不到，离别对我来讲，俨然是一种极度折磨人的心理酷刑。因为从很小的时候，我就非常害怕和小伙伴儿们的分别，那种滋味儿很难准确地用语言去表达。我只知道，每当和亲人或朋友等面临着离别时，我永远都会是那个外表凛然，内心却无比挣扎和纠结的少年。

主唱阿格在赶往车站前不停地拍着我的肩膀，微笑着对我说道：“好兄弟，虽然是要分开了，但我们彼此都要记得，我们还是永远的好兄弟！以后等你得空儿了，一定要来西双版纳找我玩儿，我恭候着你！”说完这番话，阿格便头也没回地踏上了归乡路。第二天下午，键盘手骇平提着行李在临走时感慨地说：“兄弟，那我就先回四川了，以后一定要记得去看我！不用多，等我们自身情况都稳定下来后，隔个两三年，你能去看我一次就行。在这边儿我和你的关系是最好的，你又是我们当中技术最牛的，我自己也知道自己很难走专业音乐这条路，所以，我这挚爱的梦想就交给你了，请你无论如何一定要坚持走下去，遇到困难时别忘了远方的兄弟！保重！”听了骇平的话，我不知该回答些什么，也只能用力地点了点头。

目送着他们，呆呆地看着曾经有着同样梦想的队友越走越远，除了予以一个真诚的微笑和祝福以外，我没有更多的语言，人去楼空，就只残留了那个曾一起待过的、有过无数欢声笑语且每天都会不间断地发出音乐及歌声的小琴行。多年后的今天，因为各种各样的理由和托辞，或者真的是很忙，我们再也没有机会聚过。当然，这也只是暂时，未来某一时刻，定然会有几个摇滚少年围坐在一起，彼此疯狂大笑着。

多年来我们一直都在各自忙碌着，甚至已经有了自己的妻儿，但，还好，我们都还算活着。

鼓手王主任现于广西北海自己做了间音乐及音响设备的公司，据说，时不时还会练鼓。主唱阿格回到西双版纳后，便与音乐渐行渐远，与朋友合作开了间公司，一年后，公司不了了之，阿格则音信全无。萧磊回到了河南驻马店老家，后来终于任务达成，找了个姑娘并结了婚，听说整个人已完全自愿地投入到了婚姻中，婚后便杳无音信。骚信息去了山东石岛，有了个可爱的儿子，现已开启不打折扣的过日子模式。键盘手骇平回到了四川万源，如愿以偿地坐上了当地乐坛的第一把交椅，现任职于当地一所小学当音乐教师，还有了一个可爱的小棉袄儿。然而，骇平经常还会上舞台，还会疯狂的折腾自己的那个音乐梦。大概，老去的是人脸，而永恒的却是初心。

接下来的日子，就只剩下了我和强哥。我们两个人坐在爵艺琴行柜台后的沙发上，相互沉默地大口抽着白将军香烟。“兄弟，你有啥打算？”强哥低着头问道。我叼着根儿白将军平静地回道：“定了，10月份去北京，国庆假期一过就走，不想和经理们挤。”强哥叹了口气对我说道：“我想了想，觉得还是得再组支乐队，咱们得先赚些钱，这样才能解决眼下的现实问题，你去北京不也需要钱么。这琴行我有点儿不太想整下去了，而且有件事儿我没和你说。就是旁边儿的那间饭馆，那个火锅店的女孩儿，她叫小凤儿，老家成都的，前几天你们都不在的时候，就我自己在店里时，她跑过来哭着找我喝酒，最后也不知道怎么弄的，我俩睡到一块儿去了。况且事情已经都这样了，我也不能做负心人，所以可能以后要和她去四川，见她父母，把事儿说明白。”我愕然地骂道：“你这个畜生！你真的假的？你这是已经疯了吗？！”强哥狠狠地抽了两大口烟，并深深地吸进了肺里，吧嗒着嘴里的余烟，平静地对我说道：“我没疯，我得对得起人家！就想着先赚些钱，以应付后面的事儿。”听了强哥的话后，我没有再多说，只是递了盒儿新的白将军香烟给强哥，递完后，我们彼此又再一次陷入了属于自己的那份沉思中。

彪哥的愤怒

第二天 ，我坐车回了趟家，并在家里住了几天。老爸和老妈见到我依旧还是很开心，不停地给我换着样儿做好吃的。而我每天除了在家练琴、看书外，就是去网吧查阅一些与音乐相关的信息，偶尔也会和彪哥一起去小区后门的台球厅打上几杆儿台球。

彪哥也算是个疯狂的人，之所以称其为“彪哥”，是因为他的很多行为都已超越了正常范畴。彪哥在初中就毅然选择了中途辍学，替代的是用吉他和音乐来追求并实现自己想要的自由，乃至艺术等。虽然有很多好友们并不相信及认可彪哥玩音乐的目的的纯洁性，但至少当时，彪哥起码还是做了一些事儿。

当时他每天除了在家死磕吉他技术以外，就是打打网游、到处闲逛。也许彪哥并没有完全从那一场失恋中利落地走出来，三年的女友、三次为彪哥流产，可最终还是劈腿了。据说是因为女友喝酒喝大所导致，或者也许已经厌倦了彪哥，还可能是因为彪哥过分的不爷们行为严重伤害了她，总之，彪哥三年的爱情，最终以分手告终。

我和彪哥通常都会在打完台球后随便找个饭馆，一起吃点儿饭，彪哥也总会要求我至少来上一瓶啤酒，以便于接下来聊天。当得知我想要去北京，彪哥显得饶有兴趣，瞪着已喝红了的双眼对我说："我也考虑考虑和你一起去北京吧！主要就是我老爹，怕他不同意，只要他能同意，那就彻底没问题了。"我回道："嗯，顺其自然吧，但是我更建议你去，别管成功失败，你总得为自己活一次吧至少。我如果是你，我百分百去。"

彪哥黯然地点了点头，又感叹道："唉！去倒是能去，可问题我这技术也不靠谱啊现在！你也不多找点儿时间教教我，还总说我弹琴烂，那总得教了我，我才有可能成高手啊！"我不耐烦地回道："哎呀！就那么些个东西，熟能生巧，你有了一定的娴熟度后，自然就知道自己下一步应该做些什么。再说我不都已经告诉你很多东西了么，各种调式音阶、模进的变换、和弦的稳定音辨别、和声进行中的一些常用知识点等。你得做啊！做各种练习和尝试才行，别成天总想着女人，你们俩的缘分已经到这儿了！"彪哥愤怒地对我抱怨道："我根本就没太想她！我承认，她因为我意外怀孕都是我的错，可我好歹也是真心实意地对她，没想到她这人唉！这么恶心！和我说什么喝酒喝多了，狗屁！你信么？以我对她的了解和对女人的了解，我根本不相信，怎么可能？！她就是劈腿了！这个贱人现在已经和那个男的在一起了，真恶心！"

我听了彪哥的话，也被明显地震了一下，问道："真的假的？那这女的也太不要脸了吧！这还要自尊么！你说得我都想吐了，真的。但是话说回来，你对人家再好，你也不应该让人家大肚子，况且又没到结婚的时候，这就是你的自私！”彪哥点了根儿烟，又深深地吸了几大口，边吐着烟雾、边低着头说道：“是，我认，全都是我的错，事情也已经都这样了，说得再多也没意义了，她也已经和别人在一起了，我祝福她吧……”说完这番话，彪哥向我举起了桌上的啤酒瓶，一饮而尽。

和彪哥走出饭馆后，彪哥对我摆了摆手说道：“我回家了，回去练你说的那些重点知识，回头电话联系吧。”说完后，彪哥摇摇晃晃画着龙地向前走去，嘴里还在哼唱着那首《你的样子》。

和彪哥分开回到家后，老妈告诉我有人打过电话找我，让我回电话。我看了眼未接来电显示的号码，是强哥的电话，于是拨了回去，电话一接通，强哥便迫不及待地喊道:“兄弟！兄弟！是我！”我无奈地说:“你又怎么了?！坐马桶上被蛇咬蛋了么?！啥事儿？说！”强哥激动地叫道:“兄弟！你赶紧过来！我联系了个场子，是驻场乐队，赶紧过来咱俩商量下，人家场子那边儿还挺着急的！”我惊讶地问道:“什么？真的假的？歌曲是要求原创还是 copy ？我可提前跟你说，copy 我是演得够够的了，况且就咱俩人，得需要四五件儿乐器呢！你想把我五马分尸啊你?！”强哥焦急地说:“哎呀！人我都找好了，明后天就能到，你还是先赶紧过来吧！等见面了再详细说。”

挂了电话，我便向老爸和老妈简单地说了下情况，老爸希望我吃了饭再走，而我却只草草地说了句“来不及了”。便出了门。在关上门的一瞬间，我无意中看到了老爸那张熟悉而又温暖的脸庞，这张写满了对儿子的惦念及担忧的脸庞，竟随着岁月的前行，偷偷地变老了，那一瞬间，竟然是如此明显。

而我，即刻有一种如刀割般的绞痛感应然而出，且迸发出了不想再离开他们、离开家的心思。可我同时又无比纠结，如果不趁着现在离家去奋斗，那么也许再过些年，等他们真的完全老了的时候，我很可能会变得没有任何能力去把老爸和老妈照顾得很好，那我才是真的成了一个被世人所唾弃、被自己所看不起的不孝子。也许，只有暂时的分别，才能换来长久的团聚吧。于是，在关上门的瞬间，我大声儿地对着屋里的老爸和老妈喊道："一百个放心吧！因为我是你们的儿子！！"

喊完后，我便径直走下楼，没一会儿就到了汽车站，坐上了开往强哥琴行的大巴车。一路上，我心中全部都是满满的心疼，心疼老爸和老妈。一直以来我总在不停地、时刻提醒着自己应尽早地避免离家，抛下父母的日子应尽快结束，只盼自己可以尽快地完成那些属于自己的问题。可每当想起自己的理想与现状时，便会瞬间感到无比地焦虑，究竟应该怎样选择、何去何从？又应该如何把握及平衡？这些问题交织在一起，让这一刻显得那么飘渺且虚空。

小凡

大巴车开到了目的地后，我选择步行走回强哥的琴行，不为别的，只为节约那五块钱，也无论那些个摩的司机如何在身后拼命喊叫，我依旧还是头也不回地选择了步行离开。到了强哥的琴行后，一进门，发现强哥正在和一个长相有些特别、且穿着也有些怪异的男人，坐在小太阳前伸手取着暖。

强哥见我进了屋，便和我介绍说："兄弟，这是小凡，新来的鼓手，从广西专门儿飞赶过来的！"强哥说完后，我便礼貌性地点了点头，小凡也同样礼貌性地向我伸出了手，对我说道："你好，我叫何凡，刚才你还没到这儿之前，我就听阿强说过你了。"我微笑着回道："你好你好！让你见笑了小凡。"打完招呼后，我们三个人便同时坐在了小太阳前，共同伸手取着暖。

交谈中得知，小凡的鼓龄其实就只有四年半，而强哥却在小凡打鼓的技术问题上表示，他的技术是非常过关的，且没有任何问题。至于强哥和小凡是如何相识的，强哥笑着对我解释道："兄弟！你说巧不巧？我前两天着急找鼓手，就随便在一个鼓手论坛里发了个帖子，结果还没用上一个小时，这家伙就跟我联系上了！我俩还聊了大半天！然后第二天小凡就坐着飞机来了！这就是缘分呐！”我也不断地点头，并对他俩说道：“嗯嗯！确实是缘分！这大老远地从广西跑过来，还真不是一般的缘啊！小凡，你玩儿音乐你家人同意吗？他们是怎么看待这个问题的？”小凡手上夹了根儿烟，平静地对我说道：“哎呀，我爸妈他们现在基本上也不怎么管我了，我都这么一把岁数了，而且其实我比你们俩大九岁。我家里是做生意的，他们自己开了个商场，总想要我回去继承家业，我老爸是部队退伍的坦克兵，我妈每天就是管理着商场，他们都不懂音乐的。不过，我现在也都很少回家了，回去怕会被各种地催，玩玩音乐不是挺好的嘛。”

新的乐队，新的希望

小凡的话音刚落下，就听到强哥迫不及待地叫道：“哎呀对了对了！说到这儿我突然才想到，还有正经事儿没商量呢！我就长话短说吧，这事儿是这样，现在有个经纪人，专门负责给乐队做驻场演出的，这个经纪人在无锡，前两天通知我，说当地有个刚开业的大型夜总会酒吧，需要现场乐队，而且最好是大编，价格给得也很高，然后演出时间是从每天晚上的 19：30 至 22：30，中场有两次休息，每次在 20 分钟左右，乐队酒水全包。在费用问题上，乐队和经纪人是八二开，但好像还可以再商量。只是唯独有一点，就是经纪人方面提供歌手，咱们只能出乐队，而且那边儿的人，貌似都挺色的，要求得是清一色的女主唱，咱们如果过去的话，很可能也要跟女主唱合作。咱们 12 月份就出发！这琴行我也不干了！反正我是这么计划打算的，我和小凡都没有任何问题，现在就看你了！”

听了强哥的话，我思索了几分钟，然后对他回道：“兄弟，你这也太快了吧？说走就走啊？那可是无锡！江苏啊！而且咱们现在恐怕连车票钱都掏不出来，再说到了那边儿，吃住都是问题，现在乐队又少人，还都没排练，加一块儿才就咱们仨人，我一个人再牛也只能最多撑下两把吉他的任务而已，那还有键盘呢？键盘手你找啊？再说一个人顶两把吉他和两个标准的吉他手所出来的最终效果可是完全不能比拟的，我一个人弹两个人的东西，很多时候也都只能是牵强，不说别的，有些歌曲光是踩效果器都能把我给踩死！”

强哥听完后对我说：“放心吧你，吃住问题全部都由经纪人来解决，乐队排练场地的问题，经纪人也说给包了。新的键盘手明天傍晚前就到，这个哥们儿是山东聊城的，我感觉也应该靠谱。至于吉他的二琴，我这几天也都在想，但实在没有找到比较适合的人选。不过，有个人也许还可以，起码技术应该够用，就是你那个傻徒弟，彪哥！”

听了强哥的话，我瞬间想到了赶鸭子上架这个词，于是无奈地朝着强哥说道：“你可真能折腾啊你呀！你都能想到彪哥……于本强啊于本强……你牛！……牛！×！你刚才说的那个键盘手，不会也是从论坛里被你给忽悠来的吧？啊？！”强哥有些别扭地对我回道：“啧！兄弟你这话……怎么叫忽悠呢？！我这可全都是为了乐队能赶紧组起来。你能不能别这么磨叽？赶紧问问你那个傻徒弟能不能干得了！能就去，不能就给我滚蛋！”说完强哥冷漠地递了根儿白将军香烟给我，便不再讲话，自顾自地大口吸起那根夹在他那已被严重熏黄了的指甲上的白将军。

市侩的他们

在爵艺琴行的最后一段日子，基本上就只有我们三个人，每天除了周而复始地练习及学习外，就只剩下彼此扯蛋了。不过后来彪哥竟出乎意料地选择加入了这支即将开往无锡的乐队。他除了时常深深担忧自己的技术是否够用外，每天恨不得 24 小时全天候练琴。当然，在我们看来，不管如何，那时的彪哥总还算是一个热血的摇滚青年，即使后来彪哥彻彻底底堕落，但若将彪哥划归到一个极为普通的人的位置上，兴许他也并没有铸成什么致命性的大错。

况且在这快餐式的现实社会里，市侩的人们毕竟占据了绝大多数，又有几个人能够做到不被周围的一切所影响呢？又有多少人会彻底明白究竟什么才是真真正正的不忘初心呢？至少这些年以来，我所听到、看到、接触并感受到的每一位自称有多么热爱音乐的人，都在较短的时间里便无法自控地、极为自然或下意识地走向了一个和绝大多数人并没有任何区别的道路。只因，在他们自己的真实内心里，音乐只不过是一个可以使自己显得更精致、且很有面子的去赚钱的一种有效工具。

男人的决定

同样是在最后停留的那段日子里，爵艺琴行小屋内的用来洗手及洗菜的水池，已因懒于去公厕而俨然变成了我的撒尿工具。只是刚开始时并没有被发现，但后来他们三人均察觉到我已很多天没和他们一样去公厕小便了，再到后来，四个人便都争先恐后地向水池子里交着那大量已超标了的水费。而令我们每一个人都无奈的事儿却是，无论撒尿还是洗菜，又都不得不在那个唯一的小水池子里进行着。

那一年的冬季，我们三四个人经常围坐在小太阳的周围，闲聊无穷无尽、各式各样的话题，大家通常边吃着小凡带来的广西香猪肉，边连抽带喝地彼此相互狂喷着。一次，强哥不知是因为过于高兴，还是喝大了的缘故，一脸死气地对我们说道："小凤儿那天拎着几瓶酒，边哭边跟我喝，其实她心里委屈。父母在她小的时候就离婚了，离婚了也倒无妨，但小凤儿的后爸好像是个色眯眯的畜生，小凤儿她妈却打死都不相信自己的亲闺女。小凤儿很绝望，就自己瞒着家里偷偷出来打工了，结果打工认识了一个厨师，那个厨师也是个畜生，连哄骗带吓唬，就把小凤儿身为一个女人最最重要的第一次给夺走了！后来小凤儿离开了，那个畜生却还不停地纠缠她，所以就只能换了电话号码。前段儿时间，她亲妈还不停地打电话过来要钱，要完了钱还吓唬小凤儿说要把她抓回去，你说说这个亲妈。小凤儿在这儿就我一个信得过的朋友，结果我俩都喝多了，还稀里糊涂地睡一块儿去了，但我得对得起她，以后只要她不变，我就回四川娶了她。”说完话，强哥便一口气将大半瓶儿啤酒抓起，仰头而尽。

听了强哥的话，我和小凡并没有说什么，只是同时将啤酒瓶朝着强哥举起，并不停地大口大口喝起来。强哥似乎并没有过多地计较过去，反而在帮助他的女朋友小凤儿去忘却那些已过往了的曾经，我想，对于一份真心所惜的爱情，是应该如此实心实意地彼此坦诚相待吧，即使有一天也可能会分别。

开往无锡

那次喝酒后没几天，我们便被告知无锡的演出酒吧急需现场乐队，且在一周后就要开始驻场。有意思的是，强哥提到的那个聊城键盘手竟然迟到了，直到去无锡的前一天晚上他才赶到。于是大家在简单整理收拾后，带着各自的设备踏上了去往无锡的长途汽车。

长途汽车有上下铺位，我选择了一个下铺。随着汽车的开动，我的脑海里呈现出了不同的人和事，还有无数杂乱无章的画面，我感受到了极度强烈的混乱，有家人，有学生，有理想，有未知，等等，可却无法理清，起码在那时处于一个彻底混沌的状态。再看看其他铺位上的队友们，每一个人的脸上，似乎也同样写满了迷茫。强哥抱着他的贝斯，小凡靠在他的镲片上，彪哥抚摸着他的那把 IBANEZ，还有那个新来的键盘手老韩，正枕在他自己的键盘上。

也不知过了多久，我迷迷糊糊地睡着了，醒来时接近到了第二天的早上，只记得下车是在早饭时间，肚子早已饿得咕咕乱叫。下车后，感觉无锡像北方城市一样地寒冷，我们在下车的位置等了将近一个小时才终于见到了经纪人。

经纪人也还算热情，带着我们去吃了顿当地最有名的特色小吃，无锡小笼包。也正是那一次，我永远永远地记住了这口味儿极甜的无锡小笼包。从最开始感觉甜到恶心，到后来深深爱上它，也许，当年在无锡吃小笼包的感觉，到了今天更多的还是缅怀那段记忆画面和内心感受吧。

大家边吃边聊着，谈及乐队的演出情况及现场的设备条件等，也在时不时地聊着各自的情况。通过聊天得知，经纪人叫张毅，专门在江南一带做演艺经纪及策划。

吃完早饭，经纪人张毅带着我们去了他的家，并告诉我们这里没有其他人，只有他和她老婆，还有他的父母在后面的院子住，而前面院子的一楼和二楼，均提供给我们使用，一楼用来排练及开会，二楼用来休息和睡觉。于是大家便开始整理各自的设备，待设备完全整理好后，大家便一起上了二楼，各自选择了自己的铺位位置。

我坐在自己的铺位上，看着房间内自己的队友，来自于全国各地不同的城市，讲着不同的方言，在那一刻，我忽然感到无比兴奋，感觉像是在做梦，我们本是互不相识的陌生人，可却因为音乐联系到了一起，昨天的这个时间都还在爵艺琴行里聊着天，今天就到了江南都市无锡。

二楼房间最右侧有一张双人床，是小凡和老韩躺在上面。中间有一张很高很长的大桌子，是彪哥的铺位。依旧还是最左边靠墙的位置是我睡觉的地方。强哥紧挨着我。大家各自躺在自己的位置上随意聊着天，因为键盘手老韩是最后一个加入乐队的，所以大家都饶有兴趣问老韩些问题。而老韩的性格可能是有些怪，所以和大家很难正常且爽快地沟通下去，于是没一会儿大家便作了鸟兽散。

老韩给我留下更多的还是一种奇怪、市侩、不担当、饥渴于女性的路人甲式印象，除了最初的这些明显的个人特点外，后来我还深切感受到了老韩的胆小怕事、愚昧好色、跟风从众及嫌贫爱富的性格特点。虽然一直以来我个人都无比唾弃并鄙视着这类人，但随着年龄及成熟度的不断增长，便也渐渐地少了些愤怒和嫌弃，因为这毕竟是绝大部分人的常见嘴脸，也是他们的生活模式，无可厚非，只是对我而言，唾弃和反感只会相对减少，却永远都不可能消失掉。

女主唱菲菲

到了下午，经纪人张毅在一楼喊我们下来，说是有人来了，于是大家便下了楼。到了一楼，一个年轻的女孩儿站在门边，微笑着对我们摆着手："Hi！我是菲菲，很高兴见到你们。"与此同时，经纪人张毅也开口说道："介绍一下，这位是女主唱菲菲，歌儿唱得那可不是一般地棒！这回你们乐队可算是都聚齐了，也都认识了，然后你们自己看着规划排练时间就行。咱们大概在一周后正式开演，没什么重要的事情，我就也不出来打扰你们了，需要什么东西和帮助，就到一楼后面的房间找我就好。"

张毅离开后，乐队便相互介绍着坐了下来。就在女主唱菲菲刚要坐到沙发上的那一刻，老韩光速般地冲了过去，一脸堆笑地殷勤道："哎呀呀！菲菲你好！我是老韩，你屁股底下有条毛巾，我怕会硌疼你。来！现在可以坐了，我这就把毛巾拿走。"菲菲笑着对老韩说："喔！谢谢，我刚才没看到。"强哥看到这一幕差点儿憋不住笑出来，小凡也无奈地摇了摇头，彪哥自言自语地骂道："唉！这贱人。"而我观察到每个人的不同反应，也差点儿笑喷了。老韩则依旧还在目不转睛地盯着女主唱菲菲，那个架势，似乎是要将菲菲吃了才肯罢休。于是，我赶紧清了清嗓子，严肃地说道：“咱们先商量下排练的时间和演出的曲目吧，菲菲你先列出你擅长的歌曲和风格，然后咱们再删改。”我又继续对强哥说：“咱俩每个人挑选出 2 到 5 首歌曲，咱俩自己唱，这样也能给菲菲留一个喘息时间。”强哥皱着眉头为难地说道：“兄弟，我唱歌不行啊！这弹琴和唱歌毕竟是两回事儿，你又不是不懂，你这让我唱，我根本受不了，心脏咚咚地！”我驳回道：“谁让你平时不好好练歌儿了，不能唱也得唱！只要音准没太大误差就成，实在不行你就找两首歌，以后就固定唱这两首，这样总行了吧?！”强哥发愁地并深深地“唉”了一声后，便开始独自翻起了乐谱。

菲菲听到我的话后，对我说道：“OK！没问题！一个小时内我就能把全部歌曲都交给你们，估计大概能有将近 40 首吧。”强哥转过头来，朝着菲菲问道：“40 首？那都是些什么风格的歌曲？哪个歌手的？”菲菲回道：“都是流行歌，还有少数的摇滚歌曲，也有一些电子的东西。”听了菲菲的话后，强哥忍俊不禁地咧嘴看着我，苦笑道：“兄弟，你看，都是些电子的东西，流行倒还好，可摇滚都没几个儿。”

其实我很理解强哥的排斥和反感，也深知每一位真正的音乐人和艺术家多么厌恶纯电子的东西，尤其是那些个 BBBB 的无旋律说唱及喊麦，并不需要太用心就可以做出一个几乎没有任何技术含量与闪光点的背景音乐伴奏，再对着那靠复制粘贴完成的背景伴奏，开始新一轮的 BB。

于是我无奈地对强哥说：“没啥！别太当回事儿！那些个合

成器的电子音效，就让老韩用键盘替代就是了。”“问题这总谱都没办法精准地扒带，那鼓怎么打？小凡就只能用架子鼓去打电子鼓的东西了，可那玩意儿那破声儿，和架子鼓差得还是挺大的。”强哥为难地说。听了强哥的话，我又问小凡道：“兄弟，你用架子鼓打电子鼓的东西，觉得能行不？咱们在演出现场能否够用？”小凡回道：“够用倒是能够用，但声音差得太大，除非咱们自己再买一个，但我觉得还是先就这样吧暂时，等回头完全确定了再买也不迟。”于是最终大家遵循了小凡的建议，并约定好明天上午正式开始排练。

很快便到了晚饭时间，而关于吃饭的问题，也都是由经纪人张毅来负责，但也只是在刚开始的一周里他还能按时给大家提供午饭和晚饭，再往后，张毅便不知为何总是不在，即使在的时候，也没有再给大家提供过每天的两顿餐饭。以至于乐队不得不自己出去买着吃，可身上的钱又少得可怜，于是就只能选择吃最便宜的面包来维持着。而之所以选择面包，是因为速度快且不耽误时间，可以尽快吃完并继续排练。

那时的画风是：一间屋子里，一帮人一块儿嚼着属于自己的那块面包，发现有谁在吃一根火腿肠的话，那么这个人不但会被视为土豪，而且他的火腿肠也将在几秒的时间内被掰走好几段儿，留下的只是一双刚刚经历过恐怖事件、且暂未缓过神儿的呆滞的双眼。当然，菲菲毕竟是女生，只会时不时地看着我们捂着嘴笑，且完全不会、也不可能像我们一样饿狼扑食般去抢火腿肠吃，那不符合她含苞待放的少女形象。

第二天上午，乐队便正式开始了排练，排练的歌曲很多很多，排练时的故事也同样多得无法数清。如今，记忆依旧深刻的是排练时大家所站的位置：我背着吉他站在沙发的旁边，老韩站在我身后弹着键盘，我前面是强哥，强哥的右侧是彪哥，彪哥的身后是小凡在打着鼓，小凡的旁边则是菲菲。

尊严与金钱

那时，女主唱菲菲每天拿着话筒，不停摇摆着，唱功也确实很不错。只是后来菲菲暴露出的真实的她，却是一个无比市井、市侩且视钱如命的女人。

记得有一次演出中场休息时，某个包厢的客人点名要乐队的女主唱来陪酒，服务生按照指示通知了菲菲，菲菲便穿着一身性感的衣装走进了一间全部都是男客人的包厢，而出于对她人身安全的担忧，乐队成员陪着一同进了包厢。进去以后，客人却让服务员将除菲菲外的其他乐队成员全部请到吧台喝酒，而将菲菲独自留在了包厢里。也就在包厢被反锁的一瞬间，我分明看到了一个手指短粗胖的中年男人，手里握着一大把钞票，拍着自己的腿，要求菲菲坐上去。当然，菲菲照做了。随后，门便被彻底地关上。至于后面又发生了些什么，也就只有菲菲自己及那些个西服革履、开着轿车的绅士们最清楚了。

而最能让我感受到什么是丑恶、颠覆我对尊严理解的，则是另外一次同样在乐队演出中场休息时间里发生的一幕。

酒吧老板的某个朋友带着几个人来玩儿，他们一边儿喝酒，一边儿要请乐队过去喝一杯，以表示对乐队的尊重及认可。而当乐队过去后，这位客人，也就是老板的朋友，和乐队共同喝了一杯后，便直接要求菲菲过去伺候。菲菲不但没有任何拒绝，反而趴在这个男人的腿上，与其不断轻声儿调笑，之后，这个穿着西服的男人便坐在沙发上哈哈哈地淫笑了起来。

接着冲击我尊严和底线的事情发生了，只见菲菲突然跪了下来，一边儿给西服男捶揉着腿，一边儿用手轻轻慢慢地抚摸西服男的整个身体。那天菲菲穿得无比暴露，于是，西服男便干脆直接伸手向菲菲的胸部及大腿处抓去，除了抓、捏、掐等动作外，就只剩下了西服男那满意的淫笑声。我们乐队的其他人，就那样端着酒杯站在沙发旁，将眼前发生的一切看得一清二楚。而此刻的菲菲，完全像是一个听话的母狗，跪在50多岁的西服男身下，时不时用自己的舌尖，温柔地舔着西服男的裤子和他那十只油腻又粗胖的手指。

当时的我实在是无法再继续看下去了，于是转身走了出去，出去后，乐队的其他人也跟着我一块儿走了出来。大家站在一个垃圾桶的旁边默默地抽着烟，谁都没有说任何话，只能偶尔听到彪哥在“唉！唉！”地感叹着。

我想不通为什么会有人能这么肮脏，也想不通菲菲为什么连自己最后的那一点儿尊严和人格都不要了，更想不通我自己，我只是为音乐而来，也只想去做一点儿和音乐有关的事情而已，为什么就偏偏会遇到这些？！难道说我的理想和信仰一直都是错误的？我就应该像绝大部分人那样？像西服男那样的老男人一样，以用短粗胖的手去玩弄女性为乐？或者我应该像菲菲一样去现实地追求金钱？可我真的做不到，也不屑于做，也不能做，且对此恶心并厌恶至极。

因为这件事儿，我萌发了离开乐队、离开所在驻场酒吧的想法，但并没有说给乐队其他任何人听。虽然经过了无数次的前思后想及仔细斟酌，我还是无法做到狠心地离开。于是，日子又回到了平时的样子，开心、忧伤、迷茫和难忘，总也都时常会有。

记得某一次排练时，强哥因为注意力不够集中，在同样的歌曲位置上连续弹错了 4 次，而急脾气的我一下没能控制住，直接对着强哥破口大骂了起来：“你能不能别总在这个位置错！每次都错错错！这点儿破玩意儿排得我都恶心了！你脑袋里装的都是些什么?！真烦！”本是好脾气的强哥，已经因为自己的过失很自责了，听到我的这番叫骂后，瞬间变得无比焦躁，直接将那把最心爱的贝斯狠狠地向后一扔，摔在了沙发上，朝着屋外走去。

于是大家不得不暂停了排练，各自点了根儿烟，沉默地抽了起来。过了没几分钟，彪哥对我劝道：“唉！你这说得也太狠了！别说强哥了，我都觉得有点儿难听得过了，还是赶紧去劝劝他吧！”其实我的心里也同样很难受，张口骂强哥的第一秒，我便觉得自己可能骂得过头儿了，可已经都张口骂了，干脆就骂完算了，生气就生气，反正都是哥们儿，道个歉也就过了。想到这里，我便拿着烟，朝着屋外走去。

就在我出了房门、抬头看到强哥的那一刻，一帘儿无比搞笑的画面瞬间映入了我的眼睛。当时外面正下着不小的中雨，四处是被淋湿了的房屋、花草及水泥地面，而强哥，手里夹着根儿烟正狠狠抽着，穿着一条脏兮兮的牛仔裤，右脚正摆着稍息的造型，头以 45 度角的倾斜度仰望着天。这一整体画面看起来就像强哥在对着天空和大地冒雨祈求并倾诉着什么一样，沉思中带着些许迷惘，坚定中又含着一点忧伤，又好像是一个受了委屈的、被欺负了的孩子，站在大雨中轻轻诉说着什么。

本来我出来纯粹是为了向强哥道歉并劝其不要真的生气，可没成想当看到这一幕画面时，我竟然实在是没能忍得住笑，且是狂笑。于是我一边儿仰天狂笑一边儿冲了过去，不停地拍打强哥的肩膀，那一刻，我只拼命想控制住自己不要再继续狂笑下去，可终归还是没能控制得住。再后来，结局很容易想得到，强哥愤恨地撇下了我，留我自己站在雨中持续狂笑，当然，三天没和我说话……

自从发生了这件事儿，我便总会贱招儿地主动提起强哥那经典难忘的 45 度角望天的造型，而每当提到这事儿，不管强哥是在多么兴奋的心情下，还是在极度狂热的状态中，总会满脸的别扭且立马转过身去。也许对于强哥来说那可能不太舒服，所以之后我也渐渐不再提了，但那一幕对我来讲，是值得珍藏一生的。

在无锡，每天的生活依旧还是演出及排练，除了这两件事情外，似乎也没有时间和精力再去做其他的任何事儿了。以至于后来乐队主动辞去了驻场酒吧及夜总会的工作，虽然乐队并不想百分百彻底放下这份稳定，但基于多方面考虑，最终还是选择了放弃。

失去了在酒吧驻场演出的稳定收入后，大家很快就变得穷困潦倒。口袋里有钱的时候，恨不得500米的路程都要打车，可到了穷困潦倒时，恨不得连50000米的距离都要走着过去。大家每天的午饭和晚饭，从一桌子人和一桌子菜的架势，渐渐变成了一桌子人吃两个菜的局面。为了省钱，五个人每天每顿饭，也就只能点两道菜吃，然后再配上两碗米饭。而每天吃的菜，无非就是鱼香肉丝和宫保鸡丁，其他的菜则很少会选择，这也成了我们在无锡后期日子里的日常标配菜。现在想来，幸亏当时每天没有吃早饭，否则只会更惨，不过，当时不吃早饭的原因，并不仅仅是为了省钱，还有是因为每天都爬不起来。

日子越是往后，大家也就变得越穷，再到后来，连两个菜都已经吃不起了，而之前虽然是五个人吃两个菜，可起码菜里总会剩些菜汤儿，但现在，却连汤儿都已经吃个精打光了。而且乐队在离开了驻场的酒吧后，便也自然搬离了经纪人张毅的家，大家一块儿租了个两居室的房子，并共同凑出了两个月的房租。

关于那租屋最深的记忆，是每天中午起床后站在三楼的阳台上，观望下面那条人来人往的小路，还有那间味道极好的珍珠奶茶店。静静地看着这一切，看着阳光从窗外透过玻璃照射在地面上，回头再望向床上的吉他，迷茫和失落的心境里竟萌生出了一丝的希望及暖意。我知道，一切终归会变得很好。

租屋中小一些的房间是小凡和彪哥的住处。另一间大点儿的屋子，有一张软软的单人床，便是我的铺位。旁边的地上，放着一个双人的大床垫，是强哥和老韩的位置。每天，几乎是在同一时间里，大家都被各自的肚子叫醒，那种持续挨饿的滋味儿，至今难忘。我清晰地记得，最终自己的口袋里就只剩下了 5 块钱，而除了这 5 块钱，就真的只剩下条命了。

都说人在饿到极点时，是绝对不会再挑食了，于是五个人就像几条即将被饿死的疯狗一样同时冲向了厨房。经过仔仔细细的搜刮后发现，厨房里就只剩下半袋儿大米和两罐儿番茄酱，于是彪哥和老韩飞快地将米洗净并倒入了电饭锅中。当彪哥将一碗拌着浓浓番茄酱、且半生不熟的米饭端给我时，我发誓那是我吃过的最难吃的米饭，且对于一个纯种儿的北方爷们儿来说，用淡淡的米饭搭配着酸味儿强烈的番茄酱作为午饭，我是真不知道该用什么样儿的话去形容自己当时的感受。只记得刚吃了没几口，我便控制不住地干呕，于是，边擦着呕出的眼泪，边强忍着将大半碗和着很多番茄酱的酸米饭吃完。

最好喝的可乐

之后的一天，我躺在那张软软的床上睡觉时，梦见自己极度焦急地想要赶紧喝到百事可乐，而且那个梦似乎做了很长时间，本以为醒来后，不会再像梦里那样饥渴于立刻就想喝到，但醒来后的真实感受，依旧还是无比想赶紧且立刻喝到百事可乐。坐在床边儿，越想越觉得自己可怜，怎么就一瓶破可乐能把我馋到如此地步呢？于是我瞬间蹦了起来，穿上鞋，朝着楼下的小商店跑去。进了商店，我把口袋里唯一的 5 块钱掏了出来，拿着老板娘递过来的百事可乐，仰着头几大口瞬间喝得一干二净。虽然如今早已戒了很多年的可乐，但那瓶百事可乐，是我记忆里喝过的所有可乐中最好喝、且是喝得最快的一瓶。

然而，可乐虽然喝到了，但接下来的每一顿餐饭又该如何解决呢？

正在我发愁且绝望之际，得到了一个突如其来的喜讯。下午，彪哥偷偷把我拉了出来，到了一个相对热闹很多的大街上，这才难忍兴奋地对我说道：“我跟我爸要了 500 块，今天早上就给我汇过来了，都快要饿死了，赶紧买点儿好吃的！”我惊讶地问道：“咱们不是都说好不跟家里要钱的吗？！不都说好一切全得靠自己解决么，你怎么又要了？！”彪哥皱着眉头回道：“唉！这都什么时候了，人是真的都快要饿死了，都饿死了还谈什么理想和目标？！赶紧别废话了，先吃饱再说！”

说完彪哥便将口袋里的500块钱掏了出来，并递给我100块道：“这100给你，饿了就赶紧买点儿吃的，以防万一！咱们可别连命都扔无锡了，那可就真废了！”我摆了摆手说：“我不要！你自己留着吧！100块钱也扛不了几天，等我饿急了的时候会告诉你的。你爸给你的这钱，你可千万别乱花，就留着买吃的东西就行。”听了我的话，彪哥一把将那100块钱使劲儿塞进了我的衣服口袋说道：“还是你自己留着吧！万一哪天我出去了没在，你肯定又得挨饿，再说等我花光了又没饭吃的时候，你再管我饭不就得了！”说完彪哥便快步朝着天桥前面的烤饼小摊儿走了过去。

我站在过街天桥下，心里有种难以说清的感受，但却无比感动，感动于这份好哥们之间的情义，也很想谢谢彪哥，只是并没有讲出口，于是便朝着彪哥走了过去。我和彪哥两个人吃了很多从小摊儿上买来的食物，记得有烤饼、肉夹馍、烤肠、烤地瓜、玉米等。当然，每个人手里都不忘握着两瓶百事可乐。我俩边吃边喝，边聊边笑着，直到把自己撑得难受而不得不坐在地上时，这才停下了嘴。

就在我已经酒足饭饱时忽然意识到一个很重要的问题，我一边儿揉着自己的肚子，一边儿着急地对彪哥说道：“彪子！咱俩这是吃饱了，可他们仨人还都正挨着饿呢！咱俩这也太不讲究了吧！”彪哥喝了一大口可乐后，张着嘴回道：“哎呀你放心吧！我早都想好了！咱俩过几分钟就赶紧回去，回去就叫上他们一起到饭馆大吃一顿！”听了彪哥的话，我点了点头，并从地上缓缓地站了起来，待彪哥缓缓地完全起身后，两个人便快速往回赶去。

失踪的蛤哥

回去进了屋，发现除小凡不在以外，其余所有人都正忍受着饥饿躺在自己的铺位上。强哥看到我们回来，慨叹道："××！兄弟！你俩去哪儿了？我还以为你俩也像小凡一样跑路了呢！"听到强哥的话，彪哥诧异地问道："啥？蛤哥跑路了？你听谁说的？怎么可能……他总得有原因吧？！"强哥将脑袋歪靠在墙上回道："真的！我还能骗你？！小凡前天和昨天晚上根本就没回来，也不知道去哪儿了，你俩昨晚儿睡着了，根本也没注意看。"

强哥说完后，我和彪哥便朝着小凡的房间走去，发现小凡的所有东西都在，唯独人不在。彪哥自言自语猜测道："唉？！这怎么可能呢？！阿蛤没有必要躲着咱们呀！更没理由跑路啊！这太奇怪了！"彪哥边说边翻着小凡的被子，看看有没有留下信件或便条之类的东西。在确认没有找到任何留言及信件后，彪哥便回到强哥的床边说道："算了！先别找他了，也许过两天就回来了。走！起床！我请你们吃饭去！"

彪哥请大家吃的那顿饭，5 个人共点了 6 个菜，每个菜盘儿到最后就都只剩下了些菜汤儿。五个人吃得撑到极致，之后各自拍着自己的肚子，满意地晃悠了回去。至于小凡为何叫蛤哥，是因为他的两个眼睛像蛤蟆一样鼓着，于是便有了“蛤蟆”“阿蛤”“蛤哥”“蛤经理”这些名称，当然，这些绰号都是我送给他的。

露露

又过了三四天后的一个大清早，大家都睡得正香时，忽然被一阵响亮的敲门声惊醒，我半睁着蒙眬的双眼，看到彪哥边骂着边下了床走去开门，只听彪哥开了门后惊讶地喊道：“哎呀！阿蛤！你去哪儿了这几天？！也没个动静儿！我们都以为你跑路了！”只见小凡拎着个塑料袋，身后跟着一个穿着白色羽绒服的漂亮女孩一起走了进来。看到我们还没起床，小凡便笑着说道：“兄弟们！该起床了！太阳马上就要落山了！”强哥回道：“这怎么整的这是？一大清早咚咚咚地狂砸，整得我心脏都难受，咚咚地！”小凡又对强哥说：“小强呀！你那心脏就没好过！来！我媳妇儿给你们买的早餐，赶紧起来趁热吃呀！”

说完后，小凡又接着对我笑道：“兄弟呀！咱们现在没玩乐队了，好不容易有点儿个人时间，我就忙着出去谈恋爱去了，你可别骂我呀！”我回道：“不会骂你的，这是正事儿，况且你也都老大不小的了，理应这样。”听了我的话后，小凡一脸贱样儿地对着彪哥说道：“来！阿彪！我给你们介绍一下，这是我媳妇儿，也是你未来的嫂子，露露！”话音刚落，这个叫露露的女孩儿便对我们每一个人打着招呼道：“你们好。”大家彼此打过了招呼后，小凡又再一次地对彪哥说道：“阿彪，你以后可别再来我的床上睡了呀！我现在可是有媳妇儿的人了。”于是从那时候起，彪哥便每天不得不和我挤在那张单人床上睡了。

堕落的我们

自从这个摇滚集体中多了一个女孩儿后，兄弟们每天的生活似乎显得又更加堕落了一点儿，再加上小凡家境较好的缘故，于是大家每天除了灯红酒绿地泡酒吧及 KTV 外，就是经常出没于游戏厅与各大饭馆儿。而其实那个时候，我是极度不情愿将自己的时间每天花在那些娱乐场所中，我宁愿自己在家弹弹琴或发发呆，也觉得比出去玩儿那些虚华的破玩意儿有意义。

不过，更多时候，小凡总会满脸堆笑并一嘴的酒味儿、且操着那软软的极有特点的广西普通话对我劝道：“哎呀！兄弟呀！一起出去玩玩儿又没有什么不对的呀！我们就是放松一下嘛，给个面子呀！”我听后，满脸不情愿且极为难地解释道：“我知道！没关系，你们出去玩儿吧，我是真不想去！我想在家弹会儿琴，总出去玩儿我自己心里不踏实，真的！蛤蟆，你们出去吧，我在家待会儿。”每当我婉言谢绝小凡的邀请后，小凡又总会再次对我说道：“哎呀！兄弟呀！一个人能有啥意思呀！自己在家连个妞儿都没有，多难受呀！咱们一起出去开心开心，大家都去就你不去！我这个当大哥的心里不爽快呀！你要是不去的话，那你就是看不起你这个兄弟了呀！”于是，我不断地叹着气并从床上爬了起来，穿好衣服陪着小凡和大家又再一次堕落了下去。

记得每次被强迫去了 KTV 后，除我以外的所有人都显得无比兴奋，也许是因为获得了那份暂时的自由，或可能是因为人多很热闹的缘故吧，他们都十分开心地唱着、喊着，仿佛内心中住着一个想要咆哮的雄狮一般。

而小凡总是凭着男人的本性在喝酒喝到开心时，叫来 KTV 的妈妈桑喝上一杯，并叫嚷着让妈妈桑将陪酒的小姐们喊来挑选。于是，两三个横排的来自全国各地的妖娆小姐们，便整整齐齐地如二手商品一般，站在了大屏幕前。而小凡却也总乐于叫这些女人们来陪唱歌，并强迫每个人都要点一个小姐来陪，拒绝的话就会被埋怨看不起兄弟，我也总是会被强制安排一个小姐坐在我旁边的位置上。

但是每次只要有 KTV 小姐坐过来，我都会与其保持明显的距离，且在大家不注意我的时候，偷偷地小声儿对她说：“你好，是这样，我不会唱歌，而且我感冒了，正发着烧呢！我怕传染你，所以你干脆也不用陪着我，你自己去休息休息就行，或者去陪别的客人也可以。小费我会照常给你的，但是你别和他们说，一会儿你就很自然地走出去，装着上厕所就行了，谢谢谢谢！”

这是我一贯的套路，且绝大部分时候都很奏效，小姐们也会很高兴地离开，而我也会按照约定提前将小费付给她们。只是，当其他人发现了我的套路后，我便被狠狠地贴上了各式各样的标签。彪哥总会一脸反感地指责我道：“你也太假了吧！好像你就多干净似的！还嫌弃人家小姐，蛤经理都已经把钱给了那个小姐了，你还让她走了！蛤哥可是特地给你挑了个漂亮的！唉！你这人啊！太恶了！都不知道该怎么形容你了，表面儿看像个好人，其实就你最恶心！成天看不上这个瞧不起那个的，随你吧！”老韩也会慨叹地对我小声儿说：“高凯！你真傻呀！你看看你那个女的多漂亮呀！又白又嫩！你再看看我这个，你看，你看！往那儿一坐，脸上直掉粉，皮肤又那么黑。你怎么能让她走了啊？你真傻啊你！”

强哥则笑着对我说道：“兄弟，这地方虽说不是啥好地方，但是你再怎么你也不至于，就全当是消遣来了，玩玩儿而已，逢场作戏罢了。再说花了钱了，就随便玩玩儿吧，又不是要干别的。”而小凡则凑过来偷偷对我说：“兄弟呀！你不能总放走那些个鸡婆呀！她们就是干这个的！赚的就是客人口袋里的钱！所以她就得出卖自己的身体和色相呀！我跟你说，你别太把她们当回事儿，该亲就亲，该摸就抓上几把。你碰都不碰一下，她们过一会儿照样还得被别的客人玩！听懂我说的意思没呀？！”

被大家攻击时，我曾尝试过解释，但却总是无济于事，再到后来，我便也愤怒地懒于解释了，任由他们将各种标签贴于我一身。我也渐渐明白，人和人是真的不可能完全一样，即使是关系非常亲密的好朋友，看待问题和对待事情的方式、态度及价值观等，也真的会完全不同。我对那些小姐们所持有的态度，基于内心纠结的感受。首先，我认为男女平等，但她们不该去选择那样的工作；我也认为她们是在靠自己的劳动去赚钱，并不算可耻，但她们却不该选择那样活着，即使那么做来钱很快。

反过来再看我自己，我并不是一个古代太监，也并不能算是一个多么伟大或优良的君子，并且也同样有着一个正常男人所该有的需求。但不同的是，敏感的男女之间，我却只愿和那一个正确的姑娘，且也只能和那个唯一的姑娘，肩并肩地坐着。即使无数的标签贴我于一身，我也不想、也不能跟着他人，从众地去做他们认为合理而我不认可的事儿。我只能一根儿筋地接受那个只属于我一个人的好姑娘，还有那一份真正的爱情。

每当大家在外面吃饱并玩够了的时候，便会打车回到住处，而我却极度厌恶这样的感觉，厌恶回到住处后，发现自己在外边儿荒废了一天的时间毫无所获的那种失落感及罪恶感。虽然不停地婉言谢绝着小凡的诚挚邀请，但碍于好哥们儿的软磨硬泡，有时又不得不再一次和大家出去，以维系乐队的关系。

在 KTV 的包厢里，我永远都会沉默地坐在那个最不显眼的角落，以避开喧嚣及热闹。当我无聊地看着小凡拿话筒唱歌时的部分侧脸，和那一对儿鼓鼓的大眼睛时，突然觉得，我给他起的那些个外号实在是太贴切了。于是，我忍不住朝着小凡走了过去，一脸正气地对着诧异的小凡说道："蛤蟆！和你商量个正经儿事儿！能不能让我亲亲你的眼珠子？"话音刚落，自己便忍不住地不停大笑，且一直笑到肚子酸到极限了为止。也就是从那次开始，每当我沉默、郁闷、消沉及小凡有事儿相求时，他总会反过来撩我道："兄弟呀！来，也让我亲亲你的眼珠子。"

日子就这样一天天地荒废着，乐队离职至今也有些时间了，大家也都开始意识到似乎应该去做点儿什么了，恰巧这时接到了女主唱菲菲的电话通知，说是在江阴有几场演出，让乐队做好准备，并将歌曲的曲目告知了我们。可大伙儿前脚刚说下午开始排练，后脚便扔下我一个人在家都跑出去玩了，并在临走时对我认真嘱咐道："好兄弟！那我们就先出去了，菲菲说的那几首歌曲的总谱可就靠你扒了！等明天咱们就开始排！”于是便留下我一个人坐在键盘前，静静听写着那些个无比麻烦的总谱。

不过后来总谱也白扒了，演出方和承办方因为价格的问题不欢而散，于是所有人又再一次失落地躺在了各自的铺位上。

几天后，当大家再一次陷入吃不上饭的窘境时，老韩在一个大清早告知乐队所有人，自己想要退出乐队，并选择出去找一份儿他所认为的“正式工作”。很可能是因为大家都并不喜欢老韩这个人，所以除我以外，没有任何一个人愿意对他婉言相劝及相送。虽然我已经尽了全力试图挽留他，但却不起任何作用，老韩本人更加向往着外面的花花世界，并扬言一定要找到一份令所有人都刮目相看的“正式工作”。于是，老韩当天便背着他的键盘彻底离开了大家。

老韩离开后的第二天，小凡便着急地对大家说道：“各位兄弟呀！我明天得出去一趟，要回趟老家，家里有事情找我，等我把家里的事情处理好了以后，就第一时间赶回来。我担心你们这帮人吃不上饭，所以我媳妇儿露露就留下来，专门儿管你们几个每天的饭钱和上网的网费。”小凡的话音刚落，还没等我们发言，露露便大声儿地说道：“放心吧！只要有我在，一定不会让你们挨饿的！”

于是，在小凡暂时离开后，大家仿佛就真的成了那个被世人所耻笑的窝囊男人，每天无论是吃饭还是上网、打车还是买烟，全部都是由露露给这几个大老爷们花着钱。其他人的内心所想我虽然无法确定，但我自己的内心每时每刻都在告诉着自己这是在吃软饭。可俗话说“一文钱难倒一个英雄汉”，这话一点儿都不假，因为在当时，我们几个大老爷们儿口袋里的的确确连一分钱都没有，无论怎么使劲儿翻都翻不出来了，兜儿比脸还干净。

而露露非但不计较，而且还极为大方地管着几个男人的一切开销。每天起床后，带着几个男人下楼吃午饭，吃完午饭后，再去找个小商店给几个男人买几瓶儿水和几包好烟，买完了烟，大家便径直走进了网吧。在网吧里，大家通常都会玩到晚饭时间，大概到了 19:00 前后，露露便起身叫着大家离开网吧，并带着几个男人再次去饭馆吃晚饭。

大约有半个月的时间，几个男人每天都被一个女人供养着，而我，因为自己的内心极其别扭着，所以绝大部分时候都会与露露保持着零沟通的相处模式，而事实上我是非常想去感谢露露对我们做的一切。我并不是一个没有良心的人，且也很感激露露，可却因为自己的内心总是难以自控地停留在那个无比纠结的别扭状态里，因为这涉及男人的自尊心及性别敏感问题等，所以我从来没有对露露说过感激她之类的话，哪怕只是一句最最简单的“谢谢”我也从未提及过。那时候的每一天，只要露露因为我而花了钱，我的脑海中总会不停地回放自己在吃软饭的羞耻画面。

也正是因为我从没有对露露明确表达过感激和谢意，彪哥对我产生了极度强烈的不满，他总会质问着我骂道：“哎呀你这个畜生啊！你这人还有没有点儿良心了？人家露露和咱们非亲非故的，成天管着你我的吃喝拉撒，又给你买烟又请你上网的，你连句谢谢都没跟人家说过！你这人简直太恶了！还总说人得有个感恩之心，你再看看你自己的所作所为吧！”

每每听到这样的话，我都会忍不住和彪哥持续争吵，我拼命想阐述清我内心真实的想法，可彪哥却宁愿只相信他所看到的我的表面行为。于是，我知道，再多的解释，也已经没有任何必要了，毕竟事实就是我一个大老爷们儿成天吃喝了人家一个女人的饭，并且一吃就吃了将近半个月的时间，所以无论我的真实内心如何，结果依旧还是我吃了半个月的软饭，那么，我只能认，我也必须得认！

只是，直到今天彪哥也还依旧认为，当初我吃软饭不表达感谢那件事儿，就是我没良心、不懂感恩的畜生行为。当然，我不会再反驳及解释了，我也很快地明白了一个看似简单却很难辨别的问题，那就是，在看人或看问题时，一定要看到其本质所在才是最最明智的。我并不是在为自己开脱或狡辩着什么，就像我上面说过的那样，关于那半个月吃软饭的行为，我只能认我也必须得认！

半个月后，小凡回到了无锡，还专门儿给彪哥带了几盒老家本地的香烟。而彪哥最大的爱好，便是收集全国各地的香烟，每到一个陌生的城市，他的第一件事儿就是要找一个商店买几盒当地所生产的香烟以留纪念。不过，每一次的纪念都未能留成，因为彪哥的烟瘾实在是太大了，通常他的烟根本不够自己抽，只得来克扣我口袋里的烟，并在抢夺成功后一个人蹲在墙角儿如死老鼠般地熏抽着……

再后来，于一次晚饭当中，大家坐在一起开了一个集体会议，在商量了大半个通宵后，乐队决定，三天后离开无锡，离开这座城市。

无锡，是个对我来说发生过太多太多故事的城市，那里始终记录着我和大家曾经的青春足迹。这个坐落于江南地区的美丽城市，至今仍是我向往的地方。我向往着某一天再去曾经停留过的地方哪怕只是走一走，简单地看一看；即使是单纯地压压马路而已，我也期待着自己可以再次出现在那座城市的某一条街道上，怀念当时，怀念曾经每天排练的《江南》《Super Star》《The Day You Went Away》等歌曲，更怀念小凡在 KTV 经常唱的那首《黑蝙蝠中队》。

无锡，这座曾带给我满天飘钱感受的城市，在我踏上开往广西的火车时，便渐渐地离我远去了。应小凡之邀，我和彪哥两个人陪着小凡一起去了他的老家，广西河池。

悲伤的河池

去河池其实就只是单纯散散心而已。不过，也许是怕我拒绝，小凡便有意忽悠我说是去看看当地所谓的音乐发展。当然，我也明白，这只是个善意的幌子罢了。

河池是一个很远的地方，同时也是一个很小的城市，留给我的印象和记忆也并不是很多，那里的一切风俗习惯及当地方言，都是我无法短期就了解及适应的。河池的特色美食，也就是当地的米粉，同样是我完全吃不顺口的食物。我只记得那里的山，很多很多连成一片的山，很雄伟，也很原始，还有那里的房屋和小匝道，都是我在北方从未见到过的。

我和彪哥一同住在了小凡的家里，因小凡的房间大小有限，两个人便干脆打起了地铺。对小凡家的记忆也同样甚少，只清楚地记得，小凡躺在床上睡觉时，手上还不忘夹着根儿刚刚才点燃了的香烟，就那样一动不动地夹着，任由香烟燃烧出持续不断且自然笔直的烟。可神奇的是，小凡虽已熟睡着，可手指间夹着的香烟的烟灰，却没有掉一丁点儿在地上，于是，我和彪哥相互瞪着眼睛、张着嘴又继续观察。

也记得在河池时，小凡和他的家人带着我和彪哥一同上了某一座山，大致是因为小凡的家族要在那座山上祭祖的缘故。山上有很多很多的石头和枯草，也能够看到不远处的悬崖，而族人们分散开地站在了一块儿山顶的开阔地上。祭祖活动完毕后，小凡便带着我和彪哥去了他一个朋友的露天小酒吧。这个酒吧很破败且十分脏旧，坐了两个小时并看了当地一支乐队的表演后，我们便起身告辞了。不过，至今我都还记得当时那只当地乐队唱的那首歌曲，恰巧是我从初中开始就一直都很喜欢的、出自于面孔乐队的那首《梦》。

离开了酒吧，小凡又带着我和彪哥去当地的购物中心闲逛。那是一条热闹的步行街，两边儿全都是各种卖衣服及日用品的商店。不过，我和彪哥依旧还是身无分文，再加上我并没有任何购物的兴趣，所以自然也就不觉得别扭或难受了。但，也许小凡觉得我口袋里没钱会很别扭吧，递给了我 100 块钱，并不容反抗地要求我收下，让我必须买件衣服将这个钱花掉。当然，也同样给了彪哥相同的钱数、并一样要求了彪哥。三个人走在步行街上，无聊地闲逛着，就像三只没有了目标的苍蝇一样。不过最后小凡还是选到了两件衣服，彪哥则选了条裤子，而我，也不得不应景儿地买了件军绿色的抓绒衣。

可当时的我，即便被狠狠地打死，也完全没能料到这件军绿色抓绒衣，竟然成了我日后缅怀小凡的唯一一样东西。

在小凡的家里待了整整 20 天后，我和彪哥与小凡及他的家人道了别。小凡将我们送到了金城江火车站，我和彪哥检完票便上了车。而当我站在车窗前时，忽然发现小凡竟然还未离开，正朝着我不停地挥舞着手臂，直到火车启动且渐渐驶离站台，那个染着一头灰白色头发、穿着黑呢子大衣、踩着一双长皮鞋的小凡，才消失在了我的视线里。可谁又能预知，小凡竟会在6年后的一个悲伤的春天里永远地离开了？

2011年3月10日晚，当我打开QQ时，意外看到小凡的QQ头像在不停地晃动着。本以为是他因为想念而发来的留言，可当我打开聊天窗口，却是小凡的媳妇写给我的留言，告诉我在前一天的夜里，也就是小凡的妈妈去世的那一天夜里，小凡在守夜时意外猝死。

猝死的原因未能确定，有可能是因为喝多了酒，还有可能是因为身体的缘故，但无论原因是什么，在很长一段时间里，我都无法相信和接受。起初，我还抱着侥幸的心理让他媳妇不要拿死亡去开自己丈夫的玩笑，可却一遍又一遍、且郑重地被告知，这件事，确实是事实，是真的。

交心的朋友本就不多的我，面对这突如其来的变故，瞬间成了哑巴。我一个人呆木地坐在沙发上，两只手不受控地持续发抖，颤抖着胡乱抓起烟，又使出全身的力气去按打火机。那一刻，我的右手却连按压打火机的力量都已完全消失，慌乱的我，不得不使出左右手的力量同时去按压打火机。面对这个噩梦般的事实，我除了一根儿接一根儿地抽烟以外，整个人就只会傻坐着了，脑海里不停地浮现出小凡的各种影像，他的面容、表情、微笑及说话的口音等，就像一张张的照片和一段段的视频一样，从我的大脑中飘闪而过。我渐渐明白，我又彻底失去了一个熟悉的战友与朋友。

小凡的过世，对我无疑是一个非常沉重的打击。那一夜，我未曾合眼，一个人静静地倚靠在沙发上，偷偷回忆着有关我和小凡的一切，但凡是能够被拾起的记忆，我都一点点、小心翼翼地将它们翻开，重温那些曾经美好的过往。也许，这也是我唯一能为他做的稍微特别些的事情吧，我也更愿意用这样的方式去缅怀小凡。

从不科学的角度来想象，为什么小凡的妈妈要如此狠心、如此心急地现在就要将他带走?！为什么时间要赶得那么巧?！人是真的太脆弱了，任何一点儿小小的疏漏，都极有可能是致命的。我在一种极度愤怒的状态中思考着，得出个不伦不类的结论：人生本就短暂，我们每一个人也都无法提前预知自己生命中的一切，何不为自我而活着呢?！何不去做对自己有意义的事情呢?！也许 30 岁，我们便不得不匆匆与世告别，也许 40 岁、60 岁、80 岁。可不论多少岁，难道去选择一种简单而又纯粹的生活不好吗?！难道一定要复杂着、虚伪着、畏畏缩缩地苟活着吗?！也许，只是也许，但我却一定要“活着”。

小凡的不辞而别，意味着他已永远地存在于另一个世界了，对我而言，他依旧是我一辈子的好哥们儿。从被告知噩耗至今，我总会时不时一个人偷偷在小凡的 QQ 留言板上，写些他人看不到的心里话，这也是我唯一能想到的和他说说话的方式，只愿 QQ 平台永远也不要将小凡的 QQ 号码回收或废弃，以让我能够永远地继续写下去。

至于强哥，最终还是选择了去成都发展。当然，是为了她的女朋友小凤儿去的。强哥确实是一心一意陪着小凤回到成都的，并计划在自己事业稳定后便与小凤儿结婚生子。可命运偏偏喜欢捉弄人，到了成都没几年，强哥和小凤儿便宣告分手，原因未知。而已知的是，如今在成都，有一个非常牛的摇滚音乐教育机构，校长则是于本强先生。哦，对了，于本强先生不但换掉了那只曾经的老贝斯，而且还结了婚，并收获了一个带把儿的小强哥。

嗯！差点儿忘了彪哥。乐队解散后，彪哥基本算是放弃了音乐，听从家人的安排去了武汉谋生。也许是看不惯部分南方人的啰嗦和小气，彪哥活活将一个武汉本地的糟爷打了个半死，据说是没少赔钱，可更悲剧的是，猥琐的武汉糟爷竟偷袭了彪哥，随手抓了个尖锐的东西划在了彪哥的脸上，于是从那时起，彪哥又多了个“刀疤哥”的外号。

再后来，彪哥手痒且总想玩琴，冲动之下便去了北京，在北京除了忙于活着外，就只剩下了抽烟，每天除了抽烟就还是不停地抽烟，只要逮到我，便将我抓到距离最近的商店，给其买几盒香烟才能乐呵儿。买完了烟，我正转头要离开，又再一次地被彪哥揪回，告知可乐还没给上，所以不能走。于是在我给买完了可乐后，彪哥才满意地点点头，赶着手微笑道：“嗯！走吧走吧！”

现今的彪哥，在酒吧驻唱的工作俨然已辞掉，替代的则是满处寻媳妇儿。不过，彪哥总归是彪哥，大老远挖了个陕西的媳妇儿，并邀请我参加其 5 月的婚礼。之前和彪哥在国庆期间聚过一次，他夹着烟告诉我说，他卖了所有的吉他，因为他现在就只想和身边儿的这个女人好好地过日子。

老韩，这个奇葩的存在，我也只能这样来形容他了，在最先离开了乐队后，因几乎每天都挨饿，竟私底下偷偷和我联络，让我收了他的键盘以帮其过活。当然，我拒绝了，不单是拒绝，而且还狠狠地痛骂了他一顿。出于音乐的缘故，我固然不接受他卖琴，但我却计划将自己身上所有的钱分出一半儿给老韩。不过，这个想法很快遭到当时乐队所有人的反对及唾骂，故只能作罢。

记得当时我们即将离开无锡前，老韩自己跑到一家当地的小饭馆包小笼包去了。再后来，只听老韩说他去当了兵，继而消失不见。

菲菲，依旧还是游走于整个江南地区的夜场及酒吧，重利的她，终归是属于另一个世界的人，我和菲菲之间，也许就像是马桶和钻石一样，有着天壤之别。再后来，一次偶然，看到了菲菲的信息，她暂时停下了她自己，选择了嫁人，所嫁的男人的面孔，看着似乎不算陌生，不高的个子搭配着传统风格的西装，胖胖的俩肉脸蛋儿上布满了许多大小不一的小坑坑儿，当然，还有一双短粗胖儿的爪爪儿。不过还好，也添了自己的娃儿，我也只想祝她幸福。

不得不提及的一个人，那就是露露。后来才得知，露露在和蛤哥分手后，将肚子里怀下的蛤哥的孩子毅然打掉了。而露露曾经的职业听起来似乎要更酷一些，她是无锡当地一家大型 KTV 里的招牌妈妈桑，当然，是从蛤哥口中得知。但，露露自从跟了蛤哥后，就再也没有步入过那些个风月场所，甚至主动切断了和里面的所有联络，因为她也只想一心一意地爱着这个男人，可蛤哥却选择主动抛弃了她。再后来，只记得彪哥说，露露离开无锡后，回到了福建老家，之后杳无音信。

而我，一块粪坑里的大石头，于不久后去了北京。

北京！北京！

我认为自己是疯狂的，周围的人们也同样认为我是个极度疯狂的人，甚至有时，连我自己都觉得自己有点过火儿。若从另一个角度审视，这样的疯狂又算不算是种纯粹呢？这个问题的答案，恐怕不能以自我给予的方式去回答。但人总得做自己，总归要真实，或者对于某些政客们而言，是“尽量”真实而已。不过，就像说过的那样，人总得做自己，于是每个人都有一个不一样的自己，那么这个“做自己”的标准和底线，便拉开了不同人们之间的距离。

2005 年 10 月 6 日，2517 次列车把我拉到了北京。从北京站一出来，映入眼前的是一大片陌生。在北京没有任何亲人和朋友的我，就那样背着吉他感受着周围的一切。空气里夹杂着匆忙与迷失，行走的人们挂着迷惘和挫败，不禁令人感到极度压抑。可压抑的同时，我的内心里却也呈现出了一种高度兴奋的状态，因为，我的目标，已经开始着手实施了。

我不知道自己应该去哪儿，也不知道自己应该做些什么，甚至连最基本的吃什么、喝什么、住哪儿，我也都浑然不知。而当我走出北京站广场时，忽然听到路边儿传来不断的吆喝声，抬头望去，发现很多面包车胡乱停在了路边儿，我知道，这是在拉客。

此时我的脑子里忽然冒出了一个很浪漫的想法，那就是随性坐一辆面包车，让司机将我拉到一个可以吃东西并停留的地方，且拉到哪儿算哪儿，被拉到的地方便是我的根据地。于是我便朝着横七竖八的面包车走去，走到一辆看起来颜色较特别的面包车前我停了下来，正准备仔细观察时，身后响起了一个市井男人的声音："哥们儿！去哪儿？ 10 分钟就走！"

听到声音我回头望向这个男人，他有一对儿极为明显的大双眼皮子，耷拉着一张满是痘坑儿的黄脸。我回道："请问距离这儿最近的饭馆在哪儿？大概有多远？最好能有住的地方。"市井男人回应我说："呦！这饭馆可就多了！住的地方也确实不少！您是都有些什么要求呢？"我回道："其实也没什么特别的要求，最好是热闹点儿的地方，省得去哪儿都不方便，干脆您就看着来吧！价格多少您给个数儿！我能接受我这就直接上车了！"市井男人点了点头说道："那我就给您找个热闹的地儿，能吃能住，包您满意！价格就 50 块钱您看成不成？！"看着市井男人一脸自信地拍着胸脯，我以试验人性的心理选择了相信，继而一口回道："妥了！ 50 就 50 ！那我先上车了，您只要在 30 分钟内能出发就行！"听了我的话后，市井男人激动地摆着手对我强调道："哥们儿您就放心！怎么可能用得上 30 分钟？！ 15 分钟吧！ 15 分钟咱们就出发！"

于是我便上车坐了下来，但结果却是，市井男人在离开了

40 分钟后才挺着个大肚皮姗姗而回，也没有半句解释，虽然不大点儿事儿，可他依旧还是选择了习惯性的欺骗。那一瞬间，我知道，自己做的这个关于人性的实验，已然使市井男人中了招儿。没几公里后，便将我拉到了地儿，也许我很二吧，用 50 块的高价只坐了短短几公里的距离！这不堪的人性和美味的金钱相比显得是那么地低廉。不过，唯一能有点儿心理安慰的是，市井男人的确是将我拉到了一个很热闹的地方，这个地儿，就是鲜鱼口。

有着脚臭味儿的梦想

当年的鲜鱼口，是一条极其热闹的小街道，破旧的街道里面是应有尽有。

一下车便看到很多饭馆，最先入眼的是那个有着明显招牌的山西刀削面馆。不过，厌恶面条类食物的我，当然不会优先选择山西刀削面，而是标准的米饭和炒菜。只因那时口袋里还有点钱儿，且穷少爷到哪儿都改不掉那个大爷的破烂儿样儿，也更不会去过多思考接下来的生活所要面对的那些个潜在的种种意外。

填饱肚子后，我在饭馆儿对面的胡同里，找到了一家山西宾馆。去前台询问，被告知住一晚 60 块，但考虑到自己口袋里的钱后，便只住了三天，且在三天后，找了一间地下室并租了下来。

至今我依旧能够很清晰地记得，那个地下室位于地下二层，属防空洞标准，但潮湿的程度却令人很难想象。那时，洗过的袜子竟得三天才能干透，而被子和毯子总觉得每天都是湿漉漉的，可又拧不出来水，但又确实是潮乎乎的。

最刺激的事儿，莫不过是我对面房间的那些个房客们，将近20个民工大哥，同时挤在了一个大房间里，每天扑鼻而来的脚臭味儿，是我迄今为止所闻到过的最具杀伤力的味道，20米之内，无人能够逃离。只记得隔壁两个做美容美发的女孩儿，每天早晨上班均是双手捂着口鼻奔跑出那地下二层炼狱的。可这味道居然在很短的时间里便被我彻底地免疫了！

就这样，我付出每月280元的房租，住在了这间能够让我暂时落脚的地下室。可好景不长，身上的钱越来越少，于是我便开始寻找起与音乐相关的工作，那也是我人生截止到目前，唯一一次去外面找工作。当时的想法是希望可以找到乐队类、演出类、录音类及驻唱类的对口儿工作，可稀里糊涂地找了将近一周的时间也没能找到合适自己的事儿。后来，我干脆每天买份儿职业招聘类的报纸，坐在王府井步行街的椅子上，仔细地寻找着自己的目标。

为音乐而卖身的我

9 天很快就过去了。在过去的 9 天里，我一直都在坚持寻找着自己的目标，可依然无济于事。第 9 天的晚上，恼羞成怒的我，立誓要在第 10 天找到一份满意的工作，否则，第 11 天就直接找个饭馆儿刷盘子去。

第 10 天一大早，抱着这个拼死的态度、呼吸着对面房间的脚臭味儿，我冲出地下室，买了那最后一份职业招聘报纸，仔仔细细找了起来。本并没有寄予过多希望在这张坑人的报纸上，可就在我准备扔掉它时，忽然发现了一条令我眼睛一亮的信息。

报纸的一个角落清晰地写着：“×× 夜总会直聘驻场歌手及乐队。地址……联系方式……”于是我连忙向路人询问这家夜总会的地址及路线，获悉这家夜总会距离我所在位置就只有 3 公里，于是我连忙兴奋地朝着目的地赶去。

步行了大概半小时，赶到了 ×× 夜总会的楼下，我继续按照报纸上的信息找了进去，到达了指定楼层后，我轻轻地敲响了 ×× 经理室的门。开门的是一个 40 多岁的男人，我客气地问道：

"您好，我是看到报纸上的信息，请问您这里是否还在招聘驻场的歌手和乐队？"男人意外地答道："哦！你是来应聘的吧？但是人力这一块儿，不是我负责，我也不太清楚现在是否还在招人，得先问下负责经理。这样吧，你在这儿稍微等一会儿，我去找下负责经理。"我回道："行！没问题！那就麻烦您了。"男人回道："没事儿，别客气，我也只是负责咖啡厅这一层而已。那你就先坐会儿，我通知下负责经理。"说完话后，这个男人便开门走了出去。

没过几分钟，便听到门外传来了响亮的高跟鞋声，推门而进的是一个将近40岁的女人，浓妆艳抹，穿着一身制服，见到我后便微笑着对我打招呼说："Hi，你好。"我也礼貌性地点了点头回应道："您好。"

女人优雅地朝着椅子走了过去，捋了一下裙子后便坐了下来，紧接着便微笑地朝着我问道："你好，帅哥儿，我们这儿其实已经不招人了，这个行业也越来越难做了，但是我刚才进屋后，觉得你的个人条件非常好，所以……你愿意的情况下，当然也还是可以的。"女人边说着话，边不停地上下打量我，虽然我总觉得有点儿奇怪，但是急于找工作的我，还是主动对这个女人说道："您好！我还是得先谢谢您的破例，很感谢您。嗯，另外我也实事求是地说吧！因为我是做职业的，所以在职业工作方面您可以完全放心，一定不会有多余的麻烦，但如果无意给您添了麻烦，还希望您见谅并告知。"

女人依旧还是微笑地看着我，点了点头说道："行！没问题！这样也最好！嗯……这样吧，我打个电话，你现在直接再去趟7楼找另外一个刘经理，等他给你安排完，你再回来找我就行。"

我点了点头，便站了起来对女人说道：“那行！那我就先去趟7楼！然后一会儿我再下来找您，这又得给您添麻烦了。”女人听了我的话后，笑着对我说：“没事儿没事儿！你太客气了！那咱们一会儿见！”

出了房间我便朝着电梯走去，进了电梯并按下7层后，电梯很快停在了7楼。而当我走出电梯的那一瞬间，眼前的画面着实惊了我一跳。只见我的眼前，大致有20多个穿着极度暴露的年轻女孩儿，个个儿都是浓妆艳抹着，更难受的是，这20几个穿着暴露的年轻女孩儿，都不约而同地朝着我看。其实与其说“看”着，不如说“盯”着，让我感受到了极度的不自在，于是我连忙转头看向电梯旁显示的楼层数字，以确认我没有走错。

在确认我确实已经是在7楼后，我不得不硬着头皮别扭地问向其中一个距离我最近的女孩：“您好，请问哪位是刘经理？”女孩儿目不转睛地盯着我并热情地回应道：“你是找刘经理啊？他在最里面的那个房间，你从前面一直直走就会看到了。”我点了点头，并感谢地对女孩儿说道：“谢谢谢谢，谢谢你！”

说完后，我便径直朝着里面走去。在经过那些个穿着暴露的女孩们面前时，我清晰地听到身后某一个女孩儿对着刚才帮我指路的女孩儿大声抱怨道：“你真讨厌！你怎么把他给放走了呢！”女孩儿抱怨完，又在我身后朝着我喊道：“帅哥！别走！快回来！”听到叫喊声，我条件反射地加快速度走了起来，直到站在经理室的门前才停了下来。

差点儿喝尿的刘经理

深吸了口气后我敲响了门，开门的男人便是刘经理。他示意我进屋坐下，且端了杯水放在了我的面前，继而说道："你好！刚刚下边儿已经打过电话给我了，我也简单地听了一下你的个人情况，怪不得小媚说你条件很好，这一看确实不赖，那我就大致说下咱们这边的工作情况。每天晚上 18:00 整准时到岗，一个小时的准备时间，19:00 正式开始，晚上 23:30 下班。白天的时间，你自己可以自由安排。有事儿需要请假的话，提前说一声儿就好。"

听了这位刘经理的话后，我觉得非常奇怪，怎么驻场演出还得提前准备那么久的时间？竟然需要一个小时！最多 15 分钟也就搞定了，难道还得像女人们一样要化妆？！而且驻场演出的时间，通常最晚也就只是到 22:00 而已，这如果每天都是到 23:30 的话，那人不得都累死了。

抱着这些疑问我诧异地问道："刘经理您好，麻烦您问几个问题可以吗？"刘经理回道："当然！有问题你尽管说。"于是我问：“您这里是每天都要求在 23：30 下班吗？排练的时间是固定的吗？排练室是您这里提供还是我们自行安排呢？”在听完了我的话后，这位刘经理也感到奇怪地问道：“啊？排练？这还需要排练吗？我觉得没有这个必要吧？你之前工作的地方都要求你们排练吗？”我诧异地回道：“啊？您……您这里都不排练吗？数量那么多的歌曲，不排练的话，恐怕大家都很难记住吧？况且我们现场都是完全不用谱子的。”

刘经理听了我的话后，忽然仰着头且大声儿地狂笑了起来，好一会儿后，摇着头对我感叹道：“哎呀！你这个小伙子，太有意思了！不就是唱个歌儿么！大家图个开心、图个热闹就好！哪儿有什么必要去专门排练呀！怕是谁也没这个精力呀！”

这位刘经理的话，着实让我感到了前所未有的惊讶，因为从来也没听说过哪个乐队不需要排练的，那可是 100 多首歌啊！光是歌词和段落就足以让人崩溃，更何况哪可能只是单为了图个开心和热闹，演出的效果和质量可是至关重要的啊。如果演出搞砸了的话，那岂不是会造成巨大的损失？台底下的观众会朝着我们扔鸡蛋的啊！

不过我转而一想，也许是因为这位刘经理不太懂音乐的缘故吧，于是我便尝试换一种沟通方式和他再说说，我问道：“请问刘经理，您这边儿对歌曲的风格和数量有什么具体要求呢？再一个就是薪水的问题了。”

听到我的话后，刘经理使劲儿摇了摇头，以确定自己没有听错，并一脸不解地对我说道：“这歌曲……歌曲大家也都是很随意的啊！想唱什么歌儿都行啊！但是最好唱一些客人们爱听的歌曲比较好，这样对你也更好！至于薪水，你是职业的，按理说你应该都懂啊！咱们这边儿也没有什么其他的特殊克扣，你自己赚多少就是多少，也不需要上交给我们，反正你要是想多赚钱，你就得好好陪着那些女客人，陪得开心了，她们就会很大方。另外你完全可以放心，咱们这儿只陪女客，绝对不接男客。如果需要出台的话，你就得提前通知一声儿，这样我们……”

到这时我终于明白了，也彻底搞懂了为什么不需要排练、为什么对歌曲没有任何要求、为什么音乐就只是图个开心和热闹、为什么每天都是 23：30 下班、为什么需要提前准备一个小时才能上岗，也瞬间明白了为什么电梯旁会有 20 多个穿着暴露的年轻女孩儿了。想到这些，再把前面的种种怪异结合起来，我才知道，这回是无意间自己给自己挖了个大坑啊！

反感和失落很快便从身体里涌了上来，我无论如何也没想到自己竟然闹出了如此大的笑话，工作的事情不但没成，还差点儿稀里糊涂地卖了身。更懊恼的是反转了一场来之不易的惊喜。于是我忍不住抓起了自己的头发，一脸茫然地坐在沙发上，一动未动。

或许是看出我的情绪发生了明显的变化，刘经理奇怪地看着我，问道：“你怎么了？没什么大事儿吧？是对咱们这边儿有什么意见还是有其他问题？没关系，有什么想法你直说就行。唉！你也知道，现在是严打，我们也不好招条件很好的男公关，所以这才破例想要留下你，我们现在……”

这个刘经理说出的这些话，让我有一种想要立刻解开腰带并尿在他嘴里的冲动，若不是看在他态度很好的份儿上，我是真想当场就把裤子脱了，以摇滚的名义使用尿液来为他洗礼！

当然，我的理智也在提醒我，已经没有任何必要再在这里坐下去了，于是，我一脸僵笑对着这位刘经理说道：“刘经理，您想多了，我没有对您这里有任何意见，我刚才是突然胃疼，所以没立刻回您的话。我认为您这里的条件非常好，但是我觉得自己还是得先把胃病治好，然后再过来找您。我也再回去考虑考虑，您看可以吗？”话音刚落，刘经理便赶忙说道：“那是那是！还是得先把病治好了才行。来，这是我的名片，等你方便了随时打电话过来，我们随时欢迎你加入！”我点了点头，一脸僵笑地站了起来，快速地离开了这间充斥着令人作呕的气味儿的房间。

出了经理室后，一心只想要快速离开此处的我，迅速地朝着电梯的方向走去。而就在我快要走至电梯时突然意识到，电梯的旁边还站着那 20 多个穿着暴露的年轻女孩儿们，再一想到自己走过去以后，可能还会被再一次搭话，于是，我便改朝步行楼梯的方向走去，以避开她们。又一想，刚才已经答应了之前的那个女经理，谈完后下楼去通知她，可反过来一想，工作的问题已经彻底没戏了，我绝对不可能接受这样变态的工作，所以再去找她也已经完全没有任何意义了，索性还是不去了，但又觉得自己好像欺骗了对方，失了信。这样翻来覆去地想了大半天，我最终决定，出于礼貌，暂且再过去一趟吧，就算是道个别，也不枉人家对我那么友好的态度。决定后，我便通过步行梯朝着楼下的经理室走去。

到了楼下经理室门口，我又一次敲响了房门，在听到一声儿“请进”的女声后，我轻轻推开门走了进去。刚才的那位女经理抬起头一看到是我，便笑着招呼道:“啊，是你啊！快请坐！你还真够快的！怎么样？工作的事儿，还都谈得挺顺利吧？”还在尽力忍耐着心里的愤怒和反感的我，听了她的话后，还是有些憋不住地生硬地回道："您好！刘经理都和我说了，但是他说的和我来应聘的工作，完全不是一回事儿！我只是为驻场演出的工作而来，可他却跟我讲让我去陪女客人喝酒唱歌等！我只能说我完全不可能接受这样的工作！"

浓妆艳抹的女经理听了我的话后，咬着嘴唇并皱着眉头沉默了，思考了一会儿后她叹着气对我说道："真的很抱歉，是我们误解了你的意思。嗯……但是这个招聘信息，也真的确实不是我做的，我刚才一进屋看到你以后，其实就已经有种感觉，总觉得你好像不是我们这个行列里的人，可当时不便于谈及具体工作，所以我也没有再多问，因为毕竟是楼上的刘经理负责这块儿，这才导致了一场误会。"

女经理说完了这些话后，顿了一顿，紧接着又站了起来，接了杯水放在了我的面前，对我说道："其实我们这里也确实需要很好的音乐人，不知道你刚才是否注意到，电梯背后的三间大房间，其实就是录音室，只不过现在都已经落满了灰尘，因为没有很好的音乐人愿意到这样的环境下工作，而我们却又不得不考虑营生的问题，所以录音室最后往往都成了那些个醉鬼们的练歌房了。"

听了她的话后，我表示理解地点了点头。女经理端起蓝色的茶杯喝了一小口茶水后，慨叹道："唉！其实我还算能懂你们，因为我当初是从艺校毕业的，所以很清楚你们这些艺术家的心理，一种追求极致的心态。虽然当下也有很多很多所谓的艺术家或音乐人，但是我能感觉到你和他们完全不一样，我自己也说不出是为什么，可能就是感觉吧。"

我对女经理的话感觉十分麻木，因为在我看来，外行人永远都在以常用的几种模式来和内行人沟通，这让我觉得甚是索然无味，但碍于礼貌，我还是客气地回道：“艺术家总也是得吃饭、也总得去做些什么，只有这样，才能实现自我存在的价值。我的好与坏其实一点儿也不重要，但我得再次谢谢您，因为您真的很诚恳，而且本来我确实是挺不高兴的，但是听了您的这些话，我瞬间也不觉得有什么了，何况还都不是您的问题，也不怪您。”

女经理听了我的话后，有些开心地对我说：“嗨！我也不知道该怎么说，但是我的确不是有意要欺骗你，所以你不计较当然是最好，毕竟我也不想多个仇人嘛。而且其实咱们也可以成为朋友的，我叫于晓媚，家是海淀的，年龄我就不说了，肯定比你大很多，这是我的名片，我负责这一层的日常管理。”女经理边说着，边递了张红色的卡片给我，上面清晰标记着：“××集团CEO：于晓媚。联系电话：1360116……”

我再次确认她并没有任何的潜在恶意后，便对她夸赞道：“您的这卡片儿可真够个性的！非常好看！我挺喜欢这样的卡片儿！”女经理有些满意地回道：“那是！这是我在瑞典读设计专业的弟弟为我亲手设计的！”“嗯嗯！确实好看！那我就留下了，等以后有缘再见时，我一定当面出示给你！”我笑着点了点头，将这张颜色特别的名片拿在手里，继而又对她说：“那行！那我就先走了，以后有机会再和您畅聊！”

说完话我便站了起来准备朝门外走，只听身后的女经理大声儿喊道：“唉唉？你就这么就走了？不是都说好交个朋友嘛，你倒是留个电话或地址什么的呀！要不以后还怎么联络你呀？”我有些犹豫地说：“啊？我这不是有您的名片了吗？我可以和您联系啊！再说我住的是地下室，而且是地下二层，手机也根本没信号啊！”

女经理有些无奈地继续说道：“是！你是能找到我，可我找不到你呀！你要不是特别不方便，就还是留个电话吧。”女经理的话，让我感觉自己好像是一个特别胆小怕事儿的小男人似的，于是我立刻回道：“当然没问题！我没有什么不方便的！我电话是 130212……我叫高凯。”女经理从桌子上抓起了一个粉色的手机并快速点按着，完成后，又将手机重新放回到桌子上，表情有些怪异地对我说道：“已经存下来了，你可别告诉我个假电话就行。嗯……另外……我有几句话想跟你说下，说完你就可以走了，可以吗？”

我感到奇怪地对她说：“当然没问题啊！您尽管说吧！”于是，这个女经理有些表情怪异地对我小声儿说道：“嗯……以后你可以随时来找我，我看你好像应该是刚来北京不久，所以只要你遇到麻烦或困难，你都可以随时打电话或直接来找我。以后也可以叫我小媚姐，因为我年龄比你大。当然，如果你愿意的话。”虽然她的话让我觉得非常奇怪，但我还是能够感受到她的诚意，于是我使劲儿点了点头，诚挚地对她说：“您确实比我大，我今年 19。但是我有了在北京的第一个朋友，我也觉得您特别热情，而且很仗义！！”

女经理边对我笑着边感叹道：“19 岁，多么好的青春呀！我都已经 39 了，真想再回到 19 岁的时候。”长叹了几口气后，女经理接着又说道：“不过，时光一去是不会复返的，早都成了记忆了……好了好了，不浪费你的时间了，你看你都起来站了大半天了，真不好意思。今天的误会希望你能谅解，我确实是无意的，你可别因为这个而记恨我就行。另外，你可记住我说过的话呀！有事儿可以随时找我，咱们保持联络！”

我点了点头回道：“没问题！多谢您今天的热情帮忙！真的是很感谢！”话音一落，我便走出了房间，很快就站在了 ×× 夜总会的大楼外。

当我站到街上，即刻感到浑身无比乏力，折腾了一整天，没想到又是空喜一场，依旧全无所获，于是，只能继续拖着沉重的步伐，朝着远处的地下室走去。

后来，这个叫于晓媚的夜总会 CEO，多次和我联系过，打过电话，也曾发来过短信，但我却也只是在刚开始时还回复一些她含有问句的短信，再往后，我便不再回复她的任何短信及电话了。虽然这样也许并不正确，甚至非常不礼貌，更可能会令对方极度不舒服，但我总觉得继续接触下去可能会是在浪费时间。

可我也总得活下去，总要去继续像当初一样勇敢地追寻那些我认为有价值的东西，那么，也许我也只能这样去选择沉默了。再或者，大概是因为我很厌恶诸如夜总会、酒吧及 KTV 等娱乐场所的缘故吧，至少到今天为止，我仍然会主动积极地避开这些个场合，即便是遇到好朋友的盛情邀请，我也会尽全力婉言谢绝。

可如今一想到于晓媚这个名字，我就总会感到自己是一个非常冷血无情的人，明明是没有恶意且又是无比热情的朋友之邀，我都无情拒绝了，而更让我觉得自己极其可恨的是，当年，刚走出 ×× 夜总会大厦，我竟然站在门口将那张被我夸赞过的漂亮红色名片，随手扔进了门口的垃圾筒。

我承认，那一瞬间，我的确嫌它脏。但今日，貌似我也并不比它干净到哪儿去。

已不要脸了的我

回到地下室，率先迎接我的还是那股子熟悉的脚臭味儿。不过，我反而倒觉得对这个味道似乎有那么点儿离不开了，因为闻到它，说明我好歹是可以暂且停下脚步了，哪怕就只是一个晚上的歇息，也能够让我纯洁的梦想变得再神秘点儿及更令人期待些。所以在那瞬间，我感谢对面房间的大哥们赐予我的那股温馨的脚臭味儿。

但现实依旧还是逃不掉的，10天的工作之寻，让工作仿佛变得更加遥不可及，令人不知所措。看看口袋里仅剩的几百块钱，整个人立马变得焦虑不安，而担忧的其实根本不是钱，而是接下来所要面对的生活状态及人生规划，我再次警示自己，绝对不能选择走回头路，更不能有打退堂鼓的心理，要么光荣完成使命，要么死在北京。

但令人发指的实际行为却是，从第11天起，我的生活变得一发不可收拾，每天除了去网吧上网及刷游戏外，就只剩下睡觉了，甚至连吃饭也都是在网吧里解决的。不过伙食也还算说得过去，只要是玩饿了，一个电话，隔壁饭馆的小哥便端着热乎乎的饭菜送到了我的面前，虽是无耻，但也算是风风光光地不要脸了一把。

但，令我根本无法想象到的悲剧却是，在接下来的十几年中，我不得不在北京吃了十多年的外卖，以让不会做饭的自己可以继续过活。

当时每天的生活基本都是三点一线。早上7:00，从网吧里浑浑噩噩地飘了出来，漂移到了旁边的公共澡堂，迷迷糊糊地洗了洗，洗完再到前面的早餐摊儿上大吃一顿，吃饱后，顶着睡意并拖着沉重的双腿，朝地下室晃了回去。

回到地下二层后，便死猪样儿地瘫睡过去。再次醒来时，却已经是在下午了，坐起来发发呆，再琢磨琢磨，又看了看床头的吉他，眼睛再一闭，便开始了新一轮儿的自我反省。而反省得差不多后，便出了门去觅食，在又一次地吃饱后，抱着难得糊涂的心态又再次朝着网吧的大门口走去。

昏庸无耻的又10天后，我发现，口袋里不再是鼓囊囊的样子了，比脸还干净，再使劲儿翻了翻，发现自己的全部家当就只剩下了三块钱。可这三块钱也没能一直陪伴我，在中午时分被我咬着牙换回了一桶泡面。可吃完了泡面后，到了晚上，肚子又开始不争气地叫了起来，在翻过了全身的口袋及书包后，方才醒悟，是真的连吃饭的钱都已经没有了。

于是我开始意识到了事情的严重性，从时而坐在床上沉思着，再到时而躺在床上反省着，却也只能任由我那没魄力的肚子拼命地乱叫着。于是，在经过了一天一宿的深思熟虑后，我决定，求助！

我如疯狗般地活着

已经连续三顿饭没吃东西的我，像疯狗一样翻着整个房间，希望可以找出能够买点儿东西的零钱。可结果却是反的，我只不过在将床翻抬起后，在床底下发现了落满灰尘的两毛钱。如获至宝的我，攥着那救命的两毛钱，准备去小区内的商店打个救命电话，好能临时借个吃饭钱。

可那时是 10 月底的北京，凄凉的狂风竟在我的眼皮底下，活生生地将那救命的两毛钱给吹飞了，我眼睁睁地盯着在空中不停转着圈儿的那两毛钱，除了跟着追跑以外，就只剩下了绝望。我也只能随着狂风去追那救命的两毛钱，因为只有打上电话了，我才有可能借到一点儿吃饭钱。可也许老天爷就是为了专门来惩罚我，黑夜中的那两毛钱很快便被刮到了远处其他的封闭小区内了，我知道，已经不可能再被捡回来了。

都说人没把自己逼到绝路，是不会挖掘出自己那巨大的潜在能力的，反正那之后发生的事让我信了。饿得双眼都已发绿的我，想到了一个并不地道的办法，那就是去商店蹭电话打。说干就干，我一股脑儿地朝着商店跑了过去。

进了商店后，出来的是一个 20 多岁的女孩儿，我笑着对女孩儿说：“你好，是这样，我想打个电话，但是刚才我出来得急了，忘带钱了，这大冷天儿的我也确实懒得再回去专门取钱，所以你看我能不能先打个电话，然后等明天我再出来的时候，再把钱给你送过来。”女孩儿笑着回道：“喔！没事儿！你打吧，没关系。”“行！那我就不客气了，真的是很感谢，谢谢你！”我感激地说道。

于是，我赶忙拨通了一个关系要好的发小的电话，简单告诉了他我现在的真实情况，发小只是疑惑地简单问了问我后，便告诉我明天中午会准时将 200 块钱转给我。紧接着，我又拨通了另一个关系要好的初中同学的电话号码，并同样简单地说明了我目前的困难，最后我被告知，因为到月底了，所以我的初中同学并没有一点儿多余的钱，但他还是告诉我，让我明天中午准时去银行取钱，因为他会向他的女朋友临时借一点儿钱给我救急，只是可能不会太多，但却是一份心意。

挂了电话后，我又一次地承诺了女孩儿，保证会在明天将刚才的电话费按时送过来。谢过了女孩儿后，我便又回到了地下室。我歪在床上，望着头顶的白墙，仿佛看到了白色的墙面与我的眼睛之间，正时不时地有团彩色的小型光体在不停地闪耀着。我想，那团彩色的光体，定然是指引着我的“希望”。

在认真专注地感受着那一团希望时，我渐渐睡着了。记得梦里的我，大口吃着他们的拿手菜，大口咕嘟着汽水儿，一张小桌子上，摆满了我最爱吃的那些菜肴……

第二天上午被严重饿醒时，肚子几乎已经不再发出向我抗议的声音了，我擦了擦枕头上的口水，抓起可以赐我点儿体力且能够令我暂且活下去的白开水壶，大口地灌了起来。再看看表，已经 10 点了，于是我立即穿好了衣服，出了地下室，朝着街尾的银行跑去。

到了 ATM 机旁，我取出了卡内全部的 300 元钱。那一刻，我有种强烈的后悔感，后悔自己没有合理正确地使用之前口袋里的钱，更后悔当年和这两位借钱给我的发小及同学没有再多一点联系。也许当时唯一能做的，就是尽可能对得起这远道而来的 300 元钱。

刀削面的味道

拿到了300块救命钱后，我第一时间便朝着鲜鱼口内的饭馆群快速跑了过去。而当我站在饭馆群的中央时，突然意识到，如果再继续选择去吃米饭和炒菜的话，势必会将钱花得飞快，但若想要尽可能节约用这300块钱的话，那么最好的办法则是去吃那些价格相对较便宜的食物。思来想去后，我发现，之前看到过的那家山西刀削面，价格算是最便宜的了，一大碗刀削面的价格是3.5元，于是，我便快速朝着面馆走去。

也正是那一次的尝试和经历，将本不吃面条类食物的我，活生生地改造成了刀削面热爱者，至今我还都记得自己当初吃刀削面时的狼狈样儿。至少三四顿饭没吃任何东西的我，原本依赖地下二层的自来水死撑着，因而第一次吃的那顿刀削面的味道是令我极其难忘的，我也不知该用什么样儿的语句来贴切地形容那种难以忘却的程度，但完全能够肯定的则是又多了一段儿可以回顾一生的宝贵记忆。

直至今日，我依旧还是无比热爱刀削面，每隔些时间，我定然会去找个与当年吃的那顿刀削面的味道尽可能相近的面馆吃上一顿。也曾有朋友好奇地问过我为什么会爱吃山西刀削面，我一贯的回答则是：“吃的是回忆。”

被扯了蛋的鲜鱼口

今天的鲜鱼口，已然完全变了模样，当年的那条热闹的小街，被替代成了一条旅游步行街。整个鲜鱼口范围内，原生地老字号重新开张，民族特色餐饮聚集，使这里成为展示古都文化、京商文化的重要窗口。但有一些挂羊头卖狗肉的商贩混杂在其中，这些个小商贩与那些被城管追着抓的商贩的区别在于，前者是合法的，因为他们响应号召，在被二次开发的鲜鱼口旅游步行街内交钱开了店，但背地里干的勾当却是忽悠全国各地来首都北京鲜鱼口旅游的老百姓们。去过的人们也许都明白，被那些不良商贩所加工出的食物，就好比是将一把极品的吉他挂在一条濒死的狗的脖子上，并让此狗按照规定的拍速去演奏一首耳熟能详的曲子一样，纯属扯蛋！

有关部门一时被蒙蔽，他们不知道鲜鱼口里的川菜馆为什么是一帮河南人在掌勺，也没有很好地处理鲜鱼口及周围那些个宝贵的城市特色的保留问题。一味地"拆哪儿"（请用英文读）留给人们的残酷却是，全国上下绝大部分的城市，它们的长相、设计、文化、特色、底蕴、动向、价值观及百姓们，全部雷同，丝毫没有任何各自的特点及自我。

但是，不论怎样，我始终还是愿意相信，一切，都会变得越来越好。

一切都是美好的

我一直都肯放出自己内心中的信任，就像两位当年借钱予我的发小及同学一样，他们的那份支持和信任，永远珍藏在了我的内心里。虽说只有 300 块钱而已，看起来也并不太多，但我却感恩费费和二猴儿，若没有他们的义举，也许我早已经不知各种所以然了。虽然因挨饿染上了胃病，但我觉得值，男人就应该且必须得坚强。况且这本就是青春，青春里若没有那么点儿最最坦然的疯狂，那一定极度无趣吧！就让青春像个青春该有的模样儿吧！

我感谢当年所经历过的一切，还要感恩一位当时素未谋面的女网友在我最最落魄的时候，义无反顾地、且如帮凶一般地捐献了 200 块钱予我。我愿意相信，就像 12 年后我们第一次相见时她所说的那样："人和人，谁还没有个困难，况且我愿意相信，相信一切都终会是美好的。"

之前借来的 500 块钱，依旧还是未能让我坚持到恰当的时间，鉴于计划要打持久战，故琢磨出了一个猥琐的办法，那就是变卖家产(吉他除外)！于是，我抱着效果器，心里一万个说不出的难以割舍，将其狠心地变卖给了乐器店。本 3800 元的效果器，最后却只换了 1500 块，我也不知道自己为何会去选择这样做，也许当时的思维及状态鬼使神差了吧。

攥着手里那异常陌生的 1500 块钱，眼睁睁地看着琴行老板用他的手胡乱地使劲儿按在我曾无比爱惜的那块效果器上，我清晰地感觉到，心开始渐渐发疼，可我又无法再将它拿回，于是就这样纠结着，呆呆地站在旁边并眼看着其他人轮流调试着它。我也知道自己无法再继续看下去了，但，我想，也许我该和它作一次特殊的告别吧。

继而我向乐器店老板问道："这块儿效果器现在已经属于你了，和我也没什么关系了，但我有个小小的请求，你看你能接受吗？我只是想在临走时，再借用下你的琴，我想……我想再最后一次听听它的声音，因为它跟了我很久了……"乐器店的老板因为自身也是玩儿琴的，所以很能理解我此时的心情和感受，于是便对我说道："行！没事儿！你玩吧兄弟！这东西本身确实就有感情，我当然懂！"

谢过了老板后，我便随机抓起了一把吉他，静静地将效果器上的音色重新切换到了我曾专门为它设计制作的音色及踏板下。看着脚下熟悉的效果器、再听着从自己手里流出的旋律线，我知道，在这条不归路上，我又丢了个伙伴儿。

失落地弹了 20 分钟后，我主动将效果器还回给了老板，并再次感谢了他。但完全令我没有料到的是，乐器店的老板通过和我的闲聊，竟然成了我一生的朋友，且在我接下来的那些个摇滚岁月里，对我产生了不小的影响。虽然他是个不折不扣的音乐商人，我也虽然并不能够百分百地读懂他的全部内心，但有一点从未改变，即是从当初到今日，我一直都非常珍惜我们彼此之间的那份儿情义，更始终都在用尽全力保护着我们之间来之不易的那份儿缘分与友情。

该死的外国人

2006年的冬天，有一个外国人在乐器店使用大额假币后逃跑，我和乐器店老板的哥哥一起追他，我们共同飞奔在冬夜的北京，狠命地追着那个狡猾的老外。该死的老外掏出了一把尖利的匕首，以警告别再追他。可若不追他，那也就不是二到极致的我了。见他掏出了匕首，我也下意识地把手伸进口袋里瞎胡乱地掏着，可悲哀的是，除了翻出几个不同厚度的吉他拨片儿以外，连根儿毛线也都没找到……

情急之下，我迅速地寻找周围地上的砖头或其他可以用来攻击的东西，很快发现路边躺着两块儿不算大的石头，于是我快速地捡了起来，准备示意老外停下且扔掉匕首，可老外又瞬间快速向前继续跑了开来，那就继续追吧！这混蛋一看就知道是个惯犯，其逃跑的方式已完全将此暴露无遗：每隔10秒，便跳过路中间的栅栏，换到对面的车道上跑，再过10秒，又重新跳回原车道上再继续跑。就这样，他跳我跳，他跑我追，最后，混蛋老外见没能甩掉我，便朝着一个黑漆漆的胡同里跑了进去，且跳进了一个较高的栅栏内，并继续朝前逃去。

穿着厚重棉衣的我在翻越栅栏时耽误了宝贵的时间，以致没能第一时间跟上这个惯犯。有些懊恼的我正在思考是否有其他的快速路线时，乐器店老板的哥哥赶了过来，大口喘着粗气对我说道：“哎呀！算了兄弟！别追了！现在估计已经跑掉了！权当是破财免灾吧！”我有些愤怒地回道：“那哪儿行啊？这货肯定还会再去欺骗别的中国人！最起码咱们也得报警吧?！警察专业，让警察来逮！”

为国为民的警察叔叔

于是，我掏出手机报了警。半个小时后，警察叔叔才挺着个小肚儿姗姗而来。我难忍地对着现场的警察说：“您怎么才来啊？！这都半个多小时了！小偷儿都跑回家了啊！！”大肚儿警察掏出了本和笔，有点儿不耐烦地回道：“我们接警可不是只接你这么一个案子，所里一堆案子等着我们呢！况且这儿还是厂甸！你是高凯对吧？报警人也是你对吧？”我有些反感地说道：“对！是我！但问题这是个外国人，而且还拿着刀！骗的又是咱们中国的公民，您总得想个办法逮到他吧？”

大肚儿警察的两个胳膊，夹紧了左右两边的裤子使劲儿向上提了提，继而又回道：“这个问题，我们公安部门会去尽量解决，但最终能不能抓到，这个现在我也没法儿回答你，是吧？但是现在，咱们还是得按流程处理，这样好能尽最快的速度抓到这个人，好吧？那就先去趟所儿里吧，先做个笔录。”

那一瞬间，我承认我已经在心里骂完了这个挺着将军肚儿的人民警察，他对这件事情的处理方式令我觉得非常失望，故我也便没有选择去派出所做所谓的笔录。有那所谓的做笔录的时间，我还不如去吃碗儿刀削面了。于是乐器店老板的哥哥随着警察去了派出所，并做了相关的笔录。

这让我想到了前两年我丢的那辆公路自行车。停在自行车棚里的公路车，竟然就在大白天被两个陌生人给撬了锁并骑走了。当然，这是我强烈要求看监控视频发现的。白纸坊派出所的民警们似乎并不太情愿让我调取监控视频，并告知我，调取的视频只能我找证据，他们自己是没有时间找的。

记得白纸坊派出所里，有一个职务极为普通的警务人员，姓什么已记不清了，只记得叫做“× 山”。此人之所以给我留下了较深的印象，是因为其告知我 6000 元以下的自行车不予立案寻找，6000 元以上方可立案，但需出示购买自行车时的收据或发票等，且即便是立了案也未必能找回。呵呵……

首都二环路边儿的汽车停在正规的车位中，但副驾驶的整个玻璃都被砸得稀碎，且车内到处都被破坏得惨不忍睹，结果却也依旧还是抓不到犯罪分子，以至于多次被砸车的车主们，现今也早已不再去派出所了，甚至连报警都不再为之，问其为何，众人皆答道：“现在的猫不抓耗子，要么跟老鼠亲，要么抓不到。”这种出自于老百姓口中的“猫鼠一家亲”之论调，真的是事实吗？若不是事实，那又为何会造成如今的局面呢？我请问这到底是为啥？究竟是为了个啥啊？！

为啥外国人在中国丢了辆自行车，咱们就那么积极地给找回来了，且 8 个小时内就给找到了，是外国人那自行车上的轱辘多，还是某些人就撇不掉那奴性的锁链儿啊？或者也许是我这个人事儿太多？也很有可能……那杆儿上的摄像头为啥拍违章拍得那么敬业，而拍小偷及犯罪分子的时候，就又总是拍不到？是不是线被大风吹断了？要不究竟是为啥拍不到啊？！

我想这是因为我们警务系统中的某些人出了问题，他们已完全地将人民警察的形象丢得一干二净！非但不解决我这老百姓的任何实际问题，反倒恶语相加！这样的警务人员价值何在？就只是为了稳赚那每月老百姓上交的养其的工资钱？

但，最终，我还是那句话，一切的一切，我依然还都愿意相信，相信都会变好的。

我也更愿意去理解每一位警察同志的不易，相信在他们的位置上，也一定有着许多无可诉说的苦衷。

令人烦恼的订婚戒指

人在短暂的生命里，至少总得为自己活一次，在这一次当中，务必得做一个无比真实的自己。人生苦短，所以疯狂，自我实现，所以真实。

2008 年奥运会，我在石景山任语言翻译志愿者时，偶遇小帅。小帅正准备乘坐地铁，也刚好看到了我。问其近况，小帅悲伤地对我说道："唉！你兄弟我近期是极度地不顺，工作辞了，新交的女朋友又是没能谈成，还被家人大骂了一顿！我觉得他们都十分不理解我，我也有我的苦衷，人与人之间，为什么就不能做到相互理解呢?！"

小帅大我五岁，家人认为已是大龄，加上家里又较为保守，于是通过家人的介绍，认识了一个同是密云本地的女孩儿。家人的想法较为简单，只是希望两个人可以很好地相处下去，然后结婚生子等。可事与愿违，没过多久，两个人便从男女朋友的关系，变成了拔刀相见的仇人。

原来，小帅每次和该女孩吃饭及看电影时，都要求 AA 制，于是结果是，小帅每次买单时，便也就只买了自己的单，每次看电影时，故也只买了自己一个人的票。但女孩儿因为脾气较好、且修养较高，所以并未与小帅计较或理论，但最终让女孩儿崩溃的事儿，却是在买订婚戒指时。

也许是为了节约钱，或者也许是因为其他未知的原因，小帅所做出的行为着实吓到了我，让我无从理解。

在女方及其家人的要求下，小帅需在订婚日当天准备出一枚订婚戒指，女方并不要求太贵太好的戒指，只要是个金戒指即可，因为毕竟也只是一份心意和一个形式而已，家人们最希望的还是两个人可以在结婚后幸福快乐地生活下去。

我觉得女方家提的这个小要求，可以说是一点点儿都不过分，可这个小帅同志却偏偏像是着了魔一样，硬是费劲儿扒拉地找了个地摊儿，硬生生在地摊儿上买了个一块钱的顶针儿！顶针儿是什么？顶针儿就是老太太在用手缝补衣物时为防止被戳，手指上套着的那个看似有那么点儿像戒指一样的圆环。是的，没错儿！小帅就打算用这么个一块钱的顶针儿，来冒充金戒指去和女孩儿订婚。而更无语的则是，小帅竟然去了趟金店，且在金店花了 30 块钱又买了一个用来盛放金戒指的小盒子。于是就这样，小帅拿着一个顶针儿、一个小盒子，且盒子居然比戒指还贵了 29 块钱，去了女孩儿的家准备订婚。

当然，结果定然是可以被预料到的。当女孩儿及其家人看到了小帅所送的“金戒指”时，同仇敌忾地将小帅赶出了房子，且永久地不再和小帅有任何的联络。当时的小帅，我无从猜测他的样子和境遇，但却得知女方的爸爸在看到顶针儿的刹那间，竟没忍住，一口把香蕉吐到了旁边站着的老伴儿的脸上。据说老两口儿的血压便开始不停上升。

这门儿本好端端的亲事，就在顶针儿的出现后瞬间宣告了流产。

我曾想过一切办法及可能，想要让小帅认识错误并帮其纠正。但现实却是，小帅只活在自己的世界里，他并不认为自己有多么不妥，反而觉得是女孩儿太挑剔且不会勤俭持家。小帅是中央美院的高材生，有着一套令人羡慕的优秀画功，可却偏偏在人际交往及情商上成了一个不打折扣的二傻子，且无论任何人怎么说，都根本不可能改变他所认为的他的“道理”。再将之前小帅交往过的女孩儿连起来一想，为什么每次都在不到一个月的时间内，他便被女孩儿甩掉，原来正是他的这些个所谓的“道理”对其产生了极其致命的影响。

公平地说，也许小帅的行为也算是一种自我表现，可如此方式的自我，已严重危及到了他自己的正常生活，这样的自我，我认为是错误的、不可取的。但，单论小帅这个独立的个体，在他的世界里或许这是理所应当的、无误的，因为他有着他的思维，他又有着他的世界。也许，我们也未曾得知，究竟什么才是正确的自我，或者说如何把控住自我的度呢。

幸运的曹丝

北京是一个矛盾的城市，保留着美好传统的同时，又邪恶地充斥着当下人们的疯狂。

我认识一位有着严重抑郁症的摇滚哥们儿，众人称其为曹丝，我个人将其定位在一个疯狂几近到变态的位置上。这位曹丝是一个非常智慧的人，且有着难以估量的本事及能力。毕业于清华大学的他，本该踩出个十足的高材生的印记，可却偏偏将大把大把的时间花在了和他自身专业无关的学术上。这个他所不停研究的学术，便是音乐。

这位出自清华大学的高材生，利用手上有限的几下三脚猫功夫，倚靠着自己的分析及琢磨能力，硬是研究出了自己的一套研习及制作音乐的招数儿。这足以说明，在智商的问题上，他的确是个聪明人。

但有句玩笑话是这样开的："只要是和音乐或艺术沾边儿的人，一定不会是个完全正常的人。"那么恐怕这位清华大学的高材生，便是应了这句玩笑话的真谛了。虽然他并不是一个真正的音乐人，但却算是个实足的异类，而为什么要用“异类”来形容他呢？原因则是因为“疯狂”这个词语，俨然已无法准确定位他了。

曹丝的人生共有三大爱好：第一，琢磨并研究音乐。第二，猫。第三，嫖娼。

对于曹丝来说，音乐和猫，都属于日常可见的东西，且每天都可以无数次地触碰到或感受到，故对其没有特别的激情。但，嫖娼，却是一件可以让曹丝产生严重兴奋的大事儿。以至于每次看到他时，问其近况如何，其总会难抑兴奋地、且露着满口大黄牙地对我讲道：“南四环那边儿又新来了一个女的，一个中年妇女，呸！哪儿都好，就是总催！还不要脸地想跟我多要钱。”我打趣儿道：“怎么样？你还满意不？对你来说，丰台可是个绝佳的好地方啊！”曹丝兴奋地打着颤儿，并将双手的十指使劲儿地张了开来对我讲道：“我受不了了！我现在就想要抓上去！！”边说着、边朝着我饥渴地走了过来……

谁又能相信，眼前的这个男人竟然是出自清华大学的高材生，又究竟是怎样的一系列因素，竟然能致其成如此的这般德行呢？

我亲眼见到曹丝干过一件最夸张的、最挑战我底线的事儿。有个女老板，因为有些姿色，所以很快便被这位清华大学的高材生所注意到了，费了九牛二虎之力，曹丝总算是得到了这个女老板的电话号码。本以为他最多也就只是会发条问候类的信息或打个电话而已，即便是再夸张，也不过是发条儿直接点儿的求爱信息罢了。

可令人根本无法接受的却是，这位高材生发给女老板的短信竟清晰地写着:“你好，我叫曹丝，今年 36 岁，毕业于北京清华大学。我第一次见到你就深深地喜欢上了你，所以，我想和你性交。”我无法想象、也不敢去想象当女老板接到了这条如此不堪入目的短信会是一个什么样子的反应。最起码，身为一个男人，我听着都觉得臊得慌。我真是无法想象，为什么一个清华大学的高材生，竟然会变得如此无底线，如此麻木，难道他都已经彻底失去了人类那最最基本的道德底线及意识了吗?

每每与曹丝相遇，就连打招呼，都是贴着嫖娼的边儿说的，可谓三句不离嫖娼。但若哪一天没有从他的口中听到和嫖娼有关的话语时，我一定会觉得似乎少了点儿什么一样。我曾总结过这位高材生的讲话风格及方式，一般来讲，曹丝同女性讲话的最大特点，是使用文质彬彬的口吻及温文尔雅的态度，去讲出那极其淫秽并肮脏的语句或字眼儿，这是他最能令人崩溃的特色行为。

面对如此这般的曹丝，我只能在朝着他不停摇头的同时，嘴里深深地感叹着他这几近变态的疯狂。

但，曹丝也有他另一面的自己，他热爱 FC 及街机中的游戏背景音乐，乐此不疲地将自己喜欢的音乐的乐谱，全部进行一系列的扒带与分析，且又能够在研究后说出一定量的正确理论。从音乐技术自身的角度来看，曹丝所分析论证出的结果确实是正确的，甚至偶尔还可以发现一些连专业人士都容易忽略掉的点。他虽然并不具备较好的音乐驾驭能力，但却可以像专业的音乐人一样，去欣赏一首作品的好坏及特点等，这也是极为难得的。

我曾多次尝试分析曹丝有关问题的来源，但却发现终归一切都不是完全一样的，每个人也都无法百分百地走进另一个人的内心世界，甚至，就连最基本的理解也未必能真地做到。也许，曹丝是受到了他原生家庭的影响，还可能是受到童年时经历过的大大小小的事件的影响。再也许，是后来的成长过程中或是工作中发生过的大大小小的过往，致其产生此特殊的思维模式。

但，我觉得他一定会是很痛苦的，这种徘徊于正常与非正常思维的状态及行为，会令他的大脑所要开启的认知与分辨比平常人要多、要更累，长期纠结、但又习惯性地停留在一种这样的状态和行为下，又怎么可能没有抑郁症呢。

不过，曹丝似乎也算是有那么点儿幸运，因为他并没有选择音乐作为职业，一旦选择了音乐，抑郁症的程度貌似会更严重吧……

请勿强迫音乐人和艺术家

之所以音乐人与艺术家是极其容易有抑郁症的，原因其实往往都在于他们自我的认知或要求较高，但现实却又暂时无法达到这样的回馈或证明，于是，接踵而来的怨意与烦恼，便连带着抑郁症，侵蚀着音乐人及艺术家的身心及大脑。

再或者，因为艺术家的独有审美及敏感性，所以自命思想深度极高的他们渐渐便会发现，除了同行儿以外，绝大多数人则完全进入不了他们那样的一个五彩缤纷的复杂世界。又因其艺术的专业性较强，所以绝大部分人们即便是刻意地使劲儿往里钻，却也是依旧无法感受到音乐人与艺术家所享受的那份儿独有的美。

因此，市井俗人们唯一能发现及感受到的则是，但凡和艺术类职业沾边儿的人，或多或少，都不是一个完全正常的人。人们唯一能够简单且轻易发现的，就只能是艺术家们身上所散发出的那种完全沉浸在音乐当中的自我兴奋状态，这也便是俗人们用自己那一贯固有的思维唯一能够简单发现到的表面收获。

由于音乐人及艺术家在创作及感受音乐作品时，需要更多的灵感，甚至是刺激，他们往往都会选择根据自我的想象或思考去挖掘及寻找相应的灵感，这也是相对来说最好的创作方式。

因为，只有音乐人及艺术家本身，才知道自己需要的究竟是什么、想找的又是什么。这个职业，毕竟不同于朝九晚五的上班族们，上班族们大多只需要按照有固定规律的模板去劳动，可艺术家们却与之截然不同。于是就这样，音乐人及艺术家们按照自己的需求不停地探索着，不断变换及更新着自我的一些东西，以达到更好及更高的境界，但是却在追求的过程中被人们冠以诸如“奇怪”“不正常”“怪异”，甚至“变态”的帽子，这让音乐人与艺术家们又情何以堪……

不过，有一点需要特殊说明，则是关于吸毒。任何艺术家无论以任何理由来寻找所谓的任何灵感及感觉，都决然不能成为其选择去吸毒的说辞。

孤独的『老司机』

据说，真玩摇滚的人，随着其年龄及成熟度的不断提高，所释放出的摇滚浓度，会发生质的变化。在摇滚的程度上，他们往往会越玩儿越轻、越轻越柔，最终归于平静。而在疯狂的序列里，不但有摇滚人，同样足量疯狂的，还有那些个并不算是多么摇滚的音乐人。

我的另一个损友，我称其为“老司机”，是一个难以形容的人，又同样是个挚爱音乐的人，但更是一个疯狂的人。他100%完全活在自己的世界里，且呈中度抑郁，但也许在他身上最为严重且致命的问题，则是他不折不扣的利己主义及扭曲的人生观与价值观。

在“老司机”的人生愿望里，最为美好的日子是可以每天都过上那酒池肉林的生活，怀抱着几个漂亮妞儿，轮流更换着为其喂食，兜儿里再有个几百亿人民币，最后才是在其屋子里，放个钢琴和键盘等乐器，以让其可以弹琴作乐并寻找自我。

“老司机”热爱女人，热爱到可以为之付出任何代价的程度。

但前提一定要是其想要去追求的女人。虽然“老司机”极少愿意主动为我买瓶水或冰棍等，但这并不代表他会同样吝啬于女人。一旦看准雌性目标后，他便全方位地发起追求攻势。

不得不说，“老司机”是聪明的，他恰当地利用了部分女人爱吃且好吃的心理，故每每将姑娘们约出并邀之共享美食。可终归总是在较短的时间里不得不接受一次又一次的失败恋情，连他自己也都很费解，为什么就没有一个女人能够从始至终且持久地喜欢他呢。后来，他终于得出了一个他所认为正确的结论，那就是，自己没钱。

“老司机”爱钱，且金钱至上，但他个人却不以为然，他在觉得自己十分冤枉的同时，又感叹当下的姑娘们都太爱钱。他坚信，只要有了钱，那就什么都会有，且所有的女人们都会爱上他，并再也不会主动将他甩掉。而只要有了钱，音乐也会变得完全不同，并且他的生活、他的地位、他的事业、他的音乐，全部都会瞬间变得无比优越和高档，甚至就连他的家人及亲戚们，也会高看他一头，且围凑过来，不停巴结着眼前的这个小辈儿。所以，一切烦恼和不顺的成因，则就还是自己没钱。

于是久而久之，“老司机”便形成了一种慢性的病态，无论是在金钱上还是在女人身上，他都习惯性地常年怨恨着，并带着一种所遇不公的心态痛苦地煎熬着每一天。他想逃，却又逃不掉，只因无论到了哪个大小城市，依旧还是如此，换汤儿不换药而已。就这样，他不得不带着病态中的自己，于无休止又利己的自我谩骂声中，过着那只属于他的每一天。

“老司机”极度热衷于坐在路边儿或天桥下去欣赏美女，且总喜欢将我一同约出，以共同欣赏观摩。虽然极少赴约，但只要赴了约，我便会陪着“老司机”一同坐在他所选好的路边儿或天桥下。截然不同的是，我对他的这种嗜好并没有任何一点点儿的兴趣儿，我的兴奋点则是时不时观察“老司机”在看美女时自然流露出的微妙动作、语言、表情及心理活动等。

但“老司机”即使是发现我在低头看手机、且没有什么兴趣观赏美女时，他也依旧会不停地用胳膊肘使劲儿地撞击我，并焦急地用他那温州味儿的普通话大声儿地提醒我：“快看快看！快！快呀！”还没有完全缓过来神儿的我，在听到“老司机”的狠命催促后，不得不懒洋洋地抬起了头问道：“快什么快啊？！又哪儿有漂亮妞儿了？你至于么你！”“老司机”满脸焦急且深深地抱怨着叫道：“哎！你自己不会看呀？！那么好的一个极品妞儿你都没看见！太可惜了呀！！”我很无语地回道：“哎呀看个驴看啊？！有那时间咱们还不如想想未来的问题，提前规划规划！！”

我的话音刚落下，便听到“老司机”又激动地用他那标准的温州普通话疯狂地叫喊道：“快！左！左！左边！左！红衣服那个！快呀！”且边喊着、边用胳膊肘使劲儿地撞击着我的肋骨。我知道，我刚才说的那些话他一个字儿也没听到。那一刻，“老司机”的眼睛里全部都是各式各样的女人，而他的大脑中，也全部都是姑娘们那白花花的大腿。

“老司机”对女人的认知，已然是完全不正常的了，女人对于“老司机”来讲，更像是一个工具、一个可以去炫耀的战利品，且又是一个不可或缺的角色。在他看来，所有的女人，但凡是还有点儿姿色的，无一例外，全部都是“地道的骚货”。他又自觉认为，女人是种极其现实且爱钱的动物，对她们而言根本不存在真正的爱情，且女人也不可能效忠于爱情。久而久之，“老司机”

便对婚姻及爱情产生了极其不信任的扭曲心理，他死死地认为，男女双方一旦结了婚，女方迟早会给男方戴上一顶闪亮的绿帽子……

“老司机”是个无比矛盾且又持续纠结着的人，他在向往自己可以拥有一份儿真正的爱情的同时，又不愿意主动去信任那些本无过错的女人们，他渴望自己能够收获一份纯洁的感情，但却又不愿意真正付出，这便是矛盾所在。因为，他最爱的，就只有他自己。

可每当欣赏过美女之后，当他自己一个人孤独地坐在那间压抑、潮湿的拆迁房里时，听着音乐，他的眼泪没有任何理由地便涌了出来。难过、压抑、后悔、仇恨、女人、爱情、理想、金钱、现实、自己，统统都在他的整个身体乃至灵魂中反复切换着。

他也曾相信过、信任过，但在他看来，他所得到的结果与其想象的结局反差实在是太大了。他认为自己体会到了社会的现实，也自觉感受到了这人情冷漠，最终，他又一次发现，只有钱、只有金钱，才是唯一的追求目标。只要得到了大笔大笔的金钱，那么他就不再担心自己会失去她们或遭背叛了。于是钱，便成了他整个人安全感的来源。

但不得不说，“老司机”的音乐技术及能力确实是很棒的，他有着较深的音乐功底，又有着极为敏锐的乐感，可以使用“有才”两个字来诠释他。可偏偏就是这样一个人，始终摇摆在两个不同世界的分水线上，一会儿像是个热爱音乐艺术的高雅之人，一会儿又像是个自私而又猥琐的小人，让人不禁感叹且无语……

我喜欢坐在“老司机”那辆破旧且总会发出吱呀吱呀声儿

的电动车后座上，在并不算很快的移动速度中，去感受周围的一切。那辆破旧电动车的后座左右两边儿，各有一个宽敞舒服的脚踏，每当我准备坐到后座上时，都会将两边儿的脚踏放下，以能够更舒服地踩在上面。而“老司机”每次也总会说道：“哎！这么好又贵的电动车，又能踩着脚踏，这种待遇，就只有 VIP 才能享受！”

不过并没有多久，“老司机”的那辆电动车的质量问题变得愈来愈严重，不但有了更为明显的“吱呀吱呀”的摩擦声儿，而且竟绝望地在北京南站的大桥下抛了锚，使得我的“老司机”，一个人，以人力狂蹬的方式，朝着大红门继续前进……

再后来，虽然不能经常见到“老司机”，但我桌子上那个红色的打火机，却是“老司机”花了整整 8 块钱买来送给我的。

其实不论是好的还是坏的，只要这个人能够尽可能地真实，那么与之相处与交往起来就不会觉得太过疲惫。一个真实的敌人总是好过一个虚伪的朋友。若身边存在着一个无比虚情假意的“好朋友”，那么，即便不会被影响，也定然会觉得恶心。

在音乐及艺术这严谨且美好的学问上，也更是如此。每一个真正的音乐人及艺术家，不但身上会自然地散发出一种难以说清的艺术气息，而且至少在某一个或几个方面总会呈现出一个最真实的自己。且无论之前做任何工作的人，只要是真的想要去做并做好音乐，那么就必须要将自己的肮脏以尽可能快的速度彻底洗刷净。只因音乐及艺术是真实且又严肃的学问，而不是那地下商场里小商小贩的坑爹小买卖，虚伪地卖着那高仿衣裤的同时又叫嚷着童叟无欺。

音乐是神圣的，音乐是真实的，我们允许你观望，但绝对不准许虚伪的你亵渎音乐中所有的那一切，它不是你单纯用来赚钱的下作工具，更不是你这厮用来粉饰自己的品味、职业、地位及审美的假阳具。

我遇到过一个叫李鹏的男人，他的典型特征是极其严重的利己且自私，在只考虑自己利益的同时，情不自禁地暴露出了极为低端的损人行为。

他的口中，总会严肃认真地讲到关于正确做人及做事儿之道理，他常用那极为庄严端正的表情及态度肯定地讲到，其从小儿便被他父母告知，人是不可以占别人便宜的。

李鹏是个胡子较少的纯种儿带把儿爷们儿，沉醉于每天早晚两次的例行拍脸，那噼噼啪啪如拍打在姑娘们屁股上的拍脸声儿，永远都会于一早一晚的某个时间自然奏响。若不是他每天依旧还是会和我一样进男厕所嘘上一嘘，我还真以为站在那一堆瓶瓶罐罐儿的化妆品前的李鹏，是个真大妞儿呢！

李鹏是个极为追求精致的讲究男人，这世间里的一切，不论是什么，一定得好、一定得贵，且一定得能被绝大多数的老百姓所爱慕着、又一定得是有很多人都听说过的才行，否则，统统不够档次、统统不够有面子、统统全不够精致。甚至就连吃个中午饭，噢！不对！应该是午膳，都得去个门脸儿看起来比较有档次、有格调的饭店才行。那种门面装修得不是太豪华的饭馆儿，则完全不可能在李公子的用膳范围内。至于街边儿的那一堆破路边摊儿，也就更不用提了，免得脏了嘴。

李鹏是个基督徒，想必教会方面定然会认真地教诲其应本着宽容、大度、理解的心态，去对待这纷纷攘攘的世界，以示虔诚，即使在儿时没能学到那基本的品质，但却也应该在成人后的社会里扎实掌握。

可我所看到并切身实际感受到的则是，当他的衣服不小心掉在了土里时，他慌忙地快速捡了起来，并下意识地拿着自己的那件沾满了灰土的衣服，朝着我身上焦急而又自然地不停拍打着。

当其在商店里，我们各自都已选择好自己所需要的物品时，其总会自然地将自己所挑选好的商品放在收银台上，之后便若无其事地跟在我的后面，以让我先走在前，并为之付款。

又当其在洗头发时，其永远都会心安理得地使用我及其他人的洗发露。质问其为何要这样过分占便宜时，我却被告知，因为他这是完全没拿我当外人，且因为更亲近才所以如此，并教育我做人不要太过于小气。

再当其使用那些精致的瓶瓶罐罐里的化妆品拍脸时，我却偶然被神秘告知，那些竟都是些免费赠送的试用装……然后再一想，怪不得个儿个儿都是极小极小的，且看起来无比不大气的小瓶子。

再再当其选择饭馆儿时，门面装修豪华的必然是首选。可李公子进了饭馆儿后的头一件事儿，便是先看菜单上的价格表，几番细算过之后，再决定吃走去留。此时若李少爷个人接受不了饭馆儿的价目表时，便会快速站起并赶忙离开。出门后，便纠结又犹豫地朝着旁边儿的那个门脸儿装修成本较低、饭菜价格貌似会较便宜的饭馆走了过去。可其还没有进去，站在门口儿大致向里望了一望，又自言自语地抱怨道：“哎呀！这个小饭馆儿看着好像特别不干净似的！我可怕吃坏了肚子！那太遭罪了！而且你看，屋里一个客人也没有！”说完这番话，李少爷便朝着刚才那家门面装修得较好的饭馆儿走去，并在最终只点了份儿单够其自己吃个半饱儿的食物，而令我最最崩溃的是，其竟“礼让”着我、并邀请我一起不要客气地吃上一点儿……

其宁可多花一些钱让自己吃个半饱儿，也不愿意节约一些钱去吃个全饱，就只因门面的装修是否豪华而已。可露骨的现实却是，其家庭也只是个极为一般的普通家庭，且整个家庭成员每月在北京的总收入又低于4000块钱，那么这个穷人家的富二代，又究竟是谁给栽培出来的呢？

再再再当其没能准时收到快递时，其永远不变的自然行为则是瞬间辱骂快递员的同时，又再一次地拨通那熟悉的投诉电话，且得理不饶人地寸土不让，非要求让当事的快递员给予诚恳的道歉。而当其被告知，客服已经通知过当事快递员且快递员将会于两个小时内向其登门道歉时，其却恐惧地说道："别！你可别！我害怕他再上来打我！"

再再再再当其……

这样一个句句话都在时刻打着自己脸的人，若不是到了极致的境界，又怎会如此地忍心继续着呢。当然，也或许，可能是我太小气且太计较了，或是我的认知及判断出了问题。

其实即便其是这样，也都无所谓，因为再丑陋、再令人作呕，也并不算是这个人最终的核心问题。而真正涉及底线的核心问题一旦触及了，那就真的是他的品行及人性出了极大的问题，但可悲哀又可恨的却是，他就真的在他的品行、人性及良心上，血淋淋地逾越了那为人的底线。更令人绝望到极点的却是，其在并不认为自己的身上存在着如此之大的过错的同时，又有着其自认为的那些可以足够被理解的如假阳具般的理由。

对待生活中的诸多琐事，其实完全可以随性地虚伪着，也可以一直都保持着利己且自私的状态，甚至想怎么伪装自己那就去怎么伪装自己，将自己粉饰得越美越好，毕竟这也不算是件多么大的坏事儿，也许反还可以招来同等级别的姑娘们的爱慕，且万一告别了单身呢。

可千错万错，他却始终不该打音乐的主意，也绝对不允许其将音乐作为他的欺骗工具，更坚决不能准许其将音乐作为一种粉饰自我的无耻手段。音乐，是干净而又纯粹的，若你用你的虚伪去待它，那么，你是个无耻的人；若你用你媚俗的思维去待它，那么，你便活像市井下的娼妓；若你用你粉饰自我的卑鄙手段去待它，那么，你是个真小人。

我觉得，若真的是深爱且尊重音乐的人，一定不会是个严重挑剔琴的品牌及价格的人，且不论是使用何种等级与价钱的吉他，都丝毫不会影响到他热爱音乐本身，也同样会将时间都专注地用在持久地练琴及学习上。

但如果因面子问题，在乎别人对自己的经济条件所持的怀疑态度、又虚荣地认为若自己用的并不是极高档的琴，则会被他人看不起或被质疑自己技术的好坏的话，那么，这是否还算是对音乐有真正的追求和热爱呢？

毋庸置疑，最好的练琴及学习方式，应该是珍惜把握每一分钟，专注认真做那些看似枯燥乏味的重复性练习，也只有这样，才能够彻彻底底地将那些知识掌握。可若在本应认真专注练琴的时段当中，不断地分散着自己的精力及注意力的话，那么，这个人，难道真的是在用正确的态度和敬畏的内心去对待那简单且又纯粹的音乐吗？

当然，我也不能随意妄下定论，但至少我敢肯定的是，我从未见到过一个边随意练着琴、边专注摆弄着手机的“音乐人”，也从未领教过一个边练着琴、边小资地磨着咖啡的“音乐人”，更是从未能想象得到，其口口声声力求成为音乐艺术家，竟然是因为他的真实内心认为吉他和音乐这两样儿东西，不但可以使他更有面子，而且还可以得到众多异性的青睐，甚至是姑娘们的投怀送抱，又可以使自己看起来似乎很有才华、很高大上，且还能得到数额不菲的金钱，同时又不用去干体力活遭罪，并在最终，赚到了一个很有面子、且可以使劲儿粉饰自己的光鲜职业。

接下来，还怎么说？ 求哪位大哥大姐快跳进来赶紧杀了我吧！

你并不懂爱，也不知究竟什么是爱，只是彻彻底底地盲目跟随着。

你并不懂音乐，也完全分不清音乐人与艺术家的区别，只是觉得这一切都很华丽、很炫。

你并不是一个感恩之人，也从未真的有过一颗感恩之心，只是为了让自己可以伪装得更好。

你并不是真的热爱音乐，即使对它有些暂时性的付出，那也全然是有条件且是早已权衡过的，只是为了更精致自己而已，因为，你真正爱的，就只有你自己。

请你不要去亵渎且糟践音乐，请你放过它。

请你回到你的本职工作中去，请你安分地继续做那属于你自己的事情。

请你试着学会真实，请你不要在良心、道德、人性及金钱上做个吝啬小人。

请你尽量不要再虚伪地粉饰自己，请你不要懦弱且胆怯地活在这充满阳光的世界。

但愿你可以懂得真正的爱，也能付出己爱，而不再是曾经那力求回报的自私。

但愿你可以理解音乐，也能去尊重音乐，而不再是利用音乐将自己无底线地粉饰及伪装。

但愿你可以成为虔诚的教徒，也能去散布大爱，而不再是一味地索取和利用。

但愿你可以变得真实，也能纯粹地感恩生命，而不再是得理不饶人地践踏弱者。

收起虚假并忘记过去吧！捡起勇气且拼搏努力吧！

反省自我并合理调整吧！学会纯粹且感受温暖吧！

摈弃虚荣并远离自私吧！成熟做事且简单活着吧！

拒绝利己并收敛精致吧！独立慎行且拼命追寻吧！

人们的北京

北京，一座没有永恒的城市，人们在残酷忘却着的同时，又将青春永远搁浅在了那一片虚华的土壤里。

那时的北京，还存有着来自大街小巷的自然生活气息及常态，每一个人，在每日的工作和生活时光里也都还存留着理想追求。即使是来自全国各地的北漂儿们，也能够深深地感受到在这一片土地下，他们的梦想，还有他们的价值，在正常情况下，均可通过自身的勤劳努力与坚持奋斗而获得，只因，他们信任这座城市。

但当下的北京，人们已不再是曾经那可爱的模样，所有的土地上，已难再存留那公平和梦想，所有的街巷，更已不再会像当初那样，泛出令人着迷的味道，甚至就连最高处的摩天大楼，还有那最底下的、距离地狱深渊最近的城市地铁，都已不再是那简单而又纯粹的它们了。

在这一片土地上，被架构起的房楼接二连三、且如蝇虫发现了粪便一样地，被粗俗而又麻木的人们持续疯抢，即使这些房楼的质量都很堪忧。甚至人们都已不再外出上班，而为了得到更好、更有面子的生活，则都坐在那并不隔音的破房子里、抱着女人并研究关注着房市的政策。

就连 80 岁高龄的老太，也都匆忙于那富可敌国的理财梦想中。于是，房产和理财，便成了人们活着的唯一惦念，且即便是亲血脉之间，为了自我那伟大的利益梦想，也不得不撕个你死我活。但那些活在最底层世界里的人们，不但始终难以走出被枷锁禁锢的牢笼，且还会被那些忙于理财的上等人士们拼命践踏并侮辱着，以利于他们在再一次发现自我的存在感之同时，防止这些个“低端”人口不会爬上来并与自己相平等。

失去了耐心的这座城市，渐渐将所有全部的人们，都来了个彻彻底底的洗涮。“热点”指向哪儿，人们便兴奋地摇晃着尾巴飞奔到哪儿，且恨不得想要滴滴个火箭而秒去，生怕去得晚了，所有的便宜则会被其他的物种们优越占尽。

就这样，一天天、一年年过去了，所有活在这市井下的人们，不论是何种等级，在他们的大脑里及双脚下，已俨然长出了一片密密麻麻、且又无比结实的根茎，从此，人们就再也不能离开这里了，也再也不能逃走了。而我们所有活在当下的人，彼此间也都成了狱友，我们每一个人，都永远无法离开，更永远不可能逃脱掉，即使去到天涯海角也依旧永远无法逃离。

我们的尖果儿

琉璃厂，当年的这片摇滚街，景象可谓是一派繁荣，一家紧挨着一家的摇滚店面儿，都在争先恐后地迸发出那参差不齐的失真声儿。走在那摇滚一条街上，随处可见到花样儿繁多的乐器，且极为酷炫。还会时不时地看到几个正在作画的画师们，时而半蹲着，又时而完全地站起，朝着一个黑色的画板断断续续地涂画着。

在许多店面儿的门口，都会有一个店内产品的外景演示人员。拉着小提琴的老头儿，站在其所属提琴店门口，专注地运着弓；敲着架子鼓的年轻鼓手，坐在其鼓店门口，不停地轮挥着鼓槌儿；还有那吹唢呐和拉二胡的大爷们，坐在琴行门口的老树下齐同演奏着。

而最有特点的画面，则是那一帮地道的摇滚哥们儿们，那个儿个儿都是留着个大长头发的，他们那乌黑乌黑的长发足以证明其对摇滚及金属乐的忠诚度。

通常情况下，总会在琉璃厂那片街上，看到这些个装扮另类的摇滚人及金属党，有时是单个儿人，也有时是两个人，还有的时候，则是一整只乐队都晃悠在那条历史悠久的南新华街上。喜欢坐在乐器店门口的他们，总会三五成群地凑在一起，边抽着烟，边满嘴没边儿地笑骂着。当然，也会时不时地再干上两杯。

吉他手的身边儿，必然会有一个漂亮的大美妞儿，穿着暴露且性感的衣裙，又总是涂着那厚厚的烟熏妆，崇拜着自己身边儿这个帅小伙儿的同时，紧搂着他的脖子不愿松开，俩人甚至会时不时地腻歪上几下，以成全那姑娘的严重爱慕。

如果问，所有的乐队成员当中，哪个成员是最最不缺妞儿的，那答案一定是吉他手！不管是因为吉他手们的造型超级帅酷，还是吉他手们的长相及气质往往超群，事实总是，在他们的身边儿，永远都会跟着一个或几个、甚至是一大堆的漂亮姑娘们。且根据那无耻的调查显示，吉他手们是最最热衷于更换其身边妞儿的一种音乐流氓。

不过，在吉他手这个职业中，有一项似乎不太公平的潜规则：一支乐队当中若存在两位吉他手，那么势必会分成一个节奏吉他手和一个主音吉他手。于是悲剧呈现了，主音吉他手身边儿的妞儿，永远都会比节奏吉他手要多出数倍。其原因较为复杂，但相对核心的因素则是主音吉他手的技术表现、音乐难度、造型花样儿及其演奏出的激烈音乐片段，确实要比节奏吉他手炫酷得太多。

不过在这里还是得说句公道话，那就是任何一支乐队中，节奏吉他手其位置绝对是不可或缺的，且作用极为关键，而一旦节奏吉他手缺席，那么音乐的整体便会像没有了妞儿的主音吉他手一样，瞬间痿下去……

所以，组乐队，就找个只有你一位吉他手的乐队吧，这样就没人跟你抢姑娘了，所有的妞儿都是你一个人的……

乐队的主唱，也基本都是有妞儿的，且姑娘们也同样会跟在其后面，一同晃悠在热闹的南新华街上。主唱那特有的现场自由度，还有其所擅长的如猛鬼般的嘶吼腔儿，都是吸引姑娘们的绝佳本领。若再唱得好听点、嗓音再棒点儿，又怎会可能没有漂亮姑娘跟着呢。

令乐队的其他成员们无比羡慕的，则是他们的主唱不但可以毫无压力地满舞台乱跑，而且还能够根据自己的心情，随时且随性地将自己面前的那根儿黑色的话筒架给扛起来并疯狂地朝前不停挥舞，以示摇滚及金属的决心和信仰。

而吉他手们，最多也就是朝着台下扔俩破拨片儿而已，且是扔不远也砸不死，于不疼不痒中自己却还少了俩拨片儿，没准儿回家了还得再重新买。可主唱那就完全不一样了，人家不但有象征着指挥权的话筒，而且万一现场遇险了，主唱还能将那根儿黑色的话筒架直接“嗖”的一声儿砸过去。单就说这防身，都比其他人要占据优势。

所以，主唱先生又怎会缺姑娘呢？！

至于鼓手，其实在乐队里是个有些争议的工种儿，不过，人们嘴里对鼓手真正争议的是其身边儿妞儿数量的多少。人们普遍认为，鼓手身边儿妞儿的数量是很明显要低于主唱的，大概是鼓手的那些“咚呲、哒呲咚、咚哒、呲咚哒”实在是太吵了的缘故吧……

不过我曾听到过一种赤裸裸的言论，说鼓手之所以妞儿少，是因为在每次演出的时候，其总被放置在相对最靠后的位置上，结果由于姑娘们无法仔细地观察到他们，所以鼓手身边儿的妞儿永远都不会多得冒泡儿。这种言论是否属实，暂且无从得知，但已确定知道的事实则是，鼓手不但在乐队中起着极其关键的作用，而且其演奏造型及职业动作也同样是极为吸引姑娘们眼睛的。

但，鼓手这个工种儿，却还是没有人家主唱身边儿的妞儿多，且也是个地道的音乐流氓。

而键盘手，则是一个需要运气的工种儿。因为，有将近一半儿的键盘手是没有女朋友的。也许是因为他们的专业不够炫酷，甚至不够张扬，还可能是因为从他们的指尖儿所流淌出的音符，会令姑娘们听起来太忧伤？或太温柔？……

可这些并不代表键盘手们的身后不需要一个跟着自己的漂亮妞儿，但嘉奖他们的倒是，据大量相关统计，键盘手们一旦有了属于自己的女朋友后，便会极为忠诚且用心持久地爱着自己身边的这位姑娘，且不到万不得已被踹，是绝对不会再爱上其他任何女人的。

所以，键盘手，可以给予好评！

至于贝斯手，实际情况应该是这样的：贝斯手是一个好人、贝斯手是一个低调的乐手、贝斯手的位置是一个相当关键的存在、贝斯手所制造出来的内容是音乐整体之根基、贝斯手往往都是个老实人、贝斯手也是个实在人、贝斯手是一个怜香惜玉的男人、贝斯手所付出的丝毫不亚于其他人员、贝斯手是个能够抗压的战士、贝斯手演出时是站在前面的、贝斯手弹琴是可以用手也可以用拨片的、贝斯手是个沉默且不善言语的能人、贝斯手同其他成员一样热爱音乐、贝斯手的贝斯有时是头重脚轻的、贝斯手更多时只演奏低音部分的内容、贝斯手经常总是一个人出现、贝斯手的琴弦是最最粗的、贝斯手容易被人们忽略掉、贝斯手是喜欢女人的、贝斯手也渴望爱情、贝斯手也想有一个属于自己的女朋友、贝斯手也同样饥渴于姑娘、贝斯手真的是个很不错的Man。

但是他没有妞儿!!!

但是他没有妞儿!!!!

但是他没有妞儿!!!!!

是的!他没有妞儿!!!!!

对!没错!他就是没有妞儿!!

贝斯手他真的没有妞儿!!!!!!!

曾经的海市蜃楼

琉璃厂东街、西街及那条曾经无比辉煌过的南新华街，就音乐而言，于 2010 年开始，渐渐地朝着低迷走了下去，至 2017 年，这条曾孕育了无数艺术家的老街，被迫彻底地走向了衰落。当然这并不是说将来它不会再次辉煌。

早在 2010 年之前，那些个戴着耳环、打着唇环、穿着奇装异服、搂着尖果儿的长发摇滚哥们儿们，就已渐渐地离开了琉璃厂。虽然后来替代性地有了新兴的新街口及鼓楼，但却也始终无法再回到曾经的辉煌。至少对我而言，已然完全失去了那最最难得的某样东西，而其永远无法被替代。

但，我和他们一样，都深深地爱着这条曾洒下过汗水、并永远留下了青春的老街，只因在这一片柏油路上，永远都有一个纯粹而又执着、且再也无法被找回的少年。

今天的北京，已快速且明显地加剧变成了一个更为严重商业化的都市，人们彼此拥挤在这围栏里，相互丑恶地推搡着，谁的身高和力气大一些，谁就可以去统治眼前的这些个小丑，他们除了被鞭打得头破血流以外，就只剩下了告饶及顺从。

就连路边儿卖鸡蛋灌饼的小摊儿，也竟在人们的麻木及困意中偷偷地上涨了价钱。从当初的 9 毛钱一个灌饼，慢慢变到如今的 5 块钱一个，这使我越来越感到陌生与无奈。当然，随着社会的发展、体制的进步，人们的整个儿生活水平也确实得到了飞跃性的提高，所以物价的合理上涨也完全是十分正常的，但，却总觉得好像哪儿不太对劲儿……

就像我一个朋友说过的那样："生活像战斗一样，一不小心，就容易趴那儿。那些个留着大长头发的摇滚哥们儿为什么会走？因为他们不光是被饿跑了，更是对这里及这些个人们彻底绝望了。"

没有那条纹儿的老斑马

记得我那张新专辑《夕阳下的少年》出版前夕，我和斑马大乐队的主唱坐在沙发上畅聊。这是一个粗糙的糙汉，粗壮的身板儿看起来似乎可以打昏一头熊，可人糙心不糙，其一样在日常的音乐工作中游刃有余地应对并前进着。

我更愿意将这位斑马大乐队的主唱称为“斑马”，即使他并没有斑马那性感的条纹儿。

“斑马”时常感叹音乐的毒害，却又总会抱着吉他一遍又一遍地弹着那早已忘得差不多了的音乐片段。“斑马”质疑生活及社会的冷漠，又沉醉于被酒精所麻醉的快感中，于是，“斑马”红着眼睛并失望地说道：“唉！这音乐还搞个球！折腾了大半辈子，现在不也还是这个球样子！我算是发现了，这东西，没个头儿！想搞多少年就能搞多少年，到头来，一场空，还被音乐给玩球了！”

我有些无奈地问向他：“那还能怎么办？咱们这些人，不都得去面对这生活在夹缝儿中的日子吗？那‘斑马’你以后打算怎么办？有什么计划或者想法么？”“斑马”举起酒瓶儿，狠狠喝上了一大口后说道：“没啥球办法，就这么慢慢儿往下混吧！干啥也不如喝酒快乐，酒可真是个好东西哇！”

说着话的同时，“斑马”又再一次地举起了酒瓶儿，并贪婪地大口喝着，又在点燃根儿烟后，继续慨叹道：“哎呀！老了！脑袋也不好使了！还是酒好哇！至少不嫌弃我！音乐这东西吧，好是好，美吧？它也确实很美，可它不给咱来钱儿呀！这一大家子都张着嘴等着吃饭呐！高凯，我这么跟你说吧……”话说到一半儿，“斑马”回身儿取了个纸杯放在了茶几上，以作烟灰缸，在狠狠地抽了一大口香烟后，继续对我说道：“现在每天，我只要早上一睁眼，眼前就全是钱！睁眼闭眼它全都是钱！哗啦哗啦地就在我眼前儿飘啊飘啊！你算吧，我这儿一天的费用，每天必须掏的钱，你看，这儿的房租、家里的房租、孩子上学、吃饭，小孩儿还爱吃涮羊肉，我还得喝酒吧？得抽烟儿吧？有时候喝大了，还得再去玩儿会儿吧？你算算吧！根本也不敢停下来呀！”

我点了点头，并尽可能地用自己所能勾勒出的画面，去想象“斑马”的生活及世界。也许，这头“斑马”真的是觉得自己已经很疲惫了。见他有些忧伤，我便有意朝着好的方面对他说道：“唉！玩音乐的人虽然得付出很大的代价，但是起码音乐是真真切切的东西，它肯定不会欺骗你啊‘斑马’！况且你还有你现在的这一切，家里还有个漂亮媳妇儿等着你，这不也挺好的嘛！‘斑马’！你得朝着好处儿去想！”

听到我的话后，“斑马”无奈地哈哈大笑起来，并在喝了口啤酒后，继续说道：“哈哈！你挺逗的你！是啊！起码有了老婆孩儿，这起码关键的东西确实都不缺了。我现在下一步就想着如何能赚到更多的钱，总得给自己个说法呀！你看外面那些个人，他们都开着自己的车，我有时候一个人坐在这沙发上，我就总在想，为啥他能开车我就不能开车呐？！大家都是人，凭啥我就得走路呀？！”

我开玩笑似地数落着“斑马”道：“啧！‘斑马’！你这就有点儿俗了啊！谁规定人活着就非得开车啊？开那东西又不能真的说明什么，你不开车的话，国家反而还得感谢你保护环境呐！所以你别总想着车的问题了，那破玩意儿到处都是，你别和他们一样，你得做你自己！反正至少我是一辈子都不会去开车的，我很反感那玩意儿！”

“斑马”哈哈哈地笑着，无奈地摇了摇头道：“唉！其实倒也不是说非得买个多贵的车，但是起码能有个遮风挡雨的地儿呀！孩子放学，我去接他的时候，孩子不就不用遭那罪了嘛！要不总得担心他会被雨淋到，万一再感冒了，又得上医院，一上医院，好几天的活儿又白干了！”我有些感叹地点了点头，并使劲儿地用手蹭了蹭眼睛……

“斑马”在喝完最后一口啤酒后，懒洋洋地将刚才喝完的几个空啤酒瓶儿挪到了垃圾桶的旁边儿，在递给了我一根儿烟后，自己又点燃了第N只烟，且边吐着烟雾，边对我感叹道：“我得多向你学习呀！你对音乐的这股劲儿，啧！太疯狂了！我要是能像你这么执着的话，我肯定得比现在要好！”听了“斑马”的话，我有些无奈地笑着，并对“斑马”回道：“你可别学我，我这是二！而且是打算二到进棺材的那天为止！我都想好了，以后让我儿子把我烧了之后，再把我那吉他也干脆一块儿都烧了！对了，我还有几把CUSTOM SHOP，你要是想要，我就不烧了，我让我儿子给你送过来！”

听完我的话，“斑马”又哈哈哈地大笑，挠着头对我说道：“我擦！！你这想得还挺远！到那个时候，社会是什么样儿谁都说不好喽！”话音刚落，“斑马”便再一次地抓起了一瓶儿新的啤酒，用牙将瓶盖儿开启后，边玩儿着瓶盖儿，边又对我感叹道：“高凯，你这张新专辑，我看你可真没少费劲儿呀！就那首《安之交响》，你要让我编里面的管弦乐，我真能疯了！！这样儿的活儿我宁可不接！宁可不赚那球钱！！谁爱做谁做！！我可不伺候！在音乐上，你可是真够有耐心的了，非要弄个交响乐！太疯狂了！！”听了“斑马”的话，我有些释然地对他说：“嗨！你可快别闹了。以我的了解及经验，我这张专辑，很可能只是同行们，或者是很懂音乐的人才会觉得好，要是正常人来听的话，他们未必会觉得很好，因为可能更多的人们还是喜欢听流行歌曲吧我觉得。”

“斑马”点了点头地说：“嗯，确实！这个大环境早已经成型了，也很难被改变。你也知道，现在就连顶尖儿的吉他大师到了中国，不也就给人家安排到个小酒吧里演么？！辛辛苦苦地走了一圈儿世界巡演，到最后，都还没人家凤凰传奇赚的钱多！尤其是那帮玩儿民谣的，都简直了！！”

我和“斑马”坐在沙发上，边抽边聊着，“斑马”一瓶儿接一瓶儿地喝着那对他有着极大吸引力的酒。被酒精渐渐麻醉了的“斑马”，总会不停地质疑自己当初的选择，甚至都已经开始怀疑自己。懊恼中的他，借着酒精的力量，对着自己大声叫骂着。骂着自己那曾经的选择、骂着现实生活扔给他的一切、骂着被金钱吞噬掉的自我，可又骂着自己离不开音乐和吉他。

这头没有条纹儿的“老斑马”，突然说他想要回老家，想重新去开始过一个不再是这样绝望而又疲惫的生活。不知道“老斑马”究竟还能走多远，但我却已提前都和他约定好了，若有一天他将要决然离开时，其挂在墙上的那幅斑马的画像将永久转送予我……

孤独的我，依然在路上

我完全能理解“斑马”那份日复一日的痛苦，只因我也曾不止一次地动过放弃的念头。当一个人长期被迫接受那如山倒般的重压、且又难以望到希望及前进的方向时，其面对眼前的这一切，必然会产生周期性甚至持续性的负面心理，从而萌发放弃或退缩的想法。

我总会孤独地一个人走在路上，漫无目的地望着并感受着路上的一切，看着忙碌不停的人们，我也时常会思考，他们的生活及命运又会是什么样子呢？他们会不会也像我一样，每天总会一个人走在路上呢？

夜幕降临，我抬起头，望着远处的万家灯火，我看到每一个亮着灯的屋子里，都在同时演播着极其温暖而又热闹的画面。有的屋子里是温馨的一家三口，男人和女人正围着他们的孩子，不停地相互嬉戏且打闹着。还有的屋子里是一对白发苍苍的老夫妻，虽然已是年过花甲，可依旧还是彼此依偎在一起，且就那样静静地坐着。还有的屋子内是一对儿年轻的夫妻，他们坐在那靠窗的落地阳台前，两个人，边开心地笑着，边朝着对方的嘴里正开心地塞着些什么。

所有这一切的画面，都被我的两个眼睛捕捉了下来，我的眼睛就如相机一般在每一次眨眼时，将每一家、每一户的温馨，全部都难忘地拍了下来。

我在为他们所有人高兴的同时，又不得不再一次陷入了沉思。站在黑夜中的自己，望着远处那万家灯火，我总会习惯性地在内心里问自己，那些都是他们和她们的家，而我自己的家又在哪儿呢？我的家应该在 10 楼还是 12 楼？为什么我自己的家不在那里呢？

我甚至会在望着那一片温馨画面时，将自己假想：假如，我是那个被爸爸妈妈围在中间且开心笑着的孩子，那会是种什么样儿的感觉呢？假如，我是那个满头白发的老人，旁边也有个与我依偎在一起的老伴儿，那又会是种什么样儿的感觉呢？我若是那个年轻的男人，我对面的妻子也会满面笑容看着我、且不断朝着我嘴里塞好吃的东西吗？那又会是一种什么样儿的感觉呢？

离不开吉他的假保安

我的原生家庭，是一个十分健全且又无比幸福着的温暖小家。作为一个独生子，我知道，无论我遇到什么，也无论我多么绝望，甚至未来我可能还会是一个最最失败且又极丑陋的傻人，但，我永远都可以无需担忧地自信着，因为，我有家，我还有那深爱着我的爸爸妈妈。即使我做了再严重、再可怕的错事儿，我依然可以像小的时候那样，自己在外面闯了祸，连忙快速地朝着家的方向飞奔去。只因，无论到了何时，家，永远都是我最最安全且又无比温暖的港湾。

记得几年前，有一次我开玩笑地和老爸感叹道："爸，你看我现在没在北京，这不也过得挺开心吗？咱们一家三口儿这不也挺乐呵儿的吗？要不干脆我也别去追求自己的那些东西了，我也像多数人一样，找个班儿上得了。"老爸竟很认真地对我回道："行啊！那有什么不行的呢！现在随便儿做点儿什么都饿不死人，又不像过去，还得给地主家放羊，干不好还不给你饭吃。你要真想这样儿，你都不用走远了，你就直接在咱家楼下的小区当个保安，每月也 2000 多块钱呢，而且工资每年还递增，不也挺好的！”

听了老爸的话后，我有些无奈，但又忍不住犯贱地再次说道：“那我要是真在咱家楼下当保安的话，以后每天的中午饭我就都能回家吃了！这还真是挺方便的。而且我要是工作认真努力的话，以后可能还会升官儿呐！”老爸听到我的话，似乎连想都没想就直接对我说：“不用！你现在要是就能去上班当保安的话，你立马就能当上保安队长！你没看这儿现在都是岁数大的、又在家没事儿干的才来做这个的吗？现在人家都巴不得想要年轻儿的，你现在要是过去，你绝对就是保安队长！而且每个月还比他们多 300 块钱！”

老爸说完这番话的同时，我已灰溜溜地跑了，但，完全不是因为对这个职业不屑而跑，真正原因是我真的不能不玩儿琴，我离不开那混蛋的音乐。

作死的我

有时，自己明明没有去做任何体力活儿、且一直都是坐在电脑前的椅子上，却会突然感到非常疲惫，出了奇地困乏，于是我便迷迷糊糊朝着床上趴去。可当我真地趴在了床上时，却似乎睡不着了，可睡不着的同时，整个人又处在极其混沌的状态中，于是，就这样稀里糊涂地紧闭着眼。

眼睛刚一闭，瞬间想起了很多往事。想起了上学时的自己，总穿着那条摇滚到快漏了屁股的破裤子。又想到了儿时的那些个玩伴儿们，大家在我的带领下，将各自的划炮儿同时扔进了蹲满了人的公厕里。还想起当年去过的那些陌生的城市，且总会在那些陌生的城市里，遇到各种各样无法想象的有趣儿事件。我就像个绝望的精神病人一样，躺在那儿，不断地游离在过去与现在的种种熟悉的画面里，且无论我如何用自己那所谓的心智去控制自我，依然还是无法逃脱那些个在我眼前漫天飘着的过往场景。

消失的她们

据说，一个人总是回忆过去、想起往事，那一定意味着，他已老了。

不知过了多久，我竟渐渐睡着了。梦里的我，遇到了一个深爱着我的女孩儿，她开心地笑着并看着我，她趴在我的肩膀上轻轻地啜泣着，她说她要送一个礼物给我，她每天都饿着肚子在外面做家教，然后加上她自己的全部生活费，买了一只漂亮的吉他送给了我。她说初恋都没有幸福的、她从很远很远的城市来看我、她说她爱吃鱼、她说她很爱很爱我。可不知为何，梦里的我，却怎么都抓不住她，只能绝望而又无力地眼看着她远去。

正当我无比心痛时，从另一个方向走来了一个女孩儿。她小声儿地告诉我，说她是偷偷来找我的，让我不要告诉她的家人。她说她很爱很爱我、她说她要尽一切可能留在我的身边、她说她永远都只属于我一个人、她说她有一个惊喜要给我、她一边儿看着我一边儿前仰后合地大笑着。她很难过地说，要我再也别凶她了。说完后，她便头也没回地朝着远处走去，很快便消失在了一幅画面里。

我还没能来得及感受那钻心的疼痛时，又从远处走来了一个女孩儿。她害羞地躲着我的眼睛、她微笑地看着我、她说她很迷恋我、她告诉我说她最喜欢吃黑巧克力。她说这世上的一切，都有着我们所不知的秘密。她说我是错的，她很生气地站在那儿，她拿着烟灰缸儿狠狠地摔在了地上，她说她要离开这里。于是她转过了身，朝着那和我相反的方向断然离去，只留我一个人坐在那儿，呆呆地看着她消失在了我的视线里。

梦中的我，难过而又痛苦地拼命挣扎着，我急迫地想要抓住这一切，并试图想要控制这局面，同时将自己的真实内心全盘托出。可梦里的我，无论如何用力，似乎都依旧还是无法挣脱那束缚的枷锁。而就在我不停挣扎时，却慌乱地醒了过来，我使劲儿地揉了揉自己的眼睛，又擦了擦头上的汗，朝着屋子的四周仔细地看了又看，在确认自己刚才确实是做了一场梦后，这才从床上爬了起来，无力地靠在了身后的墙上。

我认真地回想自己刚才所做的那个梦，回想着梦里的每一个女孩儿，此时此刻，我虽然已经醒来，但却似乎依旧没能完全从刚才的梦境里走出。我很难过地靠在墙上，又很绝望且恼怒地埋怨自己，为什么要在最最关键的时刻从梦中醒来，假若我没有醒来的话，也许我还能有翻盘的机会，可现在，我再也再也没有任何的机会去改变那个梦了。

好姑娘，请原谅我

但，就在我醒来的前一秒，我分明看到了一个女孩儿，正笑着对我不停地摆着手。

正是因为这个梦的出现，让我想起了当年那个隔壁班的女孩儿。当时我还是一个正在读初三的中学生，我的班级在二班，而这个女孩儿的班级则在一班，也就是我的隔壁。我们本是完全不可能相识的两个人，却不知为何，在彼此之间留下了一段青涩、短暂、美好且难忘的记忆。

也许是巧合，也许是上天的故意安排，那一年的那一天，我像往常一样，在下课后去了趟厕所，就在我从厕所溜达回班级的途中，在教学楼内、从我的对面、正朝着我身后的大门口走过来的几个女生，竟然都莫名其妙地在看着我，而且还都是捂着嘴地在偷笑着什么。走成一个横排的那几个女生，彼此之间相互挽着胳膊，而距离我最远的那两个女生，甚至边走着、边忍不住地大声儿发出了那极为明显的嬉笑声儿。感到十分诧异的我，条件反射般地扑啦着自己头上看不见的某些东西，并慌忙检查自己的全身，以确定没有任何可以被嘲笑的东西粘在我身上。

而当我仔细检查过后，却发现自己的身上确实是没有任何值得被笑话的东西存在，于是，我在实在想不通的诧异中，悻悻地走回了班级，坐在了我的课桌前。可刚一坐下，我前后左右的邻座同学们，便“唰”的一声儿朝着我一同围了过来，正当我目瞪口呆地轮望着他们时，其中的一个女同学坏笑着对我说道：“行啊！高凯！有这么好的事儿，你都还偷偷地瞒着我们，你也太不够意思了！见面分一半儿！！赶紧给我们分点儿，要不小心我给你告老师！！”

丈二和尚摸不着头脑的我，一脸崩溃并无辜地回道：“你在说什么呢？你没吃错药吧?！刚才上课的时候你都还好好儿的，这怎么我去了趟厕所一回来，你就跟疯了似的啊你啊？！还有你们到底都为啥要围着我啊？我怎么了啊？”这位女同学听到我的话后，使劲儿地瞪着那圆鼓鼓的两个大眼睛，继续指责我：“少装糊涂！你还不承认?！别以为没人看见，我们几个可都全看到了！！你敢不敢让我翻你书桌?！我要是翻出来了，你就得全都给我！！”

我使劲儿地拍着自己的额头，拼命回忆今天所发生过的一切，在确定没有任何特殊事件发生过的情况下，无奈地对她说：“大哥！你是我真大哥！我求求你别再刁难我了，你要想翻、那你就翻，但我真没瞒你们，我真的什么都不知道！这怎么这一会儿这么多怪事儿啊！我从回来到坐在这儿，我怎么就感觉像做梦一样啊？我真没瞒你们！谁骗人谁是老母猪！！总行了吧！”我的这位女同学，狡猾地对着我点了点头，并一口咬定地回道：

“好！这可是你让我翻的，你可别后悔！”

正说着，她便趴到了我的书桌口前，低着头，将手伸进了我的书桌里，没翻几下，便提溜出了一个装满东西的白色塑料袋，继而又满足地坏笑着对我说道：“来！我看看你现在还有什么好说的？！所有的证据都在这儿，你现在可以承认了吧？！”我一头雾水地盯着那个白色的塑料袋，在仔细确认过那肯定不是我的东西后，便有些放松地对她说道：“你用不着忽悠我，这根本就不是我的东西！除了书包和我书桌里的书以外，我确定我没有任何别的东西。这个塑料袋也肯定不是我的，我根本就没带过塑料袋，这肯定是你们谁搞错了，错放在我的书桌里了，要不就是你们谁搞的恶作剧！”

见我死不承认，她便从那个白色的塑料袋里，掏出个精致的小信封儿，继而又劝我道：“你就快承认了吧！人家女孩儿给你写的情书我都给你拿出来了，你还想怎么抵赖？！你要不信的话，要不我站讲台上给你读读？让咱班同学听听，到底是不是女生给你写的情书！”“读呗！立马！赶紧！立刻！现在就读！这本来就不是我的东西，我自己还能不知道么？还情书？你可真能编啊你！”我扯着脖子朝着她大声儿嚷着。我的这位女同学有些无奈地对我感叹道：“你这个倔驴！算了！不跟你一般见识了，我就在这儿给你读吧，也给你留点儿面子。”

话说到一半儿时，她故意清了清自己的嗓子，继而又自信地说道：“来！让姐姐我给你读读某人写给你的情书吧！看看追你的这个女孩儿的文笔咋样！‘亲爱的，当你看到这封信的时候，我已经把藏在我心底很久的秘密告诉你了，虽然你从未曾知道它，甚至你也从来没有正眼儿看见过我，但是，我却无数次地和你擦肩而过，我也好想拉住你的手。我是一班的，我叫王岩，现在就在你隔壁坐着，但是你一定不知道坐着的女生里面究竟哪个是我。我们班的这节课，是你们班主任的课，她的英语课。我们的班主任，现在应该快要到你们班里上数学课了吧？我知道一些关于你的事情，你叫高凯，数学特别烂，但我还是很喜欢你，放学以后，咱们在……'”

还没等她读完，我便一头大汗且满身燥热地一把将那封肉麻的信给抢了过来，并哑口无言地快速将信和信封，重新塞进了书桌里。我的这位女同学，很生气地拍着我的课桌道：“你怎么随便抢东西啊？真烦人！再说是你让我读的！现在你还有什么好说的？竟然有女生反追你，这回可把你牛坏了！我也实话告诉你吧！这个王岩，其实我俩认识，追她的男生多的是，可没想到她会喜欢你。瞧！还让她们班的刘萌雨，替她把专门为你准备的薯片和好吃的都给送过来了，赶紧分给我们点儿，别自己吃独食！”话音刚落，数学老师便踩着上课的铃声走了进来，站到了讲台上，一声儿“起立”及从未变过的那句问候语“老！师！好！”后，便开始了新的一堂数学课。

可坐在座位上的我，却始终没能从“王岩”这个陌生的名字中走出来，我努力地回忆那些个陌生女孩儿们的面孔，却也还是没能想象得到究竟谁是“王岩”。我重新找出书桌里的那封信，在完全读完后，又看了看那个精致的小信封儿及脚下的白色塑料袋，再一次努力回想，究竟这个“王岩”会是谁呢？她又为什么会写这封信呢？

正当我陷入那无比凌乱的深思中时，忽然听到数学老师大声儿地叫着我的名字，在我同桌儿那胳膊肘儿的催促下，我迷糊而又迅速地站了起来，听到数学老师生气地故意挖苦我道：“高凯！游戏打到第几关了？！嗯？我都叫了你两声儿了，屁股可真够沉的啊你！你坐那儿想什么呢？你是不是想把地都坐出个大坑啊你！”老师的话音刚落，本鸦雀无声的班级里瞬间充斥着全班同学的哈哈大笑声，我甚至听到了坐在最后一排的几个差生边用手砸着桌子、边难以自控地狂笑着。于是就这样，我被罚站在自己的座位前，并足足想了 45 分钟的“王岩”。

当天放学后，我按照信上所写的时间和地点，准时到了约定的地方，过了好一会儿，这个迟到了的“王岩”，才终于出现。

她留一头短发，偶尔还会戴近视眼镜，穿着一件灰色的外套和一条蓝色的牛仔裤。我和她，在那个年纪，彼此都很害羞，害羞着的同时，却又十分渴望去了解彼此的一切。我和她，就那样漫步在校园的足球场上，漫步在那个年轻而又青涩的青春时光里，彼此陌生且又好奇地聊着关于彼此的事情。那时的我们，从未曾、也全然无法想象到未来的日子，也无法预料毕业前和毕业后即将会发生的一切。

当我和她走到足球场的角落时，她极不好意思、但又很直接地问我说：“你喜欢我吗？”同样不好意思的我，在听到她的问题后，实在有些难以回答地对她说道：“好像喜欢吧？我也不知道，反正我觉得挺好的。”听了我的回答后，她有些不开心地赌气道：“你是不喜欢我吧？如果你真的不喜欢和我在一起，我也一定不会强迫你的，我们也还是好朋友。”见她有些难过，我于是连忙解释道：“不是不是，我没那个意思，我喜欢……喜欢你，我就是不太好意思说出来。”她开心地露出了笑容，犹豫了一会儿，继而又低着头小声儿说道：“那你喜欢我为什么不拉着我的手？”我有些惊讶地看向她，并在狠狠地鼓足了劲儿后，朝着她左手的位置抓了过去。而她，就那样，乖乖地顺从着，任由我拉着她的手，走在黄昏中的校园里。

很快就过去了一个月的时间，一天放学后，她肿着双眼，在足球场的那个我和她曾一起漫步过的角落里，低着头对我说道：“我不知道你的心里到底是怎么想的，也不知道你是怎么看待我的，但我总感觉你好像真的不喜欢我，就连我同学都这样说。因为这一个月的时间里，你从来没有主动找过我，也没有打过电话给我，你的事情你也从来不告诉我，所以我觉得你根本就不喜欢我。我今天找你就是想告诉你，既然你不喜欢，我也不想让你为了我再忍受下去了。但是……我们还是好朋友，所以……我们分手吧。”她说完这番话后，不待我作任何解释，便飞快地朝着远处的校门口跑去。

就这样，我和她的一切，就在一个月的时间后，彻底而又惋惜且永远地画上了句号。我愤恨着自己的害羞，我也厌恶着自己的虚假，为何我要如此小心翼翼地顾及着自己那幼稚的面子，又为何要愚蠢地过于腼腆且过于羞涩地去面对她呢？

我明明想要去找她，也愿意和她聊天散步，更想要去拉她那纤长而又温暖的手，可我为什么就那么在乎那所谓的面子？为什么我就那么在意别人的评论甚至指责呢？为什么我要害羞地控制自己而不去找她？为什么我当时不去把她给拉回来？！

然而，她却永远都不会知道这些了。就在我们毕业后的第二年春天，高一年级的下半学期，她在参加学校运动会的接力赛跑时，因心脏病突发，猝死于赛场上。而我，因为曾令她失望，至今都依然无法赦免自己。

我时常在想，如果现在的这一切都是梦，那该有多好，就像小时候一样，趴在课桌上睡着了，被老师用粉笔头儿打醒的我，起来后才发现，原来这可怕的一切，就只是做了一场噩梦。

我会疯狂到死去

我不知道自己的生命还会有多久，不确定自己还能再活几天，更无法预料身边每一个人的生老病死。但，即使再苦、即便再难，我们也不得不为自己和爱着自己的每一个人坚持活着。只因，生命才是真正属于我们自己的唯一一样东西，除此之外的一切，都是生命的附属品。

带不走任何东西的我们，却没日没夜地追寻着那些生命以外的、所谓的价值和理想，我们在“纯真”这条直线上越走越偏，且并不认为自己已失误，我们连头也不回地继续坚持着自我，朝着那前方的坟墓走去。

本只求快乐和健康的我们，在这条不归路上走得越来越远，活得也越来越被动。我们又是否曾想到过，在自己这孤独且短暂的生命里，究竟又有多少东西值得我们为之倾尽所有呢？

也许，我们所有人都是一样的，都在消耗着我们自己那有限的意志。但，也许我们更应该适可而止，更应该将这复杂又疲惫的生活，逐渐地减变成我们儿时的模样，让尽可能单纯的自己快乐、简单地活下去。

现在的我，已渐渐明白了很多，学会了很多，同时也看清了很多的东西。所以，这一生，我想要为自己而简单地活着，在尽可能不会太憋屈的生活里，找寻一个能接纳自我的偏僻角落，在这个小小的角落里，倚靠着自我，真实而又孤独地活着。

支教与被支教

2012 年秋末，我在河北涞水的一所小学支教，那所大山边缘的小学校就那样孤零零地矗立着。

学校里的孩子们都非常朴实、简单。每天的午饭，有的是从家里带了点儿简单的饭菜，有的则是吃点儿学校供应的免费午餐。自己带饭的孩子，到了中午该吃饭的时候，饭盒儿里的饭菜早已变得冰凉。别说是那么小且还在长身体的孩子，即便是换了我们成人，在那样寒冷的天气里，那样冰凉的饭菜也是难以入口的。而学校所提供的免费饭菜，不但是有限量的，而且也只提供给个别家庭极困难的孩子。

当时，校方提供给老师们的优待伙食是每顿饭两个馒头、一份儿炒胡萝卜丝，而这个胡萝卜丝，是当时唯一的一种炒菜。同样令我记忆尤深且又无奈的感受，则是每天早上都要在清晨时分早起，而每天早起后的感受，则是整个人就像是刚在网吧刷了夜一样，恨不得躺地上都能睡着。

当然，早起也是必需的，只因为那些个有着期待眼神的孩子们。

记得支教的最后一天，我和其他的老师一样，共同陪着各年级的孩子们在他们学校里的那一块儿面积有限的小操场上，举行了一场热闹又有趣儿的校园运动会。在各个运动项目进行的过程中，每一个孩子、每一位老师，都在紧张且持续地喊着“加油”。每一位老师，不但要确保孩子们的安全，而且还要来回不停地运送比赛要用到的器具，并记录每一个参赛孩子的比赛成绩。

整个儿比赛，从开始到结束，都在欢声笑语中度过。比赛结束后，所有的师生都围着操场中央的那一大团篝火，唱着歌儿、跳着舞，以庆祝这难忘的一天。

将要离开这所学校时，那些孩子们紧紧地围着我，将自己写好的心里话，以纸条儿的方式，作为礼物送给了我。虽然有的孩子并不能完整地写出纸上的全部汉字，但是她们却很可爱地采用了拼音替代那些个写不出的汉字。这些不同形状和颜色的字，有的很大，有的很小，甚至还有东倒西歪且大小不一的字儿，可爱至极。

我很珍惜那一次的支教时光，也很想念那所大山下的小学校，更是非常惦念那些个可爱的孩子们。他们现在也已经长大了，也许早已将我忘了个一干二净，不过没关系，至少我始终记得他们的模样儿，还有他们的纸条儿、他们的字儿、他们校园里的那只闲散漫步着的家猪，那一切的一切，对我来说，已经足够了。

后来，之所以选择了不再去支教，是因为根据自身的经历和体会，以及身边关系较密切的支教老师们提供给我的真实信息，我发现了一个无法解决的严重问题，那就是在当下的支教活动中，存在着一些极为明显的商业运作行为。

而道理也较容易理解，就像当下的某些人利用宗教一样，他们利用人们的善良和仁慈、又利用人们的懦弱与自私，大肆敛财。甚至一些人在连信仰都搞不清是什么的情况下，便跟风且自觉高大上地加入了某些教派。

并不是说信仰宗教是一件坏事儿，但最起码应该根据自己的真实情况而去量体裁衣，若一味跟风而行，只会更严重地迷失掉自己，同时还可能会被宗教中的某些人训练成工具。

人，固然需要一种信仰，但信仰的方式有很多种，而宗教式的信仰也只是其中的一种而已，人们应该在先搞懂了自己所想要、所向往、所希望、所期盼的境界是什么之后，再去选择那个只属于自我的正确信仰。

支教这个问题，也是一样。有些被支教的学校和机构以它自身的真实贫困程度，根本达不到需被支教的状态。既然如此，又为何还要在这样无需被支教的学校和机构中，大量地浪费那本就不多的人才和那炽热的良心呢？支教行为，本就是一种需要付出惨重代价的修行，甚至有的教员连续一年年地都回不了自己的家。这样一种难得且高尚的社会活动，应该被合理且正确地运用，而不应被个别单位及组织所操控，用其作为吸睛及敛财的工具，去欺骗那些个不明事实的善良人们。

但，无论怎样，支教行为毕竟是正确而又光荣的，且对于那些我们国家无法完全照应到的偏僻地区而言，确实是非常关键的，若你我都能尽一份薄力的话，那这个国度下的人心也定然会变得越来越暖。那么，在你还暂未老去时，正确地选择并辨识出一个真的需要你的地方，然后，就请去支教吧！

请让城市 VINTAGE

随着年龄和时间的不断变化，我们自身也在跟着这时代和社会不停地变换着。过去我总是喜欢在热闹的地方待着，看着嘈杂的人们在我身边不停地经过，看着那些高楼大厦，还有下面密集的店铺，它们都在自己所属的岗位上浮躁地呆站着。街上的那些穿着西服革履的男女们，匆忙地穿梭于各个大楼之间，她们那高跟鞋踩在路上所发出的刺耳的脆亮声儿，与大街上车水马龙般的汽车喇叭声儿相互交织在一起，形成了一段儿特有的重型节奏及不和谐旋律。

而距离那些高楼大厦并不远的地方，会有一个生活气息繁浓的菜市场，人们又同样地彼此挤在那并不宽阔的市场里，一条窄窄的小过道儿，两边儿蹲满了来自不同地方的菜贩儿们。人们就在菜贩儿们不断的自我吆喝中，吃力地挤在那条满是人头的小过道儿上。拎着菜的大妈们，刚刚下班的白领们，甚至那些推着自己的小车儿的孤寡老人们，一同艰难地挤在那热闹的菜市场里。

对一个城市而言，无论其整体是朝着何种繁华去发展，不能丢弃的是那份儿被延续下来的只属于这个城市自己的生活模样。所以，城市与城市之间、人与人之间，其实也都是如此，不管在哪个方面，都最好能够保留及延续那只属于其自身的特殊气息及味道。

我喜欢济南这座城市，因为在这个城市里依然还保留着很多过去的东西，那种特有的古旧味道及城市里四处可见的破败感，都是其吸引我的重要因素。

我无比喜欢走在每一个城市的大桥下，可以是立交桥，也可以是那种很长、很旧，上面跑着汽车的大桥，而济南，正是一个有着很多大桥的城市。我总会走在济南的那些个大桥下面，观察旁边儿的水泥桥墩，感受头上的那些来去不停的汽车，再看看街边那些破旧的小商店及走在路上的人们，那种深切的别致感受，似乎很难单纯地用语言说清。

那种产生于自体中的特殊感受，除了无法被精确地用语言描述出以外，同一个人对同一事物，在不同的时间，体会也不会完全相同，它无法被复制且又独一无二，大概，这就是生命存在的一种意义吧。

他和他心爱的姑娘

我想起了很多年前的一个老朋友，因为他正是个地地道道的济南人。当年的我们，为了音乐，也曾在北京肩并肩战斗过，也曾在无数个夜晚，迷茫地走在那闪着泛黄灯光的街巷里，穿梭在僻静的胡同中，我们大声儿而又自然地聊着未来、聊着音乐，谈着梦想和规划。

但有一次，当我们像往常一样走在胡同里时，他却忽然停了下来，自己一个人朝着旁边儿的角落走去。我纳闷儿地看向他，觉得他非常奇怪，于是便跟着他走了过去。他坐在了石板儿上，我十分好奇地看着他，并问其原因。从不抽烟的他，竟朝我要了一整盒儿的烟，我将烟递给他后，他边咳嗽，边狠狠地吸起来。

他告诉我说，他想放弃了，他说他无力再支撑下去，因为他的女朋友在两天前和他彻底分了手，他说他们那来之不易的 9 年感情，就因为他追求梦想而全部都已不复存在了。他觉得，若是当初没有来北京，还留在济南的话，也许他们之间就不会变成今天的这种局面了。

他的女朋友当初在济南时，做着一份极普通的工作，每天也都时刻幸福地陪伴着他，在那座城市中随他一起追寻着梦想。但没过多久，他说他想要去北京，去实现自己那一直都在期盼着的梦想。他说三个月之内就回来把她接去北京。她，最终还是同意了，只因她不想阻碍他的梦想，她深爱着他的同时，又更加地信任着他。

后来，我的这位朋友如愿以偿去了北京，在北京的那些刚开始的日子里，他吃尽了苦头，受尽了折磨，就为了多赚一点儿钱，好能早点儿把他那心爱的姑娘接到身边。他一个人一天竟兼职做了三份工作，天还没亮时便悄悄爬了起来，后半夜凌晨 2:00 左右回到家，简单洗漱后经常连衣服都没脱就昏睡了过去。

不过，功夫不负有心人，最终，在第三个月月末时，他准时出现在了他心爱的姑娘眼前。而当女孩儿看到他手上及胳膊上的那些在北京干活儿时所留下的又长又深的伤疤时，拼命地抱着他，使劲地哭了一整天。后来，他牵着她的手、她歪着头靠在他的肩膀上，一同去了北京。

他们在北京前期的日子依旧还是很开心、很幸福，他好不容易找到了一份儿和音乐有关的工作，虽然每个月的薪水很少很少，但他依旧还是很努力地用心学习着。

因为他相信，一切都会变得越来越好。

她也找到了一份在公司里朝九晚五上班的工作，他每天都会提前半个小时离开自己的岗位，不为别的，只为就着女孩儿的时间，只要他能够提前半个小时走，那他每天都能在女孩儿打卡下班前，提前赶到女孩儿工作的公司楼下。

也正是因为他那半个小时的提前离岗，他每个月的薪水都会被残忍地扣除掉三分之一。不过他并不生气，只因，再多的金钱也丝毫不能和他的爱情相比。

但，令他全然无法想象到的却是，他的这份如生命般可贵的爱情，竟然也会被无情地抛弃到了那一沓沓的红色钞票中。

每天，他都会准时出现在女孩儿的公司楼下，并在接了她后，拉着她的手，带她去吃附近的那些好吃的东西。但，他的口袋里并没有多少钱，故也只能经常带她去吃些路边小摊儿上的食物，且极少能去饭店里。但即便是吃路边儿的小摊儿，他也总会将最好的偷偷地都留给她。

但渐渐地他却发现，她开始拒绝他的接送，并直接告诉他，要他以后不要再去公司的楼下接她了，她说她想自由点儿，她还说，她想一个人在下班后随便走走。他以为她只是最近的心情不太好而已，或大概只是工作太累了的缘故，虽然他觉得很奇怪，但却并没有在意，因为他希望她自在、快乐。

但并没过太久，他便很明显地发现，她总是学习并研究着很多奢侈品的品牌，并为之花费大量的时间，且时常会对他说一些关于钱多的优势所在，又经常性地劝导他，让他应该学着去赚大钱，而不能一味地玩音乐。她认为，音乐做得再好，也没有任何的实际意义，只有得到了很多钱，才能算是真正意义上的成功。

他开始觉得她变得陌生，变得世俗而又虚荣。她则认为他完全没有任何上进心，不切实际的同时，又没有大的本事赚钱去满足自己的女人。他开始觉得失望、觉得无助，可他无论怎么想都实在想不出自己到底哪儿有错，就因为自己没钱吗？可为什么一定要有很多钱呢？他并不在乎钱，他就只在乎身边的这个女孩儿，所以，他尝试去和她耐心地沟通，但两人却在第一次沟通当中大吵了一架。

她开始觉得失望，觉得他幼稚，甚至觉得他自私，同时又无比虚伪。她觉得，只有有了足够的钱才可以过上有品质的生活，才能够在社会上立有一席之地，且还可以实现更多的物质需要，但若没有足够的钱，那一切则都是空谈，也不可能过上好的生活。

后来，他渐渐发现，她开始瞒着他和其他的男人接触、暧昧等，她经常会在很晚很晚以后，于一辆车上开心地笑着并走下来，但那辆车，永远都会停在旁边的一个高档小区的门口，而不会停在他和她所住的那个破旧的地下室前。他明白了，她是在乎面子。

他和她之间最后一次吵架是在一个夜里，她要求他在北京市区买房子，他觉得她已变得判若两人，在这次致命的大吵后，她主动提出了分手，于是，他把自己所有的钱全部都留给了她，并在第二天她出去上班的时候，带着自己的东西彻底地离开了。

再后来，他告诉我，分手以后，他们再也没有联系过。他说，现在的她，如愿以偿地实现了梦想，明智地嫁给了一个胖胖的北京男人。而现在的他，已于几年前重新回到了济南，并在济南的经十路上开了家当地知名的连锁店。但他说他离不开音乐，不想去做生意，于是，他就只要了一点儿够用的股份而已，而其他的时间，他还是像当初那样，执着而又持久地练着吉他。

2015 年年初，当我于济南再次见到他时，我无聊地故意问他：“小墨？问你个问题，你还爱周璇吗？现在还会再想起她吗？”他明显地愣了一下，但继而平静地说：“已经不是那种爱了，好的和坏的，彼此都抵消了，不过我还是害怕想到她和别的男人在一起时的场景，不过现在，我几乎已经将她淡忘了，起码差不多了吧，可还是永远都会祝福她，祝福她过得很好很好。”

就请在我的坟头儿上点根儿烟吧！

我曾听另一个朋友说，不单是爱情，这世上所有的一切，永远都不会是永恒的，只有自己、只有你自己一个人，才是相对永恒并真实的。

我仔细想了想，又审视着自己的一切，我突然发现，原来我是一个特别特别烂的人，我的理想主义、我的行为、我的思维、我的目标等等的一切，都是最最低端的，且低端到连我自己都开始嫌弃自己了。

再反省我的理想主义、我的浪漫主义、我的感性主义等等等等，一切，都是“我想”，那么这个所谓的“我想”，又有何真实意义及必要呢？“我想”，是在极度不客观的角度下产生的一种极为自私愚昧的大脑活动，我通过诸如“我想”“我认为”“我觉得”等等等等类似的愚蠢思维来意淫一切，并极其自私且下意识地，要求所有的一切都得按照我所想的概念去发展和变化。一个这样的我、如此败坏的一个我，又怎么能不被认为是个伪君子呢？

我，就应该像垃圾桶一样，接受人们倾倒出的所有脏垃圾，而不应该再以自我为中心去要求、甚至强迫他人必须按照我的想法来做事，这真的是一件无比混蛋的事儿。

我，在以自我为中心的前提下，谩骂着其他人。

我，站在自我的思维下，鄙视着那些所谓我看不惯的人们。

我，犹如厕所中溢出的粪便，令人恶心且又遭人嫌。

我，将本美好的一切，本末倒置，颠倒了是非黑白。

我，距离这世界、距离这生活，越来越极端并被边缘化。

我，口是心非地存在着，继续伤害着一个又一个善良的人们。

我，一个不符合当下场景的人，也就只属于那个灰暗的小角落。

我，曾经炽热而又勇敢的少年，如今却是胆怯而又懦弱的烂人。

但，我希望每一个人，都会很好地生存，失落时，那就看看相片吧，疲惫时，那就闭上眼睛吧，流泪时，那就望向远方吧，离开时，那就微笑着吧。

要记得，每当看见光的那一刻，便意味着希望，也意味着新的开始。

至于我，如此一个糟汉，没啥再值得啰嗦的了，所以，就终了吧！

小墙角